AF284611

Reiner A. Hampusch

Mellerts Fälle

Der Tote von Neuendorf

Kriminalroman

Bibliografische Information der Deutschen Nationalbibliothek:
Die Deutsche Nationalbibliothek verzeichnet diese Publikation in
der Deutschen Nationalbibliografie; detaillierte bibliografische
Daten sind im Internet über http://dnb.dnb.de abrufbar.

© 2021-Reiner A. Hampusch

Titelbild und Illustrationen: Reiner A. Hampusch

Herstellung und Verlag: BoD – Books on Demand, Norderstedt

ISBN: 9783751395639

DANKSAGUNG

Ich danke meiner lieben Nachbarin Katrin für die Idee, die sie mir während eines Kurzurlaubs in Vitte auf Hiddensee in die Ohren blies. Danach war ich für meine Mitreisenden kaum noch zu sprechen. Ich entschuldige mich dafür und werde es gutmachen, indem sie die Ersten sind, die das fertige Werk erhalten.

Zahlreich sind die Fragen,
Antworten gibt es nur wenige.
Konfuzius(?)

INHALT

BERLIN, DEZEMBER 1919

Vier Männer verließen zur Polizeistunde die Kneipe »Mulackritze« in der Mulackstraße Ecke Alte Schönhauser Straße in Berlin-Mitte. »Nacht, Jungs«, rief der Wirt der Kneipe den Männern nach und schloss hinter ihnen die Tür ab. Die vier gingen nach links, tiefer in die Mulackstraße hinein, wo es dunkler war. Ihr Ziel war nicht der billige Puff in der Nummer 11, drei Häuser weiter, sondern die Nummer vierzehn, zweiter Hinterhof. Mulackstraße: Hier wohnten die Armen, die Ausgestoßenen und die, die sich im Gewühl der Häuserreihen und Hinterhäuser verstecken wollten oder mussten. Die vier Männer schlüpften durch das angelehnte Tor des Vorderhauses. Die Gasfunzel der Tordurchfahrt pfiff aus dem letzten Loch und gab gerade so viel Licht, das sie den Weg eben noch erkennen konnten. Es war still in Berlin, daher hallten die Schritte der schweren Männerstiefel besonders laut. Im zweiten Hof bogen sie zum Seitenflügel ab, verschwanden durch die windschiefe Haustür und stiegen so leise, wie es ging in den dritten Stock. Erstaunlicherweise hatte der Treppenflur schon elektrisches Licht. Der Anführer der Gruppe klopfte an die Wohnungstür, eine einfache Holztür ohne den üblichen Schnickschnack der Gründerjahre. Sie hörten es schlurfen und fluchen. »Wer iss'n da?«, fragte nach einer gewissen Zeit eine verschlafene Stimme.

»Wir sind's, zum Teufel.«

Vorsichtig öffnete der Inhaber der Wohnung die Eingangstür. »Na mach schon«, zischte der Anführer der vier. Er schob grob die Tür auf und die Männer huschten hinein. »Mannomann! Wat soll der Scheiß? Du weeßt doch, det wa komm'n.« Ohne sich weiter aufzuhalten, gingen sie den Flur hinunter, bis sie in die 'gute' Stube traten. Kommentarlos setzten sie sich um den runden Tisch. »Haste Bier?«; fragte einer den Gastgeber. Unwillig machte er kehrt. »Jaja«, murrte er.

Peter Halske, der Planer, führte die Gruppe an. Seine Biografie bestand aus Knastaufenthalten mit kurzzeitigen *Einsätzen* in der Freiheit, die alle in die Hose gegangen waren. Schlüssel-Ede, bürgerlich Eduard Schultze, ein so genannter Schränker, Mariam Kaslowski, der Spezialist für Türen und Tore und Hans Schleppke, ein Kleinkrimineller aus Schlesien gehörten noch dazu, und der Gastgeber, Fritz Marunke. Was sie gemeinsam auszeichnete, war ein Ring, den jeder am Finger trug. Er kennzeichnete sie dazugehörig, zu einer Gemeinschaft krimineller Taten und Treue, Verschwiegenheit und gegenseitiger Hilfe; die fünf gehörten dem Ringverein namens »Sport und Freundschaft Germania e.V.« an. Einer von vielen in Berlin.

Marunke kam mit fünf Bierflaschen aus der Küche zurück, knallte sie auf den Tisch und setze sich dazu. »Und?«, fragte er.

»Hört zu. Det is wirklich een lohnender Coup. Für jeden von uns tausend Mark uffe Hand.« Halske langte in die Seitentasche seiner Jacke und holte einen zusammengefalteten Zettel hervor. Er entfaltete ihn umständlich und strich ihn auf der Tischplatte glatt. Es war der Grundrissplan eines Gebäudes.

»Tausend Mäuse auf die Hand?« Marunke schob die Unterlippe vor. »Könnte reichen, um von hier zu verschwinden.«

»Wieso das? Sind die Schnüffler hinter dir her?«

»Weiß man's?« Marunke hob die Schultern und grinste breit.

»Ejal jetze. Hört zu.« Halske drehte die Zeichnung so, dass alle draufsehen konnten. »Wir steijen hier in ...«

Berlin bei Nacht – die Stadt, die niemals schläft. Doch 1919, im tiefen Winter war es anders, ruhiger. Und es war drei Stunden nach Mitternacht. Zeit der Nachtschwärmer und Diebe.

Ein Auto wartete leise tuckernd in der *Kleinen Präsidentenstraße*, nahe der *Friedrichbrücke*. Es stand im Dunkeln zwischen zwei Gaslaternen. Ein Mann saß am Steuer, sicher der Fahrer einer wichtigen Person, denn er trug Livree. Hier stand der mächtige Block der Börse, und die Herren des Geldes arbeiteten auch manchmal nachts. Dann waren sie allein. Und wenn *'Damens' dabei waren – naja, denne eben aners aabeeten. Aber wat jeht mir det an?* So dachte der Schutzmann, der seine übliche Runde machte. Er kümmerte sich nicht weiter um das Fahrzeug, sondern sah diskret weg und ging gelassen um die Ecke in die *Neue Friedrichstraße* zur *Spandauer Vorstadt*. Schleppke atmete tief durch und drehte den Hals aus den engen Kragen der Livree. Leise trommelte er mit den Fingern aufs Lenkrad. Er stand hier schon geschlagene dreißig Minuten. Was dauerte da nur so lange?

Er blickte auf die andere Seite der Spree, wo die Nationalgalerie dunkel die Kolonnade am Spreeufer überragte. Schräg gegenüberlag der Berliner Dom und geradezu, über die Linden hinweg, sah er das Berliner

Stadtschloss, in dem immer noch einige Fenster hell erleuchtet waren.

Die Gaskandelaber auf der Brücke beleuchteten nur unzureichend die Umgebung. Ein einsames Gespann überquerte klappernd die Brücke zum *Alten Museum*. Endlich! Über die Friedrichbrücke, die die Spandauer Vorstadt mit der Museumsinsel verband, liefen drei Gestalten, tief geduckt. Schleppke rückte sich zurecht. Sie mussten schnell verschwinden können, weshalb der Motor des Wagens lief. Schon bald erreichten die Männer den Wagen. Die Tür im Fond wurde aufgerissen und die drei stiegen ein. Aus dem Torbogen eines Hauses löste sich eine weitere Gestalt, überquerte mit schnellen Schritten die Straße, und setzte sich neben Schleppke. »So, wech von hier«, befahl Halske.

Schleppke schaltete und gab Gas. »Und? Hat's gekappt?«

»Klar doch, Mann. Fahr man zu. Wir müssen noch heute in Potsdam sin. Also, mach hin.«

Schleppke brummte: »Klar doch, mach ick ja schon.« Er bog in die Oranienburger Straße ein und beschleunigte.

Wie auf dem Präsentierteller lagen auf dem Ziegelboden der Scheune vier Männer nebeneinander in ihrem Blut. Bei zweien war die Kugel direkt in die Stirn gegangen, einer war mitten ins Herz getroffen und der vierte brauchte drei Treffer in den Unterleib, bevor er langsam starb. Der Täter hatte sie schön nebeneinandergelegt. Die Kleidung der Toten ließ darauf schließen, dass sie nicht zu den wohlhabendsten der Bevölkerung gehörten. Kommissar Meyer stand, die Hände auf den Rücken gelegt, vor den

Leichen, und wippte auf den Fersen. Dabei stieß er weiße Atemwolken in die eiskalte Luft der Scheune. Er beobachtete seine Leute und den Doktor, der sich die Opfer genauer ansah. Was sollte er sonst tun, außer sich ärgern. Nun hatte es auch seine Stadt erwischt! Seine Stadt! Und was ihn besonders in Wut brachte, dass das Verbrechen zu Weihnachten geschehen war. Zu Hause wartete der Putenbraten in der Röhre und er stand hier in der Kälte und besah sich vier Leichen. Schönen Dank auch!

»Paulsen!« Assistent Paulsen, kam um die Ecke geschossen. »Herr Kommissar?«

»Wie weit sind sie mit dem Bauern?«

»Fertig, Herr Kommissar. Alles notiert!«

»Dann machen sie noch Fotos. Sammeln sie die Beweise zusammen. Und denken Sie auch an die Spuren an der Scheunenwand. Und dann lassen sie die Toten nach Berlin an die Charité bringen. Der Chefpathologe ist ein Freund von mir. Ich habe seine Zusage, sich darum zu kümmern.«

Und du?, dachte Paulsen.

»Wir sehen uns am Montag. Ich erwarte dann ihren Bericht. Frohe Weihnachten noch.«

Halske saß, wie jeden Abend in seiner Lieblingskneipe, der 'Mulackritze'. Sein neuer Bekannter hörte mehr oder weniger aufmerksam zu, wie Halske über seinen erfolgreichen Coup prahlte. Natürlich nur durch die Blume. Aber er erkannte die Hochachtung in den Augen seines Gegenübers. Der trug, wie er einigermaßen in seinem Jumm erkannte, auch einen Ring. »Von welchen Verein bist'n eijentlich.« Er winkte ab. *Is ja ejal.* »Noch 'n Gedeck?«

Halske winkte. Der Wirt schob je einen Stamper Korn und ein Bier über den Tresen. »Der Letzte«, murmelte er, worauf Halske abwinkte. Sie tranken sich zu.

»Und denn jeht's ab, nach Amerika. Ja, ja.« Er nickte tiefsinnig. »Ick nehme die Anna mit.«

»Anna?«

»Naja«, lallte Halske, »Die Nutte aus der Elf.« Er gähnte herzhaft. »Ick werd' dann mal.« Er stand schwankend auf. »Schreib's an.« Dann torkelte er aus der Kneipe, bog in den Hausflur gleich nebenan und stieg in den zweiten Stock, wo seine Wohnung lag.

BERLIN, JANUAR 1920

Es gibt Dinge, die nicht in aller Öffentlichkeit getan werden sollten. Davon war auch Peter Halske überzeugt. Allein schon aufgrund seiner schlechten Erfahrungen und der sehr, sehr empfindlichen Beute wegen. Er hatte gelernt! Wozu war man sonst im Knast gewesen? Um zu lernen!

Der Treffpunkt war ganz bewusst so gewählt, dass er allein die Kontrolle besaß. Jedenfalls war er überzeugt davon, dass er sie hatte. Das Grundstück lag einsam am Rande bewohnter Gebiete und gehörte einer Maschinenbau AG, die sozusagen am Frieden 1918 Pleite gegangen war. Zuletzt wurden hier Waffen hergestellt. Die Fabrik befand sich in der Nähe der Spree zwischen Treptow und Köpenick, wo sich nach und nach immer mehr Industrie ansiedelte. Aber noch trafen sich hier Fuchs und Hase und Halske mit seinen Auftraggebern. Die Chose, Beute, Sore, wie auch immer man das Ergebnis des Coups nennen wollte, befand sich an einer Stelle, die nur er kannte, und er würde den Standort erst preisgeben, wenn er das Geld in der Hand hielt. Das war sein Plan.

Er saß auf einer Holzkiste in der Dunkelheit einer Nische, die früher einmal für irgendein Aggregat in die Wand eingelassen war. Aus dem schmutzigen Betonfußboden ragten vier rostige Gewindestangen. Er sah auf die Taschenuhr, deren Zifferblatt er nur deswegen erkennen konnte, weil ein Steifen Mondlicht durch die Schrägfenster im Dach der Fabrikhalle bis dicht vor die Nische fiel. Noch zehn Minuten.

Es war noch Zeit, also ließ er die Gedanken schweifen. Gestern war er bei Anna, wie sie sich nannte, gewesen. Die hübscheste Nutte in dem ganzen Puff hatte es ihm angetan und er bildete sich ein, dass auch sie etwas von ihm wollte. Sie stammte aus Polen oder Russland. Er wollte sie fragen, ob sie mit ihm nach Amerika rübermachen würde. Das wollte er sie eigentlich schon längst gefragt haben, vergaß es jedoch immer wieder. Doch nun, als bald reicher Mann, wäre es doch eine Leichtigkeit, von hier zu verschwinden. Über Bremen direkt nach New York oder Boston. Ihr Lude wird sie dort wohl am Allerwenigsten vermuten.

Als er in ihr winziges Zimmerchen trat, lag sie in dem diffusen Licht einer abgedeckten Nachttischlampe auf dem Bett. Fast nackt, nur mit einem Korsett, das die Brust und den glattrasierten Schoß freiließ, bekleidet.

»Zieh dich aus«, gurrte sie und stieg lasziv vom Bett. Sie half ihm beim Entkleiden, bis er nackt war, und zog Halske zum Waschbecken.

»Waschen«, kommandierte sie, und tat es gründlich mit seinem Geschlecht. Bei der Erinnerung daran stieg Halske das Blut im Schritt. Sie schob ihn zum Bett, stieß ihn gegen die Brust, dass er rücklinks zum Liegen kam. Dann stieg sie auf ihn. Er konnte ihr zusehen, ihren wunderschönen, wogenden Busen bewundern und anfassen. Und als er kam, tat sie so, als käme es ihr auch. Halske gab ihr noch zehn Mark, dass sie ihn mit dem Mund und anschließend mit der Hand befriedigte. Er hatte die Hände hinter dem Kopf, sah zu und stellte sich vor, dass er in Amerika einen Puff aufmachen würde. Mit Anna als Zugpferd! Und dann sah er ihr zu, wie sie sich wusch und die schönen, weißen Zähne putzte. Anna warf ihm seine Sachen zu. »Du nun musst gähen.«

Und als er draußen stand, und während ein dicker Mann sich an ihm vorbei in ihr Zimmer zwängte, erinnerte er sich daran, dass er sie fragen wollte. Mist! Das musste er heute noch, wenn das Geschäft abgewickelt war, nachholen.

Halske hörte ein leises Huschen. Sicher eine Ratte, dachte er und lehnte sich zurück. Zufrieden mit sich und der Welt grinste er über das ganze Gesicht, griff nach hinten, in den Bund seiner Hose. Dort steckten eine Pistole, ein sogenannter Nagant und ein Revolver. Mit dem Revolver hatte er dafür gesorgt, dass er die versprochenen fünftausend Mark nicht teilen musste. Es war ganz einfach. Sie waren so überrascht, dass sie keinen Widerstand leisteten. Sie sahen ihn nur mit großen Augen an, wie damals im Krieg die Franzmänner, wenn er ihnen mit dem Bajonett in den Bauch stieß und beobachtete, wie das Seitengewehr in den Körper eindrang. Halske glaubte, dass seine toten Kumpane, wenn überhaupt, in Frühjahr gefunden werden würden. Blieb genug Zeit für ihn, mit Anna zu verschwinden, bevor ihr Lude und die Bullen in Berlin oder Potsdam in Aufruhr gerieten.

Er hörte leise Schritte knirschen. *Das werden sie sein.* Sie hatten ein Stichwort vereinbart, mit dem sie sich erkennen geben sollten. Und da hörte er es schon: »Hallo? Stiefmütterchen?«

Stiefmütterchen war Halskes Idee. Wer kam schon darauf, mitten im Winter Stiefmütterchen zu kaufen oder zu suchen. Halske fand die Idee genial!

»Stiefmütterchen kommen am Mittwoch.«. Das war die richtige Antwort von ihm.

»Wo sind Sie?«

Halske ließ sein Feuerzeug schnippen. An der Flamme zündete er eine Kerze in einer Laterne an und stellte sie auf den Boden. »Hier. Komm se näher ran.« Er zog den Revolver aus dem Hosenbund und entsicherte ihn, doch achtete er darauf, dass er nicht auf dem ersten Blick zu sehen war.

Im diffusen Licht der Laterne tauchten zwei Männer in schwarzen Mänteln auf. Der eine schien ein wahrer Hüne zu sein, wogegen sein Partner einen Kopf kleiner, aber athletischer war. Ihre Hüte hatten sie tief ins Gesicht gezogen, die Hände in den Taschen ihrer Mäntel versteckt. *Ob sie Pistolen dabei haben*, fragte sich Halske. Der Hüne trug eine Aktentasche unterm Arm. Sie blieben ein paar Schritte vor ihm stehen. »Haben Sie's?«

»Jo. Und ihr?«

»Wie meinen?«

»Ob Sie det Jeld dabeihaben.«

»Ach, das Geld meinen Sie?«

»Jenau. Wat sonst?«

»Selbstverständlich. Haben wir. Was denken Sie denn?«

»Naja, ick wees nich.«

Nach längerem Schweigen: »Also?«

»Erst det Jeld. Denn sach ick Sie wo die Sore liecht. Fünf Pakete, wie vasprochen.«

Der eine der Schwarzbemäntelten sah den anderen an. »Was denken Sie?«

»Können wir so machen, Herr …«

»Pscht!«

Der Hüne trat einen halben Schritt vor. Er öffnete die Tasche und hielt sie so, dass Licht hineinfiel und Halske den

Inhalt erkennen konnte. »Wie vereinbart, der Herr. Fünftausend.« Er sprach unverkennbar berliner Dialekt, den er jedoch versuchte durch Hochdeutsch zu vertuschen.

»Jut, stell de Tasche hin, wo de stehst und denn vier Schritte rückwärts, bitte.« Der Mann tat es. »Und nun?«

»Passen se uff. Ick nehm jetzt die Tasche, jehe nach links, ja? Und denn sach ick Sie, wo se die Beute finden.«

»Was meinen Sie?«, fragte der eine den anderen Mantelträger.

»Gut. Machen wir so, Herr …«

»Pscht!«

Halske trat aus seiner Nische. Er griff nach der Tasche. *Schwer! Fünftausend Mark schwer!* Halske griente über das ganze Gesicht. *Jeschafft!* Er lief mit der Tasche in der Hand zu einem Nebenausgang. »Nun?«, fragte einer der Mantelträger.

»Jleich rechts neben der Nische is noch eene. Da sind die Pakete drin. Vielen Dank ooch. Gerne imma wieda.« Er erreichte eine Nebentür, die wohlweislich nur angelehnt war. Er schob sie auf, trat au den ehemaligen Werkhof.

Den Schlag auf dem Hinterkopf registrierte er noch verwundert, dann sank er zu Boden. Er roch Beton und Öl und etwas Warmes floss über sein Gesicht. Er wunderte sich sehr, warum sein Bett so hart und kalt war. *Anna?* Dann verstarb er.

Jemand trat neben Halske, stieß ihn mit dem Fuß an und leuchtete mit einer Dynamolampe in das tote Gesicht.

»Der is hin, meine Herren.«

»Pscht! Nicht so laut.«

Die Tasche mit den fünftausend Mark wurde aufgehoben. Jemand strich den Schmutz davon ab.

»Hier sind nur vier Pakete!«, kam eine Stimme aus der Nische.

»Egal, wir müssen weg. Um das fünfte kümmern wir uns noch, Herr…«

»Pscht…!«

Die Schritte von drei Männern entfernten sich knirschend. Wenig später hörte man ein Auto anfahren und sich entfernen.

In der Zwischenzeit hatte sich eine dunkle Gestalt von einer Wand gelöst, und verschwand lautlos in der Dunkelheit. Wenn es nicht so finster gewesen wäre, hätte man gesehen, dass der Mann leise lächelte. Unter dem Arm trug er ein längliches Paket in einem Zuckersack.

Der Ford hatte ganz schön zu tun, dem Auto der Mantelträger zu folgen. Sie rasten nach Westen, in die Villengegend in Schlachtensee. Hier wohnte der neureiche Geldadel, der durch den Krieg Millionen gemacht hatte, neben hohen Staatsbediensteten und solchen, die meinten, dass sie dazugehören müssten.

Der Wagen vor ihm bog in eine Seitenstraße und hielt vor einer schönen Jungendstilvilla. Die Männer stiegen aus, unter dem Arm ihre Beute und die Aktentasche mit den fünftausend Mark in der Hand. Schmitz hielt ein paar Meter weiter in der Straße. Er sah die Männer eben das Grundstück betreten und schlich hinterher. Der Zaun, der das Grundstück von der Straße abgrenzte, trug oben scharfe Spitzen. Dennoch stieg er an einer dunklen Stelle zwischen zwei Gaslaternen darüber. Im ersten Stockwerk brannte Licht. Von einem Strauch verdeckt, beobachtete Schmitz das

Fenster, das gerade jemand von innen öffnete. Er hörte
Stimmen. »… morgen fahren wir nach Bergen.« »Bergen?
Welches Bergen?« »Auf Rügen. Dort warten auf uns …«
Leider wurde das Fenster wieder geschlossen. Doch das
Gehörte genügte Schmitz bereits. Er würde warten und
folgen.

BERLIN, ENDE JANUAR 1920

»Das müssen Sie mir näher erklären.« Direktor Niemeyer, siebenundfünfzig, Erbe eines Bankhauses, Hauptaktionär der *Preußisch-Pommerschen Provincial Assekuranz*, verheiratet, mittelgroß und beinahe ebenso breit, drei Kinder, eine Villa in Wilmersdorf bei Berlin, fläzte hinter seinem riesigen, dunkel gebeizten Eichen-Schreibtisch. Ebenso riesig war das moderne Telefon mit Wählscheibe, das Schreibset aus schwarzem Marmor und massivem Gold, die Tischlampe, eine nackte Frauenfigur aus Messing, die den Schirm hielt, und das Porträt hinter ihm, das einen ernst blickenden Herrn darstellte. Der Besucher war keineswegs erschüttert oder beeindruckt. Aufmerksam, aber nicht unterwürfig, saß er vor dem großen Director und lächelte freundlich. »Das ist ganz einfach. Um in diese Kreise zu gelangen, muss man sich eine – Legende - zulegen.«

Der Dicke hinter dem Schreibtisch grinste breit. »Naja, aber kleinkriminell? Mensch, das haben Sie doch gar nicht nötig.«

»Ich war aber der Bande nach ihrem Coup direkt auf den Fersen. Dass es in Mord ausartet, hätte ich nicht geahnt.«

»Und nun?«

»Die Mantelträger sind von ganz anderem Format. Wissen Sie, was ein Ringverein ist?«

»Nee.«

»Nun, das sind besondere«, Schmitz malte mit den Fingern Anführungsstriche in die Luft, »Vereine, in denen

Kriminelle und ehemalige Knastis, organisiert sind. Sie sind gefährlich und kennen keine Skrupel.«

»Wie alle Kunstdiebe, nicht wahr.«

»So ungefähr und schlimmer. Sie beschäftigen sich mit allem, was illegal ist. Vom einfachen Einbruch, Raub, Erpressung bis zum bezahlten Mord. Andererseits kümmern sie sich um Entlassene, Ehemalige und deren Familien. Ich muss Sie um Geduld bitten.«

Niemeyers Besucher merkte, dass sein Gesprächspartner keine Vorstellung besaß. »Wie auch immer, Herr Niemeyer. Die Spur führt nach Rügen. Bis dahin konnte ich den Männern folgen. Ich nehme an, dass sie erst einmal abtauchen wollten, bevor sie die Bilder in Holland, Amerika oder England anbieten. Und einen Trumpf habe ich noch in der Hand.«

»Ach ja? Und der währe?«

»Tut mir leid, Niemeyer, aber darüber muss ich gegenüber jedermann schweigen.«

»Auch mir gegenüber? Mann oh Mann!«

»Jedem gegenüber. Das ist nichts Persönliches, Herr Director. Rein berufliche Risikominimierung.«

Niemeyer schwieg beleidigt. Doch wenn er es sich recht überdachte, war es wohl besser so. Wenn er auch nicht alles mit seiner Frau besprach, aber so manches Geschäftliche ist ihm schon seiner – Mätresse? – gegenüber entfleucht, worüber er sich hernach sehr ärgerte. Doch was nutzte es?

»Also gut. Machen Sie weiter. Und berichten Sie mir regelmäßig. Die verdammten Museumsleute gehen mir schon auf die Nerven. Sie wollen Geld.«

»Frage mich, was sie damit wollen. Die Bilder sind weg – vorläufig. Aber ich werde sie wiederbeschaffen. Es wird nur dauern.« Der Besucher erhob sich. »Wenn sie gestatten? Ich empfehle mich.« Er nickte dem Dicken freundlich zu und ging.

Niemeyer griff nach dem Hörer seines modernen Telefons. Er wählte eine dreistellige Nummer. »Hermann? Rufen Sie die Nationalgalerie an. Verklickern Sie den Herren, dass Sie noch warten müssen – Was? – Finden Sie einen Grund. Dazu sind Sie ja da. Wiederhörn!«

NEUENDORF, ZEHNTER NOVEMBER 1922, IN TIEFER NACHT

Der Wind nahm wieder zu, und entwickelte sich zu einem Sturm. Schneeregen gesellte sich dazu. Ein Ruderboot kämpfte sich durch die kurzen, harten Wellen des Schaproder Boddens. Gischt schlug den beiden Männern auf den Rücken, und trotz ihrer Südwester waren sie bereits bis auf die Knochen durchnässt. Fluchend ruderten sie mit voller Kraft gegen den Wind und kamen dennoch nur langsam voran. Ihr Ziel war eine flache Stelle am Boddenufer südlich von Neuendorf. Diese Männer waren keine Fischer. Sie transportierten etwas, dass ihre Auftraggeber unbedingt loswerden wollten, und zwar so, dass es nie wiederentdeckt werden konnte. Deshalb waren sie im Dunkeln unterwegs, um das lange, schwere Paket auf dieser Insel zu verstecken.

Trotz des Sturmes, des Schneeregens und der Kälte erreichten die beiden endlich das Ufer. Sie durchstießen das Schilf und ruderten, bis sie festsaßen. Einige Sekunden verschnauften sie, dann sprangen sie aus dem Kahn, griffen nach dem Paket und schleppten es auf den Schultern durch unwegsames, offenes Gelände zur Westseite der Insel, die hier vielleicht zweihundert Meter breit war. Die Einheimischen nannten das Gebiet Sjambök. Rechts von ihnen lag Plogshagen. Es bestand aus ein paar reetgedeckten Fischerkaten, deren Bewohner noch tief schliefen. Ein paarmal traten sie in Wasserlöcher oder rutschten an glatten Stellen aus. Sie fluchten, verwünschten ihre Auftraggeber und sich selbst. Da sie aber den Job übernommen hatten, setzten sie unbeirrt ihren Weg fort, denn sie wussten, ihre Auftraggeber verziehen keinen Fehler. Und hundert Mark für jeden – versprochen – waren nicht zu verachten. Damit kam man länger als einen Monat über die Runden. Kurz vor dem Ziel, die Dünen von Plogshagen am Ufer der Ostsee, stolperte der Vordere und stürzte hin. Das Paket fiel auf den Boden, die Verpackung platzte auf und der Inhalt rollte in das nasse Gras.

Sturm bei Neuendorf, Reiner A. Hampusch, Bleistift

»Scheiße!«, rief der Zweite, als er sah, was sie da transportierten. Der Erste rappelte sich auf und trat herzu. »Dammichter Schietenkroam, dammichter! Dat hat uns man groad gefählt! Los, lass uns verschwinden!«

»Nee. Dat do mutt ierst ma wech! Mach schnell, dor op.«

Sie griffen beherzt zu, schleppten das Paket zur Düne und begannen mit den Händen eine flache Grube auszuheben. Ihre Feldspaten lagen noch im Boot. Sie hatten sie einfach vergessen. Die Männer legten das Paket in die Kuhle, schoben Sand darüber und verschwanden in der Dunkelheit. Bis zum Morgen deckte der Schnee das flache Grab ab und verwischte jede Spur der nächtlichen Arbeit.

Neun Tage später fand man am Strand bei *Suhrendorf* auf *Ummanz* zwei unbekannte Männer, die offensichtlich beim Angeln vom Sturm überrascht worden waren. Das Boot war gekentert und die Männer waren ertrunken. Sie hatten weder Ausweispapiere bei sich noch etwas anderes, mit dem man sie hätte identifizieren können. Ihr Schiff lag kieloben wenige Hundert Meter weiter südlich. Man fand weder die Riemen und auch nicht die Angelausrüstung, von der die Ermittler annahmen, dass sie von Einheimischen gestohlen worden war. Die Leichen wurden nach Bergen gebracht, man machte sie aktenkundig und begrub sie in einer Ecke am Rande des Bergener Friedhofs. Vielleicht würde sich jemand melden, der sie vermisste. Dass die Männer einem Verbrechen zum Opfer gefallen waren, konnte man damals noch nicht erkennen, denn die Körper waren durch das Salzwasser schon zu sehr angegriffen, um die feinen Spuren einer Klaviersaite um die Hälse der beiden Toten zu erkennen.

KLOSTER, ELFTER NOVEMBER 1922

Von dem Sturm, der mit Stärke sechs bis sieben über die Ostsee fegte, und eisige Luft und Schnee mit sich brachte, spürte man im Hause Anna-Luise Meisers nichts. Im kleinen Ofen der Stube bullerten ein paar Hartholzstücke und verbreiteten wohlige Wärme. Auf dem Tisch blakte eine Petroleumlampe, und ein fünfarmiger Kandelaber auf der schlichten Anrichte spendete genügend Licht. Anna, so nannten ihre Freunde und Freundinnen Anna-Luise, saß mit angezogenen Beinen auf ihrem Lieblingsplatz, dem Ohrensessel, ein Erbstück ihrer Großmutter selig, in der Nähe des Öfchens und hielt gedankenverloren ihr Skizzenbuch vom Sommer des Jahres in der Hand. Im Winter, wenn es Draußen zu kalt war, um an der Staffelei zu stehen und zu malen, arbeitete sie sie auf; Sie liebte es, in den Skizzen zu blättern, sich zu erinnern, in Gedanken ein Bild zu malen oder Farben den meist Kohle- oder Tuschezeichnungen zuzuordnen. Sie wollte sie sich ansehen, solange Hieronymus noch nicht hier war. Anna seufzte, sah zur Wanduhr. Es war bereits sieben Uhr. Er hatte ihr in die Hand versprochen, pünktlich zum Tee, das wäre vor zwei Stunden gewesen, zu erscheinen. Es war nicht das erste Mal, dass er sie sitzen ließ. Aber es waren immer plausible Gründe gewesen. Doch diesmal – es war schließlich November! - da waren nur noch die Einheimischen und ein paar Künstler auf der Insel. Und bei dem Wetter blieben alle lieber im Haus. Aber Hieronymus? Es konnte doch kein wichtiges Gespräch mit einem Verleger stattfinden, oder einem Mäzen, nicht einmal mit einem potenziellen Leser.

Anna stammte aus Berlin. Damals aber, als sie geboren wurde, noch *in* Pankow, einem Dörfchen im Norden bei Berlin, das umgeben war von stinkenden Rieselfeldern, Landwirtschaft und Schwermaschinenbaufabriken, wie *'Bergmann-Borsig'*, aber dessen Straßen und Wohngebiete sich nach Berlin ausdehnten wie Krakenarme. Vater war Beamter und tolerierte Annas Drang zur Malerei. Er schickte sie auf die Kunstgewerbeschule, wo sie einen Teil ihres malerischen Handwerkes erlernte.

Anna-Louise stierte in den roten Feuerschein, der durch die halb offene Ofenklappe flackerte, sich in ihren schönen hellbraunen Augen spiegelte und ihre Haare rötlich flammte. Anna galt als schöne Frau, hier auf der Insel und auch in Berlin, an der *Friedrich-Wilhelm-Akademie*. Sie war sehr gefragt, die Kollegen bemühten sich um sie, und mancher hätte gern eine oder mehrere Nächte mit ihr verbracht. Doch Anna hielt Abstand. Sie hatte schon zuviel gehört und auch gesehen - wie es war, mit den Kollegenbeziehungen. Sie endeten viel zu oft tragisch. Nein, sie wollte nichts mit einem der Ihren zu tun haben. Deshalb war sie mit Hieronymus liiert. Es war eine Freundschaft aus tiefer Zuneigung und verhaltenem Sex. Marie wollte sich nicht binden oder eingestehen, dass es auch Liebe sein könnte.

Sie trug dicke Socken über ihre Strümpfe, denn der Dielenboden des Hauses war kalt. War er immer, sogar im Sommer. Aber im Winter war es unangenehm. Sie bekam schnell kalte Füße. Ansonsten genügte ihr am Abend ein himmelblauer Hausanzug aus Satinseide, in die Rosenmotive eingewebt waren. Ihr wunderschönes volles mittelbraunes

Haar, das in leichten Wellen bis auf den Rücken fiel, trug sie offen. Wenn sie malte, hielt ein Stirnband oder Kopftuch die Haarpracht zurück. Draußen, in Gottes freier Natur, vor der Staffelei, trug sie einen Männerhut mit breiter Krempe gegen die Sonne. Des Morgens kämmte sie sich dieses Haar stundenlang im Bad mit einer Drahtbürste und bewunderte dabei ihren schönen Körper. Ja, stellte sie fest, ich bin schön! Makellos schön! Sie drehte sich vor dem großen Spiegel, an dem sich schon blinde Stellen am Rahmen zeigten. Und auch von hinten und von der Seite war sie schön. Die Haut war rein und fleckenlos braun, ihre Figur genau richtig, sogar mit ihrem Busen war sie zufrieden. Ihre Freundin, Marie, mit der sie im Sommer am Nacktbadestrand war, wo sie sich gegenseitig zeichneten oder fotografierten, bestätigte es ihr auch immer wieder. Sie nickte sich zufrieden zu.

Aber, wo blieb Hieronymus? Der Sturm blies jetzt heftiger durch den Kirchweg. Unwillig legte Anna das Skizzenbuch zur Seite. Sie stand auf und ging zum Fenster. Eine einsame Laterne schaukelte im Wind und die letzten Blätter, vermischt mit Schneeregen, flogen waagerecht vorbei in die Dunkelheit. Jemand klopfte.

»Is auf!«, rief Anna.

»Puh, hier ist's schön warm!« Marie Schulze-Bergen, eine erfolgreiche Malerin und Grafikerin aus Berlin und Tochter reicher Eltern, die eine riesengroße vornehme Wohnung im Berliner Westen bewohnten, schüttelte sich den Regen aus den Haaren. Sie zog die dicke Wolljacke aus, wickelte sich aus dem Strickschal, den sie auch um den Kopf getragen hatte, und zog ihren Pullover aus. »Hier kann man's aushalten!« Ungefragt setzte sie sich in Annas Ohrensessel, schlug die Beine übereinander und sah ihre Freundin an. »Und, wo isser, Bergander?«, berlinerte sie.

Marie trug eine rot karierte Bluse mit einem dunkelblauen Tuch, einen ebenso dunkelblauen Wollrock und dunkelblaue Wollstrümpfe. Die Halbstiefel hatte sie schon an der Tür ausgezogen und dicht an den Ofen gestellt. Sie wohnte ein paar Häuser oberhalb der Kirchstraße — möbliert, und preiswert. Sie war zwar wohlhabend, durch Eltern und eigene Leistung – sie zeichnete Illustrationen für wissenschaftliche Bücher und Kinderbücher, die wirklich gut gingen - und hätte sich ein eigenes Haus bauen lassen können. Marie genoss aber den Vorteil, von ihrer Vermieterin, einer herzensguten Witwe, deren Mann im Ersten Weltkrieg auf See geblieben war, wie man so schön sagte, von hinten bis vorne bemuttert zu werden. Auf See geblieben! Die alte Dame knurrte auf Platt: »Abgesoffen is hej, abgesoffen! Mit'n Uuu-Booet.« Und dann schüttelte sie den Kopf und sah auf das Hochzeitsbild, das sie und einen stolzen Seemann der Kriegsmarine zeigte. Schon vergilbt und mit etlichen Wasserflecken versehen. Marie vermutete, dass es Tränen gewesen waren, was die Dame aber heftig bestritt.

Anna sah nach draußen. Sie glaubte, Gerhard Hauptmann vorbeigehen zu sehen. *Unsinn!* Nicht bei diesem Wetter und schon gar nicht im Spätherbst. Dann war es wohl nur der Pfarrer. Aber Bergander blieb weg.

»Was hast Du heute gemalt, Liebste?« Marie griff nach dem Skizzenbuch auf dem Tisch und blätterte darin. Sie versuchte, ein Gespräch zu beginnen. Und was passte besser zu zwei Berufskolleginnen, wie sie es waren, als ein Gespräch über die Kunst, der eigenen sowie der der anderen.

»Nichts. Ich habe die Leinwand angestarrt.«

»Ich sag's ja, der Kerl is nüscht für Dich! Er lenkt Dich nur ab.«

»Unsinn. Es ist das Wetter. Soll ich uns einen Tee machen?«

»Wenn Du Rum hast!« Marie prustete. »Wetter! Klar doch.« Sie stand auf. Während Anna einen Kessel auf den Ofen stellte, holte Marie eine Teekanne und ein Stövchen aus der Anrichte.

»Schwarzer Tee? Und ich sage Dir, er ist schuld. Seine verdammte Unzuverlässigkeit! Und sag nicht: Künstler!«

»Sag ich ja gar nicht«, gestand Anna. »Und natürlich ist er so ein Typ. Aber unzuverlässig? Nein.«

»Du kannst ihn Dir nicht zurechtbiegen. Das kannst Du nicht. Du bist zu nachgiebig, lässt ihm zu viel Freiraum. »

»Aber Du kannst es?«, fragte Anna empört. Und Marie lehnte sich zurück, grinste süffisant und meinte: »Vielleicht?«

»Bah!« Anna stellte zwei chinesische Teetassen auf den Tisch. Dann goss sie das heiße Wasser in die Teekanne, in der bereits ein Tee-Ei steckte. »Drei Minuten.«

»Und wo ist der Rum?« Anna zeigte mit der Hand zum Schrank. »Unten.«

Die beiden Frauen nippten am Tee und schwiegen, und jede dachte das Gleiche: Wo steckt Bergander?

KLOSTER, ZWÖLFTER NOVEMBER 1922

Die Hand, die auf Annas Brust lag, gehörte definitiv nicht zu Hieronymus. Sie war schmaler, leichter und kühler. Und zarter! Annas Bewusstsein begann wieder zu arbeiten und sie erinnerte sich sogar an die vierte Tasse Tee, in der allerdings mehr Rum war als Tee. Dann waren wohl noch mehr Tassen gefolgt, ohne Tee, dafür aber mit Rum. Sie kicherten, stellten sich vor, Bergander wäre da, und sie hätten ihm die Leviten gelesen. Und dann fand Marie, dass sie unbedingt ihre Kleider tauschen müssten, und Anna fand es wohl auch so. Sie torkelten kichernd und eng umarmt ins Schlafzimmer. Der Kleidertausch, erinnerte sich Anna nebulös, war ein Desaster. Sie lachten, versuchten schwankend aus den Kleidungsstücken zu kommen, was mit vielem Hallo und gegenseitiger Hilfe gelang, und mit geringem Erfolg wieder hinein. Doch zum Ende ihrer Bemühungen trug Anna einen Strumpf von Marie und deren Pullover, Marie die Jacke des Hausanzuges. Mehr nicht. Sie lachten, bis ihnen die Seiten wehtaten, und mit Tränen in den Augen auf Annas Bett landeten. Dann war sie wohl eingeschlafen.

Vorsichtig hob Anna das Deckbett an. Sie trug immer noch den Strumpf, bis knapp über das Knie heruntergerutscht, ansonsten nichts. Wie ihre Freundin und Nebenbuhle, die ihre Brüste an Annas Rücken presste und ihr den Atem in den Nacken blies.

»Tee?«, fragte Anna in den Raum. Marie nickte brummend und rührte sich nicht einen Millimeter. Vorsichtig löste Anna Maries Hand von ihrer Brust. »Schade«, murmelte ihre Freundin. »Hast Du Aspirin?«, und drehte sich auf die andere Seite. Anna setzte sich auf die Bettkante, wartete, bis der Schwindel im Kopf nachließ. Warum auch immer, zog sie den Strumpf hoch, erhob sich und ging zum Küche, um Holz auf die noch immer vorhandene Glut aufzulegen. Barfuß schlurfte sie zum Ausgussbecken, stolperte über die leere Rumflasche, die quer durch die Küche rollte. Sie drehte den Wasserhahn auf und füllte den Wasserkessel auf. Das tat sie langsam, denn Kopfschmerz und diverse Gedanken gingen ihr durch den Kopf. Es beschäftigten sie die Fragen, warum Bergander, der Schuft, gestern nicht gekommen war und ob Marie nicht doch lesbisch war und wo fand sie eigentlich das Aspirin? Bisher war sie der Meinung, zwischen ihnen herrsche Freundschaft, wie Frauen sie pflegten. Und, wie Anna so war, fragte sie direkt danach, einfach um die Sachlage ein für alle Mal zu klären: »Sag mal, bist Du lesbisch?«

Aus den Kissen drang ein Brummen, das wohl ablehnend klingen sollte. Dann schälte sich Marie aus den Decken. Sie setzte sich im Schneideritz auf und stemmte die Fäuste in die Seite. Sie blinzelte mit ihren blaugrauen Augen. »Was denkst Du denn von mir?«

Obwohl Anna bei Maries Anblick die Luft ausblieb, konnte sie noch antworten. »N-nichts Böses, Süße. War nur so 'ne Frage.«

»So möchte ich Dich malen.« Und Marie nickte: »Machen wir im Sommer. Jetzt ist es zu kalt.« Mit der Frage: »Wo sind eigentlich meine Sachen?«, blickte sie sich suchend um. Sie kletterte vom Bett und klaubte auf dem Weg zur Küche über dem kurzen Flur hier und da

Kleidungsstücke zusammen. »Ich bin mich dann mal waschen. Und meinen Strumpf brauche ich auch noch.« Anna warf ihn ihr hinterher.

Der Kessel summte. Anna hörte Marie im Bad singen. Sie goss den Tee auf und setzte sich auf den Küchenstuhl. Sie musste eh' noch warten, bis sie ins Bad durfte. »Kannst schon kommen. Ich bin gleich fertig«, rief Marie.

„Ja ja!" Anna buck auf dem Küchenofen zwei Brötchen von gestern auf. Es duftete verführerisch nach schwarzem Tee und frisch Gebackenem. Draußen dämmerte ein grauer Morgen. Die beiden Frauen griffen herzhaft zu. Sanddornmarmelade und Schinken, Salami, darunter dick gesalzene Butter.

»Nachher fragen wir uns mal durch den Ort, ob wer Hieronymus gesehen hat.«

»Brr. Es sieht kalt aus. Sieh mal, es hat geschneit! Wir gehen zum Kaufmann und danach zur Polizei nach Vitte.« Anna nickte.

Sie führten einen gemeinsamen Haushalt bei Anna und lebten auch mehr oder weniger zusammen. Doch wenn es um die Arbeit ging, war jede für sich allein. Anna war sich nur nicht sicher, ob das auch die Beziehungen zu Bergander betraf.

Wie gesagt, sicher war sie sich ihrer Zuneigung zu Bergander immer noch nicht. Für Anna war Liebe etwas außerordentlich Tiefes, Echtes und Wahres. In ihrem Leben gab es einige Jünglinge und Männer. Alles nur vorübergehende Beziehungen für ein paar Monate – wenn es lange dauerte. Mit Bergander war das anders. Er war still. Nicht solch ein Angeber, der wer weiß was, konnte und wusste und tat. Anna fand, dass er Talent besaß, dass das, was er schrieb, gute Literatur war. Aber, er konnte sich nicht verkaufen. Ihr erging es ähnlich. Alle in ihrer Umgebung lobten sie, ordneten sie einem Stil zu, oder mehreren, manche nannte sie die letzte Impressionistin. Andere sprachen von 'expressiv'. Aber sie fand keinen Galeristen. Ihre Bilder hatte sie zuletzt vor fünf Jahren verkauft. Seitdem lebte sie von Gelegenheitsaufträgen, die ein wenig Geld einbrachten; Mal ein Porträt, mal eine Landschaft. Natürlich Hiddensee, natürlich Kloster oder Vitte und außerdem vom Geld ihrer Freundin Marie.

Sie hatten beide Bergander gemalt. Um die Wette; als Portrait, als Akt am Strand, im Garten, stolz in einem hellen Anzug und mit Hut, auf dem Dornbusch sinnend stehend. Er war ein schöner Mann. Mittelgroß, ein kantiges, schmales Gesicht, das aber nicht hart erschien, eine beinahe athletische Figur. Und ein Knackarsch, würde Marie jetzt ergänzen. Er sah aber immer ein bisschen gehetzt aus. Anna schrieb es seiner Introvertiertheit zu.

Bergander schrieb Gedichte und lange Romane. Seine Poesie kam an. In den Künstlerzirkeln in Kloster wurden sie freundlich bis frenetisch beklatscht. Aber seine Romane gingen nicht. Sie waren – zu düster.

Anna und Marie hatten keine Ahnung, wo Bergander herkam, wer seine Eltern waren, wer seine Verwandten. Ja, nicht einmal wo er wohnte. Eines Tages war Bergander auf der Insel aufgetaucht, in der *Blauen Scheune* in Vitte, bei Henni Lehmann. Er trug Gedichte vor und eroberte Annas Herz.

Natürlich hatten sie zusammen geschlafen. Und es war schön gewesen. So unaufgeregt und still, wie Bergander nun einmal war. Und wenn sie mehr wollte, dass er heftiger, fordernder wurde, blieb er still, feinsinnig, zärtlich. Nach dem Frühstück liefen Anna und Marie durch den Ort und bis nach Vitte. Niemand hatte Bergander gesehen, niemand mit ihm gesprochen. Bergander blieb verschwunden. »Ja, vorgestern …!« Langsam begannen die beiden Frauen, sich Sorgen zu machen.

KLOSTER, DREIZEHNTER
NOVEMBER, ABENDS

Der Sturm nahm an Stärke zu. Sie waren in Mariens »Atelier«, dem größten Zimmer im Haus mit Nordlicht, das Maler bevorzugen. Marie stand an der Staffelei, Anna saß Modell und fror. Die alte Dame bereitete ihnen Sanddorntee und stellte Kekse auf den winzigen Tisch. Anna brachte den passenden Rum mit. Draußen war es jetzt stockdunkel, der Wind tobte lautstark ums Haus, rüttelte an den Fensterläden und brachte noch mehr Schnee mit. Ungewöhnlich viel Schnee und ungewöhnliche Kälte. Marie arbeitete an Annas Bildnis, dass sie ja erst im Sommer erschaffen wollte, aber sie meinte, der Sommer wäre noch lang hin und ein Bildnis könne sowohl im Sommer wie im Winter erstellt werden. Das Gaslicht zischte leise, im Kachelofen bullerten Holzscheite.

»Und die Gänsehaut?«, grinste Anna und zeigte auf ihren Arm. Marie stand hinter ihrer Staffelei, sah kritisch auf ihr Gemaltes und dann auf Anna, schob die Unterlippe vor und meinte: »Setz Dich anders hin.«

»Wie denn?«

»Ein Bein angezogen, leg die Arme drum herum. Ja, so. Noch ein bisschen nach rechts. Mehr Brust, bitte.«

»Das tut weh!«

»Interessiert keinen. Mach's einfach.«

Marie vertrat die Gruppe der »Neuen Sachlichkeit«, ein Malstil, der gerade im Entstehen war. Auch hier auf der Insel. Ihre Bilder unterwarfen sich dem Diktat der Komposition, manchmal auch der Konstruktion, ohne den

Gegenstand an sich zu verfremden. Der Strich war klar, die Farben rein, die Komposition kühl, sachlich. Sie verkaufte gut. Ihr Galerist riss ihr förmlich die Bilder aus der Hand und verteilte gute Ratschläge, was sie alles noch malen müsste. Doch Marie ließ sich nicht drängen. Sie war reich genug, um das zu malen, wozu sie Lust hatte.

»Morgen gehen wir zur Polizei«, sagte Anna in den Raum und in die Stille hinein, die nur durch den Wind von draußen unterbrochen wurde.

»Was?«

»Morgen, sagte ich, gehen wir zur Polizei und melden Bergander als vermisst.«

»Meinst Du?«

»Ja, ich mache mir Sorgen.«

Marie sah hinter der Staffelei vor. »Ich auch, aber wollen wir nicht noch zwei, drei Tage abwarten?«

»Nein. Ich habe da so ein Gefühl.«

»Ah, weibliche Intuition!«

»Genau.«

»Gut. Und Schluss für heute.«

»Gott sei Dank.« Anna stand auf, reckte sich und griff nach Maries Bademantel, der lasziv über einem Hocker lag. »Gehen wir nachher noch ins Klostercafé. Da soll eine Lesung stattfinden?«

»Gerne.«

Sie waren nicht gegangen. Der Sturm wehte ungeschwächt und brachte noch mehr Schnee. »Dann bleibst Du bei mir«, bestimmte Marie. »Wir essen gemütlich zu Abend und lesen danach ein paar Seiten.«

»Aber ich habe nichts mit!«

»Habe ich auch nie, wenn ich bei Dir bin. Also stell Dich nicht so an.«

»Mach ich doch gar nicht.«

»Na also.«

Bei Marie roch es anheimelnd nach Ölfarbe, Leinen, alten Möbeln und einem weiblichen Duft, dessen Ursprung Anna bisher noch nicht herausbekommen hatte. Aber es duftete gut! Jede saß in einen Sessel und las. Marie einen Liebesroman von einem gewissen Kleinschmied. Sie schnaufte bei jedem zweiten Satz und schüttelte den Kopf. »Unglaublich«, rief sie zwischendurch. »Wer kann denn solch ein Zeug absondern, und bekommt noch Tantiemen dazu?!«

»Dann lies es doch nicht.«

»Quatsch. Klar lese ich den Mist. Hier! Hör mal: Klara-Louise – was für ein Name! – sank niedergeschmettert auf dem Stuhl nieder. Tränen brachen aus ihren wunderschönen, blauen Augen und ihr Busen hob und senkte sich, wie Wellen am Ufer eines Meeres.«

»Na und?«

»Naja. Wellen am Ufer eines Meeres. Also ich weiß nicht.«

»Ja ja«, murmelte Anna uninteressiert.

Sie schwiegen.

»Und was liest Du?«

»Ooch, nichts besonders.«

»Sag schon.«

Anna stand auf, ging zu Marie und zeigte ihr das Büchlein. »Au Backe, Fanny Hill! Sowas!«

»Hat Bergander letztens liegen lassen.«

»Da hat der Gute sich was erhofft. Und, wie isses. Ich hörte nur davon.«

»Teilweise, wie soll ich sagen, anregend. Manchmal ist es recht lustig.«

»Lustig?«

»Naja, diese Umstände, die sie sich damals machen mussten. Und eh' die ausgezogen waren! War ja im achtzehnten Jahrhundert, glaub' ich. Aber zur Sache ging's auch.« Sie lasen weiter, jede ihr Buch. Marie kichernd, Anna gespannt.

VITTE, KLOSTER, VIERZEHNTER NOVEMBER 1922

Wie kommen Sie darauf, dass Herr - wie hieß er doch gleich? Äh, Bergander, verschwunden sein könnte? Schließlich könnte er mit dem Dampfer …«

»Isser nich'! Geht nicht!« Marie wies mit dem Kopf nach draußen. »Wir haben am Hafen nachgefragt. Und auch ein Fischer hat ihn nicht mitgenommen. Er ist auf dieser Insel verschwunden.«

»Und Vitte, Neuendorf?«

»Nichts. Alles schon eruiert.«

»Nicht schlecht, Frolleins.« Polizist Münchmann kramte in seinem Schreibtisch. »Aha, hier ist es.« Er zog ein vergilbtes und an den Rändern angerissenes Formular hervor. »Hier. Füllen Sie das aus.« Er schob es über die Barriere und zeigte mit dem Finger darauf. »Vollständig, wenn ich bitten darf, Frolleins.« Anna und Marie drehten sich um. Am Fenster der Dienststube stand ein dunkler Tisch mit drei Holzstühlen. Sie nahmen aus einer flachen Schale einen Kopierstift. Anna sah Marie an. »Los. Und vergiss nicht zu erwähnen, dass er eigentlich Heinz Schmitz heißt.«

Es dauerte eine Stunde, bis sie fertig waren, und die Anzeige Herrn Münchmann übergeben konnten. Der sah sich das Werk kritisch an. »Unterschreiben, noch. Hier und hier.« Anna tat es.

»Auf Wiedersehen, die Damen!«

»Auf Wiedersehen, Herr Münchmann.«

»Wachtmeister Münchmann«, brummte er den beiden Frauen hinterher. »So viel Tied mutt sinn.« Aber da war die Tür bereits hinter den Frauen zugefallen.

Sie stapften durch den Schnee. Die Sonne schien, es war windstill, aber es blieb kalt. Ein Pferdegespann mit Schlitten kam ihnen entgegen und rauschte klingelnd vorbei. Der Schnee stiebte hinter dem Gespann auf. Er glitzerte geheimnisvoll in den Sonnenstrahlen. Die Häuser von Kloster lugten durch die wenigen Reihen junger Bäume und dahinter erhob sich der Dornbusch. Schon vor dem Krieg waren Hotels, wie das *Hitthim*, das *Wieseneck*, *Dornbusch* und *Haus am Meer* für die Sommergäste gebaut worden. Und nach dem Krieg dehnten sich Kloster und Vitte weiter aus. Man begann, die Insel Stück für Stück aufzuforsten. Künstler aller Sparten, Intellektuelle und Industrielle, die hier Ruhe oder Anregung finden wollten, brauchten Unterkunft. Vor allem im Sommer, und einige blieben das ganze Jahr und wurden sesshaft. Anna und Marie beeilten sich, denn die Kälte kroch durch alle offenen Stellen in der Kleidung. Sie liefen zu Annas Haus, weil es näher war. Zu Marie mussten sie noch ein Stück den Berg hinauf. Dazu hatten sie keine Lust. Außerdem war Annas Haus moderner eingerichtet. »Ich brauch ganz schnell nen Tee«, sagte Marie und stieß eine mächtige Atemwolke in die kalte Luft.

Anna besaß nicht nur eine moderne Heizung, mit der sie das ganze Haus heizen konnte, sondern auch einen Erker am Haus, von dem man über die Wiesen zum Hafen sehen konnte, und bei klarem Wetter bis zur Insel Rügen; hier nahmen sie in gemütlichen Korbsesseln Platz und sahen in das Schneegeglitzer. Vor ihnen standen dampfende

Teetassen, die einen angenehmen Duft nach Tee, Sanddorn und Rum verströmten.

»Ob sie ihn finden werden?«

Marie zuckte mit den Schultern. Ein ungutes Gefühl drückte im Bauch, wenn sie an Bergander dachte. Nicht nur, weil sie das Schlimmste vermutete, sondern weil sie gegenüber ihrer Freundin ein schlechtes Gewissen besaß. Natürlich war sie mit Hieronymus im Bett gewesen. Einmal! Allein aus Neugierde, weil sie wissen wollte – ja was wollte sie eigentlich wissen? Wie es mit diesem Mann ist. Und schlecht war es nicht, gestand sie sich ein. Zweimal war sie gekommen, was wollte sie mehr! Und Bergander war sehr diskret. Er zog sich an und verbeugte sich höflich. »Meine Verehrung, gnä' Frau. Und ich muss gestehen, dass es sehr angenehm war, sehr angenehm.« Und sie hatte dagelegen, nackt und sprachlos und zufrieden wie ein Kätzchen. Und Minuten später musste sie herzlich lachen: *sehr angenehm, angenehm. Oh mein Gott!*

Sie konnte ihrer Freundin weder sagen, dass sie mit ihrem Freund – nun ja -, und dass sie glaubte, Bergander sei tot, ums Leben gekommen. Vielleicht dümpelte er als Wasserleiche unter dem Eis der Ostsee. Verstohlen blickte sie über den Rand ihrer Teetasse auf Anna, die leeren Blickes nach draußen sah, als erwarte sie, dass ihr Geliebter jeden Augenblick um die Ecke käme.

»Ob er tot ist?«, fragte sie unversehens.

Schweigen.

Nach dem Abendessen sprachen sie darüber, wie sie Annas Bilder dem Galeristen von Marie zuschanzen könnten. Natürlich kannte Marie Annas Situation und wollte ihr helfen. Und sie war sich sicher, dass sie es schaffen würde, denn Annas Landschaften waren wunderschöne und großartige Kompositionen. Allein das Licht! Mal spürte man den Sommer, dann den Wind und auf anderen die Ruhe der Insel. Mal leuchteten die Farben, mal waren sie grau und blau. Jedes von Annas Bildern spiegelte den Charakter der Insel wider. Mal ruhig, still, in sich gekehrt, oder wild und stürmisch, dann sanft, weich und anschmiegsam. Wie die Katze, die eben durch den Schnee stapfte, und alle paar Schritte die Pfötchen ausschüttelte. Ja, sie würde mit ihrem Galeristen reden. Es gab viele Interessenten.

Sie gingen zu Bett. Als Marie schon am Einschlafen war, kuschelte sich Anna an ihren Rücken. »Darf ich? Ich habe Angst.« Marie nickte ins Dunkle, drehte sich zu Anna und legte die Arme um ihre Schultern. Anna duftete gut. Marie spürte einen leichten Schwindel. Ihre Hände strichen über Annas Rücken, die sich an sie schmiegte. »Komisch«, flüsterte Anna. »Jetzt wird mir gut und warm.« Marie öffnete die Knopfreihe an Annas Pyjamajacke und schob sie ihr über die Schultern. »Du musst aber auch …«

»Aber ja, Süße.« Marie setzte sich auf, zog das Nachthemd über den Kopf. Schnell schlüpfte sie wieder unter die Decke. »Alles voller Frierpickel.« Annas Hände begannen ein aufregendes Spiel auf ihrer Haut.

In der Nacht wachte Marie auf. Anna weinte. Leise und verstohlen. »Sie werden ihn finden«, flüsterte Marie, aber Anna schüttelte den Kopf. »Er ist tot. Ich habe es in meinem Traum gesehen.« Sie drehte sich zu Marie. »Komm, lass uns noch mal. Es tut so gut, zu vergessen.«

NEUENDORF, ACHTZEHNTER FEBRUAR 1923

Der Winter dauerte nun schon vier Monate. Mit dem letzten Herbststurm war der Frost gekommen, und hatte sich wie ein weißes Tuch über den Norden gelegt. Die Ostsee und die Bodden froren zu, Schnee bedeckte das Land und machte, dass es aussah, als wäre es eines. Die Hiddenseer versorgten sich, indem sie zu Fuß über den Bodden liefen, dick eingemummelt und immer wieder Eiswächten umgehend. Leer gingen sie aufs Festland und mit vollgeladenen Rucksäcken und sogar Schlitten kehrten sie zurück. Immer in kleinen Gruppen, damit sie sich gegenseitig helfen konnten. Die Fischer von Vitte und Neuendorf hackten Löcher in das Eis, eine Arbeit, die ihnen die letzten Kräfte aus dem Körper zogen. Doch sie taten es, weil es schon immer so war, und weil sie irgendwie über den Winter kommen mussten. Sie fingen Fische, die sie nach einem anstrengenden Marsch in Kloster verkauften. Manche hatte Pferde und Schlitten, mit denen sie in den Norden der Insel und sogar nach Rügen fuhren, und mit Lebensmitteln bepackt, zurück nach Vitte und Neuendorf transportierten.

Piet Langhans nahm sich heute frei. Gestern war er in Vitte gewesen und war seinen Fisch im »Gasthof zur Ostsee«, dem ersten Haus am Platze, losgeworden. Ein kalter, aber sonniger Tag war angebrochen. Piet wollte 'man nur man soo nochm Wedda gucken' und ging zum Weststrand der Insel. Die Dünen waren hier hoch, sodass auch bei Sturm selten die Ostsee Neuendorf besuchte, besonders seit der Querdeich zwischen Neuendorf und Vitte fertig war. Und hier hatte er einen wunderbaren Blick auf das Meer und die große Weite, die er so liebte. Er kletterte mühselig den tief verschneiten Hang aufwärts. Schon trieb ihn die Anstrengung den Schweiß auf die Stirn. Doch oben angekommen öffnete sich ihm ein prachtvolles Panorama. Bis an den Horizont erstreckte sich in der tief stehenden Sonne strahlend weißes Eis. Die letzten Winde hatten am Ufer Eisblöcke hoch aufgetürmt, doch dahinter lag eine gleißende Ebene aus Eis und Schnee. Im Süden blaute der Darß mit der Erhebung der Müggenburg, im Norden erkannte er den Dornbusch, der weit in das Eis hereinragte. Weiße Wölkchen glitten gelassen über den blassblauen Himmel. Hin und wieder knackte das Eis. Piet sah den Dünenkamm nach Süden hinunter. Der Schnee blendete und er kniff die Augen zusammen. Dann erregte etwas seine Aufmerksamkeit. Etwas, das aussah, wie das Sehrohr eines U-Bootes. Piet war vor sieben Jahren bei der U-Boot-Flotte gewesen. Nicht als U-Boot-Fahrer, sondern an Land. Daher war ihm der Anblick eines Sehrohres durchaus geläufig. Aber, so fragte sich Piet, was macht ein U-Boot mitten auf den Dünen Hiddensees? Da nun einmal seine Neugierde geweckt war, stapfte er durch den Schnee zu diesem ominösen Gegenstand, der schwarz im Gegenlicht der Sonne aus dem Schnee ragte. Und je näher er kam, desto mehr rieselten ihm eiskalte Schauer über den Rücken. Er erkannte eine Hand, fast schwarz, die aus einem dunkelblauen Ärmel über dem Schnee herausragte.

Vorsichtig, den Kopf schräg gelegt, ging er näher. Nein, der da lebte ganz sicher nicht mehr! Als Piet den Arm erreichte, bückte er sich und schob mit den Händen den

Schnee beiseite. Da lag ein toter Mann in einer dunkelblauen Joppe. Teilweise bedeckte ihn Sand, es könnte gewesen sein, dass er in der Düne vergraben gewesen war. Aber wie es schien, war er durch den Sturm im letzten Jahr freigelegt worden und der Schnee hatte ihn leicht zugedeckt. Nur der Arm ragte noch heraus.

Piet war ein ruhiger Mensch. Ein Fischer eben, der Schlimmeres kannte. Wie viele war er im Krieg gewesen und hatte genügend Tote gesehen. Dennoch rieselte ihm ein kalter Schauer über den Rücken. Ein Toter im Krieg war etwas Anderes als einer mitten im Frieden. Deshalb stand er noch ein paar Sekunden vor dem Toten, sprach ein kurzes Gebet und ging gemessenen Schrittes zurück. Er musste den schaurigen Fund melden. Am Hafen gab es ein Telefon, mit dem man das Festland oder auch die Polizeistation Vitte erreichen konnte.

Als das Telefon klingelte, wurde Peer Münchmann, Chef der Polizeistation und Ortspolizist in einem, aus sehr angenehmen und intimen Gedanken geschreckt. Eben war er noch mit seiner Freundin Heide im Gange gewesen. Er riss die Füße vom Schreibtisch und griff hektisch nach dem Hörer. »Ja, hier Polizei, Münchmann, Wachtmeister Münchmann.« Was er hörte, machte, dass seine Augen groß und rund wie Wagenräder wurden. »Wo, bitte schön? Neuendorf?« Er sah nach draußen. Schönes Wetter. Kalt zwar, aber sonnig. »Lassen Sie alles so, wie es ist. Nichts anfassen! Und wie war doch gleich Ihr Name?«

Es gab eine Kladde in seinem Büro, in dem aufgelistet stand, was er bei einem Unfall oder Leichenfund tun musste. Aber was zum Teufel sollte er mit einer eingefrorenen

Leiche tun? Er griff zur Telefonliste. Aha! Stralsund, die Kollegen. Er kurbelte an der schwarzen Kiste und wartete. »Ja? Hier Polizeistation Vitte auf Hiddensee. Bitte Herrn Oberinspektor Berger – Was? – Ja, wichtig! Eine Leiche!«

»Berger?«

»Herr Oberinspektor. Ich melde eine Leiche.«

»Hm. Und wer meldet? Sprechen Sie Deutsch, Mann!«

Oha, ein oller Feldwebel, dachte Münchmann. »Wachtmeister Münchmann aus Vitte meldet einen Leichenfund in Neuendorf in den Dünen!«

»Na also! Geht doch! Meinen Sie das Neuendorf auf Hiddensee?«

»Ganz richtig.«

»Und, was haben sie bisher getan?«

»Nichts. Zuerst Sie angerufen, Herr Oberinspektor.«

»Gut. Kümmern sie sich um die Leiche. Bergen Sie sie, halten sie sie frisch. Wir schicken jemanden, der sich darum kümmert.«

»Aber darf ich untertänigst darauf hinweisen, dass der Bodden zugefroren ist?«

»Schon klar. Irgendwann kommt – ah ja – der Mellert, Inspektor aus Bergen, zu Ihnen 'rüber. Wiedersehn!« Und knack. Münchmann hielt den Hörer vor sein Gesicht und blickte in das schwarze Loch. Das war alles? Da kommt jemand. Und was sollte er mit der Leiche machen? Schön kalt halten?

Seufzend erhob sich Münchmann. Sah sich bedauernd im warmen Büro um und begann, sich anzukleiden. Zum Glück stand der Polizeistation ein Dienstpferd zu.

BERGEN, NEUNZEHNTER
FEBRUAR 1923

»Der Schlitten ist vorgefahren, Herr Inspektor«, meldete der Diensthabende der Polizeistation Bergen.

»Gut, ich komme.« Der Inspektor sah sich noch einmal in seinem Büro um. Nichts vergessen? Er schnappte sich die Aktentasche mit den Utensilien für die Untersuchung des Toten und des Tatortes, schüttelte sich noch einmal, ob der zu erwartenden Kälte, und verließ sein Büro. Vor dem Haus wartete bereits eine Kalesche auf Kufen mit zwei müden Pferden, die aussahen, als wenn sie die Strecke nach Schaprode nicht schaffen würden. Er zog den Kopf zwischen den Kragen und seinen Lieblingshut tief ins Gesicht. Dann stieg er in den hohen Wagen, legte sich die nach Pferd, Heu und Staub riechenden Decken über die Knie. »Fahren Sie!«

»Nöö. Dor geht hüt keen Schip hin.« Wortkarg wie alle im Norden, wollte sich der Bauer abdrehen, doch Mellert hielt ihn am Arm fest. »Und wie komme ich rüber?«

In der typisch nordischen Gelassenheit sah ihn der Mann lange an. »Loopen?«

»Wie meinen?«

»Tou Fuuss. Gehen.«

Mellert ließ den Mann los. »Du meine Güte!«, sagte er laut, »Und von wo aus?« Der Mann beschrieb ihm den Weg. Zum Glück wartete die Kalesche noch. »Wir müssen weiter.« Der Kutscher hob gelassen die Schultern. Er kannte die Inseln und den Winter. Sie suchten den Weg, weiter in den Norden Rügens bis zur Schwedenschanze. Die Klepper schritten erstaunlich kräftig aus. Vielleicht brauchten sie nur mal einen Auslauf an frischer Luft. *Was tut man nicht alles für den Beruf,* dachte Mellert frierend. Er war gebürtiger Niederbayer, also an Schnee und Kälte und von Jugend an gewöhnt, lange Strecken zu laufen. Als junger Knabe gehörte er einer Bergwandergruppe an, war sogar Wander- und Bergführer gewesen, bis Beruf und Karriere wichtiger geworden waren. Nach Bergen auf Rügen hatte ihn die Liebe verschlagen. Leider war seine Frau im Frühjahr 1922 an einer Lungenentzündung verstorben. Sie lag auf dem Friedhof in Bergen im Grab der Familie. Allein schon deshalb wollte er nicht wieder zurück. Außerdem war er zufrieden mit der Stelle und der Position, die er erreicht hatte. Wenn er in Pension ging, war er gut versorgt. Haus, Garten, ein gutes Auskommen. Was wollte man mehr?

In Gedanken beschäftigte er sich mit dem Leichenfund. Während die Gäule durch den Schnee stapften, um Seehof zu erreichen, um von dort aus übers Eis zur Fährinsel gegenüber von Neuendorf zu gelangen, ging er noch einmal die Handlungen durch, die man bei einem Leichenfund machen musste. Er war gespannt, ob es sich wirklich um einen Mord handelte oder, ob der Kerl – es war doch ein Kerl? – nur einem Unfall zum Opfer gefallen war. Egal wie, er musste ermitteln.

Verschlafen lag hinter Schneewehen der *Seehof.* Ein ausgetretener Pfad im Schnee wies ihnen den Weg zum Ufer. Niemand kam entgegen. Er reckte den Hals und entdeckte inmitten der Schneeberge eine Stelle, an der sie mit ihrem Gespann aufs Eis gelangen konnten. Er zeigte sie dem Kutscher, der bestätigend nickte und aus seiner Pfeife eine gewaltige Rauchwolke ausstieß. Vorsichtig balancierten die

Pferde auf das Eis. Es knackte und stöhnte. Noch war die Ostsee nicht aufgetaut, sonst hätten ihre Wellen auch das Eis des Boddens aufgebrochen. Der Kutscher ließ, trotz der beängstigenden Geräusche, die Pferde kräftig ausschreiten. In der Ferne erkannte Mellert die Fährinsel und weiter nördlich, den Hafen von Vitte. Er entschied den Weg nach Vitte zu nehmen und schätzte, dass sie drei bis vier Kilometer zu fahren hätten. Das Wetter war klar, kleine Wolken zogen von Westen kommend am Himmel. Die Sonne stand im winterlichen Zenit. Ab und zu wichen sie Eisblöcken aus, die irgendwie auf die glatte Eisfläche des Boddens geraten waren, sie sahen Spuren von Stiefeln und Schlitten, Tieren und einmal sogar von Rädern und Hufen. Das Eis war dick genug, um mit einem Gespann drüberzufahren. Das machte ihm Hoffnung, denn das Pferd war sicher an einer Stelle aufs Eis gegangen, wo keine Eisklötze das Ufer blockierten.

Nach einer Stunde erreichten sie den Hafen von Vitte. Die Boote der Fischer lagen am Kai, festgefroren, unbeweglich, wie der kleine Dampfer, der von Stralsund aus hierher und nach Kloster fuhr. Er war vom Sturm hier festgehalten worden. »Caprivi« stand verwaschen am Heck, aus dem Schornstein stieg senkrecht Rauch in die kalte Luft. Mellert war aufgestanden und sah sich um. Er entdeckte am rechten Ufer, neben dem Hafen einen Trampelpfad, der aufs Festland führte. Er atmete auf. Nun galt es, nur noch die Polizeistation zu finden.

VITTE, NEUNZEHNTER FEBRUAR 1923, NACHMITTAGS

Der Tee duftete. Mellert wärmte sich die Hände an der Tasse. In der Geschäftsstube der Polizeistation bullerte ein Kanonenofen Hitze in den Raum. Die Männer schwiegen, bis Münchmann aufseufzte, und meinte: »Tje, dor müssen sie jo bald kommen, nüch?« Er reckte den Kopf zum Fenster und versuchte durch die Eisblumen nach draußen zu sehen. Und sein feines Gehör täuschte ihn nicht. Bald vernahm auch Mellert das Klingen der Schellen am Zaun eines Pferdegespannes.

»Hav ick doch gesaacht«, sprach er im breiten Platt und versuchte gleichzeitig hochdeutsch zu sprechen. Langsam erhob er sich aus seinem Dienstsessel, zog das Koppel gerade, griff nach der Dienstmütze. Er wickelte sich einen grauen Wollschal um den Hals. »Nu, wollen wir, Herr Inspekter?« Mellert stellte die halb volle Teetasse vorsichtig auf den Tisch, erhob sich ebenfalls. »Man tau«, sage er in einem Versuch ebenfalls Plattdeutsch zu antworten. Münchmann grinste.

Draußen kurvte ein Schlittengespann ein, das von einem mächtigen Kaltblut gezogen wurde. Der Gaul dampfte und verströmte einen intensiven Geruch nach Pferdeschweiß. Der freundliche Bauer, dem das Gespann gehörte, war nebenhergelaufen und Piet, der Fischer, saß auf dem Schlitten. Hinter ihm ein längliches Paket, in Segeltusch gewickelt. Münchmann blieb auf der oberen Stufe stehen. Er zeigte auf das Paket. Und Piet nickte. »Denn kümm mol rin.« Und zu dem Bauern: »Fohr mol nach Kloster. In die Kapelle.

De Pfarrer wartet schon.« Und erklärte grinsend: »Dor isses
so kalt, da taut der be-stimmt ierst im nächsten Sommee öp.«

Mellert übersetzte sich die Worte und verstand.
»Moment. Ich möchte schnell noch einen Blick drauf
werfen.« Er drängte sich an Münchmann vorbei, glitt beinahe
auf der letzten Stufe aus und schlitterte zum Gespann.
Vorsichtig hob er das Segeltuch an. Die Kälte hatte den
Toten wunderbar konserviert. Die blasse, fast weiße Haut
spannte sich über das Gesicht der Leiche. Die Augen waren
geschlossen, um den Mund herum waren schwarze
Bartstoppeln gewachsen. Mellert wusste, dass manchen
Toten die Barthaare nachsprossen. Er glaubte diesem
Gerücht. Im Krieg hatte er etliche Tote gesehen, denen die
Bartstoppeln sprossen, obwohl sie sich erst am Morgen
rasiert hatten. Lange betrachtete er das Gesicht des Mannes,
prägte es sich ein. »Geben Sie mir bitte die Tasche, Herr
Münchmann.«

Mellert holte Lupe, Pinzette und einen Fotoapparat
hervor. Dann zog er das Tuch weiter nach unten. *Frieren
wird der nicht mehr*, dachte er, als er spürte, dass seine
Finger klamm wurden. Die Joppe war am Bauch dunkel
verfärbt. Blut, vermutete Mellert. Er betrachtete den Fleck
genauer unter der Lupe und nickte sich selbst bestätigend zu.
Aus der Jackentasche holte er ein Taschenmesser hervor.
Vorsichtig kratzte er von der dunklen Substanz etwas ab und
füllte es in ein Blättchen Seidenpapier aus seinem Notizbuch.
Er bewahrte dort immer ein paar Blättchen auf, um
eventuelle Spuren darin zu sichern. Trotz der klammen
Finger faltete er es gewissenhaft zusammen und legte es
zwischen die Seiten, auf deren rechten, oberen Rand, das

heutige Datum stand. Dann fotografierte er den Toten von allen Seiten.

»Gut. Bringen sie ihn erst einmal in die Kapelle«, sagte er zu dem Bauern, »Der Pastor weiß Bescheid.« Der Bauer nickte, zog erst seine Mütze, dann an seiner Pfeife, stieß eine mächtige Rauchwolke aus und schüttelte kurz die Zügel. Das Kaltblut nickte, wie wenn es den Befehl verstanden hatte, und zog los. Mellert beeilte sich, ins Haus zu kommen. Dort befragte Münchmann Fischer Piet. »Tje nun, de laach dor nu man so do. Ick hev nix gemacht mit ihm. Un denn heven wi ihm nur upgelohn und in Segeltuch gewickelt, nich?«

»Das haben Sie gut gemacht.« Mellert war dazu getreten, setzte sich in den Stuhl und nickte Piet aufmunternd zu. »Tje«, sagte der, »dat wa dat.« Und zuckte mit den Schultern.

»Beschreiben Sie uns, wo sie ihn gefunden haben – oder besser, können sie uns an die Fundstelle führen?«

»Dat kann ick woll, Herr Komissär.«

»Inspektor«, berichtete Münchmann den Piet.

»Jau, Herr Inspekter, dat kann ick woll.«

Mellert sah aus dem Fenster. Es war inzwischen Nachmittag, bald würde es finster sein, wie in einem Ofenrohr. »Dann sehen wir uns das morgen an. Um zehn bei ihnen am Haus, Herr …?«

»Piet Langhans, Herr Inspekter.«

KLOSTER, ZWANZIGSTER
FEBRUAR 1923

Mitte Dezember 1922 waren Anna und Marie zusammengezogen. Die alte Dame hatte das Zeitliche gesegnet und lag nun auf dem Friedhof in Kloster neben dem leeren Grab ihres Mannes. Marie kaufte das Haus den Erben, einer Tochter in Stralsund und einem Sohn, der in Bremen lebte, ab. Es war nicht teuer, denn Bruder und Schwester waren froh, diese Belastung loszuwerden. Es war ein trauriger Dezember gewesen, voller Stille und Nachdenklichkeit, vor allem zu Weihnachten und Silvester. Anna vermisste Bergander und Marie trauerte um ihre Wirtin. Sie hatte die alte Dame sehr gemocht und als Ersatzmutter angenommen.

Zwischen den beiden Frauen war, nach der Nacht bei Marie, eine Art schwesterliche Liebe entstanden, die sie sehr bei ihrer Arbeit befruchtete. Manchmal ging es etwas darüber hinaus. Es lag einfach daran, dass sie beide Streicheleinheiten benötigten. Irgendwie schwebte der Geist Berganders immer noch um die Insel. Sie malten, bewunderten sich gegenseitig und selbst und ihre Werke. Im Januar traten sie dem *Hiddensoer*[1] *Künstlerinnenbund* bei. Überhaupt entwickelten sich Kloster und Hiddensee zu einer *der* Künstlerkolonien Deutschlands. Im Sommer, noch vor Berganders Verschwinden, lernten sie Max Kaus kennen, und Gertrud, seine Freundin. Sie gingen in der *Blauen*

---

[1] Hiddensoer Künstlerinnenbund. Die Schreibweise ist korrekt und geht auf das urtümliche Platt der Hiddenseer zurück.

Scheune ein und aus, waren bei den Kruses auf dessen Burg-Villa eingeladen gewesen, lernten Max Kruse, den Bildhauer und seine entzückende Frau Käthe Kruse kennen. Sie hörten von Gerhard Hauptmann und Albert Einstein, die hier Logis genommen hatten. Doch sie lebten *ihr* Leben als zwei Künstlerinnen, still, ein wenig zurückgezogen, ohne Allüren. Dass man über sie sprach, störte sie wenig. Zwei Frauen allein in einem Haus war das Thema für knappe zwei Monate unter den Einheimischen. *Nana, wenn da nicht moal sich wat tut. Man weet jo nich. Diese Künstlers!* Aber das war es dann auch. Irgendwann hörte das Gerede auf. Man hatte sich an die beiden Frauen, die oft Arm in Arm durch das Dorf gingen wie an all die anderen merkwürdigen Zugereisten, gewöhnt.

Am zwanzigsten Februar setzte Tauwetter ein. Endlich wurde es wärmer! Das Thermometer zeigte am Tage drei Grad über Null.

Anna wachte als Erste auf. Wie Marie schlief sie nackt unter dem warmen Daunenbett. Es galt neuerdings als modern und en vogue. Überhaupt lebte die Insel ihre Freizügigkeit, eine besondere Freiheit, wie sie anderswo nicht möglich war. Auch wenn kleinbürgerliche Geister schockiert waren, Nackte an den Stränden und auf den Wiesen anzutreffen und dagegen protestierten, sie hatten hier keine Chance.

Wie ein Engel schlief sie, tief und fest. Gleich neben ihrem Bett stand ein Holzstuhl, auf dem ihr Morgenmantel fläzte. Während nämlich Marie den ihren ordentlich zusammengelegt auf ihren Stuhl platzierte, warf Anna ihren einfach im hohen Bogen durch den Raum. Der Mantel flatterte wie ein aufgeregtes Huhn, um dann irgendwie auf dem Stuhl zu landen. Sie liebte es, wenn Marie über die Bettdecke lugte und empört den Kopf schüttelte. Dann kuschelten sie noch, flüsterten über den Tag und jede schlief artig auf ihrer Seite ein.

Nur einmal noch, gleich, nachdem sie zusammengezogen waren, sprachen sie von Bergander, dann weinten sie, sahen sich Annas Zeichnungen von ihm an, und liebten sich, bis sie schwitzend und schuldbewusst auseinanderfuhren.

»Schon wieder Tag?«, fragte Marie verschlafen. Von ihr war nur der Berg Haare zu sehen, der nahezu das ganze Kopfkissen bedeckte. »Ein schöner Tag!«, rief Anna aus der Küche, »Es sieht nach Regen aus. Also stimmt es, was die Alten sagen: Es wird wärmer. Endlich!« Anna war an Maries Bett geschlichen und zog Marie plötzlich die Bettdecke weg. »Das ist gemein! Es ist kalt!«, protestierte ihre Freundin. Doch Anna hielt das Deckbett gnadenlos fest. »Nichts da, Süße (Sie sagte immer Süße zu Marie, was bei den Einheimischen schon für Irritationen gesorgt hatte), raus aus den Federn!« Sie bückte sich und gab Marie einen Kuss auf die Stirn und lief barfuß aus dem Schlafzimmer. »Ich gehe mich waschen. Mach du mal schon Frühstück!«, rief sie noch, bevor sie im Bad[2] verschwand. Marie zog noch einmal die Decke bis zur Nase hoch, genoss die wohlige Wärme. Sie stellte sich Anna unter der Dusche vor. Schöne Morgengedanken dachte sie und stand auf. Es war kühl im Zimmer, das Fenster war einen Spalt weit geöffnet. Sofort

---

[2] Das war schon etwas Besonderes; nur die wenigsten Häuser besaßen solch eine wunderbare Einrichtung. Normalerweise wusch man sich in einer Schüssel und badete in einem Waschzuber.

bekam sie eine Gänsehaut. Draußen rauschte Wind in den Bäumen und irgendein Fuhrwerker oder Bauer knallte mit der Peitsche. Marie wickelte sich fester in den Morgenmantel. In der Küche war es noch warm vom Vorabend. Sie legte Holz auf die Glut und stellte den Wasserkessel auf die Kochplatte.

»Weißt Du, dass ich heute Nacht von Bergander geträumt hatte?«, klang es aus dem Bad. Die Tür stand offen. Marie gab es einen kleinen Stich ins Herz. Sie auch! »Ich auch.«

Ein triefendnasser Kopf erschien im Türrahmen. »Du auch?«

»Ich sagte es.«

»Komisch. Sehr merkwürdig.« Anna verschwand. Der Wasserkessel meldete sich. Marie stellte Teller auf den Tisch, verteilte Bestecke. »Kaffee?« Sie erwartete keine Antwort und holte Marmelade, Wurst, Käse und Butter aus der Speisekammer.

»Gerne!«, antwortete Anna etwas später.

»Dann musst Du aber Brötchen …«

»Mach ich, Süße!« Anna stand wieder in der Tür. Sie trocknete sich die Haare. »Und? Weißt Du was?«

»Nö. Sag es.«

»Es war ein erotischer Traum. Das kommt davon, wenn man die 'Fanny Hill' liest.«

»Es gibt auch andere Bücher.« Anna lachte. »Los, geh schon unter die Dusche. Ich habe noch einmal nachgelegt, noch ist das Wasser warm.«

VITTE, ZWANZIGSTER FEBRUAR
1923

Münchmann wühlte in den Akten. »Da wa doch wat«, murmelte er. »Ick weess, dat da wat wah.« Triumphierend holte er eine Akte hervor. »Hier, Herr Inspekter.« Er reichte den Hefter an Mellert weiter, der ihn fragend ansah. Aber Münchmann nickte nur heftig. »N' Vermisster. Künstler aus«, er sah auf den Aktendeckel, »Neuendorf.«

Seit Jahren dehnte sich die Künstlerszene aus. Mittelpunkt blieb Kloster, aber auch die anderen Orte bekamen Zuwachs. Mellert selbst war vor zwei Jahren in Kloster zu Besuch, noch mit seiner Frau. Sie saßen in einem Café und Gertrud, seine Frau, meinte, sich umsehend: »Hier müsste man bauen. So eine kleine Hütte.« Das hatte sie gesagt, nachdem sie vom Haus Lietzenburg zurückgegangen waren. Sie besuchten noch die Kirche und den Friedhof, stiegen auf den Dornbusch, um sich den Leuchtturm anzusehen und einen Blick über die Insel zu werfen. Dann machten sie einen Rundgang durch den Ort. Bilder interessierten ihn nicht besonders, und das moderne Zeug sowieso nicht. Irgendwie war ihm das Lotterleben der Boheme suspekt. Seine Gertrud sah das anders. Sie huschte in jede Galerie oder offenes Atelier.

Er seufzte. Dann klappte er den Hefter auf und las die magere Akte. Er las alle Akten gewissenhaft durch und merkte sich jedes Detail. So wie er sich jede Einzelheit merkte, die mit seiner Arbeit zusammenhing. Die Beschreibung des Vermissten traf auf den Toten zu. Die Haarfarbe, die Joppe. Er hoffte, dass es nur ein Unglücksfall gewesen war. Dann wäre er bald von der Insel herunter, die ihm nicht besonders zusagte. Was vielleicht am Wetter lag oder dass er einige Zeit hier verbringen musste, bis die Fahrrinne wieder frei war. Das Boddeneis begann aufzubrechen und war nicht mehr befahrbar.

»Wir müssen denn man los«, sagte Münchmann und erinnerte Mellert daran, dass er den Fundort besehen wollte. Mellert klemmte sich den Aktendeckel unter den Arm. Ein seltsames Gefährt, einer Kutsche ähnlich, stand vor der Tür. Münchmann kletterte schon in den Fond. Mellert setzte sich gegen die Fahrtrichtung, damit er nicht den kalten Wind ins Gesicht bekam. »Fahren wir«, befahl er dem Kutscher.

Neuendorf bestand aus ein paar mit Ried gedeckten Fischerkaten, einem Gasthaus, genannt »Am Meer«, für die Sommergäste und einem Steg, genannt Hafen, an dem Fischerboote festgefroren waren. Im Sommer machte der Dampfer an dem Steg Halt, bevor er weiter nach Vitte und Kloster oder zurück nach Stralsund dampfte. Er versorgte das Gasthaus und die Einwohner von Neuendorf mit Lebensmitteln und der Post. Hier stiegen sie aus dem Gefährt. Piet erwartete sie bereits und qualmte heftig mit seiner Pfeife. Ein würziger Tabakgeruch schwebte den beiden Polizisten entgegen.

»Moin.« Piet nickte zur Bestätigung, dass er es gehört hatte, und stieß noch eine Rauchwolke aus. »Man tau«, knurrte er. Ohne weitere Höflichkeiten auszutauschen, setzte sich Piet in Bewegung. Der Schnee war schon sulzig an der Oberfläche und nass. Mellert fluchte. Er hätte sich Segeltuchstiefel, wie sie die Fischer trugen, besorgen sollen. Sein Wirt im »Gasthaus zum Strand« hätte sich sicher darum gekümmert. Sie erreichten nach zehn Minuten die Dünen.

Piet kletterte vor. Oben zeigte er auf eine längliche Vertiefung im Schnee. »Dor hät ehm gelegn.«

»Was?«

»Dor hät ehm gelegen.« Ein schwacher Versuch des Hochdeutschen. »Ah so!« Mellert stapfte hin. Er besah sich alles ganz genau. »In welcher Richtung lag sein Kopf?«, fragte er Piet.

»Tjeee, ick würd man saan.« Er sah sich um. »Noach Oost.«

Das stimmte mit Mellerts Beobachtung überein. Er sah einen dunklen Fleck im Sand, der höchstwahrscheinlich Blut war, tütete den Sand mit seinem Messer in ein weiteres Blättchen, das er mit winziger Schrift kennzeichnete. Dann stand er auf, zückte einen Fotoapparat. Ein nagelneues modernes Gerät, mit dem man auf Rollfilm fotografieren konnte. Gewissenhaft machte er von allen Seiten Bilder. Dann blieb er noch einen Moment stehen, merkte sich die Szenerie. »Gut. Ich denke, ich habe genug gesehen. Gehen wir.«

»Fahren Sie uns nach Kloster.« Der Kutscher sah irritiert zu seinen Fahrgästen. Und bevor er eine Bemerkung machen konnte, fuhr ihn Münchmann an: »Na los. Du hast es gehört!«

»Jojo. Ick mach joo schoon.« Unwillig brummte er das Pferd an. Das, froh, dass es sich wieder bewegen durfte, trabte eifrig die inzwischen matschig gewordene Straße nach Vitte hoch. »Wir besuchen gleich mal die beiden Damen, die die Vermisstenanzeige aufgegeben haben. Und machen anschließend einen Abstecher zum Friedhof.« Mellert lehnte sich im Polster zurück. »Haben wir einen Arzt auf der Insel?«

Münchmann sah Mellert an. »Sind Sie krank, Herr Inspekter?«

»Quatsch. Ich brauche ihn zur Leichenbeschau.«

Sie schwiegen, bis sie Maries Haus erreichten. Münchmann ging vor. Er klopfte. Wartet, klopfte noch einmal. Von drinnen tönte es: »Ich komme!« Die Tür ging auf. Vor ihnen stand eine junge Frau in einer dicken Hose, wie sie die Sportler trugen, und einem mit Farbe beklecksten ausgebeulten Pullover von unbestimmter Farbe. Ihr hübsches rundes Gesicht war ungeschminkt und aus ihren braunen Augen glänzte Neugierde. Mellert schob Münchmann, der erstarrt wie eine Statue an der Tür stand, beiseite und stellte sich vor. »Sie hatten vor vier Monaten eine Vermisstenanzeige abgegeben, Frau …?«

»Ja?« Anna rutschte das Herz in die Hose. Ihre Hände begannen zu zittern. Bergander! War er gefunden worden? Marie stand jetzt hinter ihr. Auch sie trug Hosen und eine ehemals blaue Tischlerschürze, die so bunt bekleckert war, wie die Palette, die sie noch in der Hand hielt. »Treten Sie doch näher.« Sie machte einen Schritt zur Seite. »Hier entlang.«

Anna kochte einen Tee, Mellert saß am Tisch, den Aktendeckel mit der Anzeige vor sich. Münchmann war an der Tür stehen geblieben.

»Seit wann hatten sie Herrn Bergander, vermisst?«

Marie berichtete von der Verabredung bei Anna und dass sie sich sehr gewundert hatten, als Bergander an dem Abend nicht erschien, und dass Anna schon damals ein ungutes Gefühl gehabt hatte.

»War denn Herr – Bergander, ein zuverlässiger Mann?«

»Ja«, antwortete Anna vom Herd aus, wie aus der Pistole geschossen. »Er hätte Bescheid sagen lassen, wenn ihm etwas dazwischengekommen wäre.« Sie kam an den Küchentisch. »Ist es Bergander, den Sie gefunden haben?«

»Das kann ich ihnen nicht sagen. Der Tote besaß keine Papiere. Nichts, womit man auf einen Namen hätte schließen können.« Er schwieg einige Sekunden. »Es wäre mir lieb, wenn sie ihn identifizieren könnten – oder wollten.«

Marie war sofort Feuer und Flamme. »Natürlich, Herr Inspektor.« Sie drehte sich zu Anna. »Nicht wahr, Liebes?« Mellert musste sich räuspern. Marie grinste ihn an. »Nicht, was Sie denken, Herr Inspektor. Wir sind wirklich nur befreundet.«

»Ahäm. Dann morgen, gegen zehn? Ich hole sie ab.« Er erhob sich. »Oder lasse sie abholen. Sicher habe ich noch ein paar Fragen an sie.« An der Tür sagte er noch: »Und vielen Dank für den Tee, den ich nun leider doch nicht getrunken habe. Aber wir können das ja gelegentlich nachholen, Frau Schulze-Bergen? Guten Tag, Frau Meiser.«

KLOSTER, ZWANZIGSTER FEBRUAR 1923

Anna wurde es schwarz vor Augen. Sie musste sich setzen. Es ist also wahr geworden. Hieronymus ist tot. Also stimmte ihr Traum! Annas Herz raste. »Ich bin schuld«, flüsterte sie. »Ich hatte den Traum.«

»Was hast Du gesagt?« Marie war ganz dicht an Anna herangetreten. »Was soll das? So ein Unsinn!« Aber Anna nickte stur. Und schwieg. Und trauerte um Bergander. Dann war es doch Liebe gewesen? Vielleicht damals schon, gleich, als sie sich kennengelernt hatten.

»Bergander, Hieronymus Bergander.« Der Mann machte einen vollständigen Diener. Dann beugte er sich näher zu Anna und flüsterte ihr ins Ohr: »Eigentlich Heinz Schmitz aus Düren.« Und warf sich in die Brust: »Schriftteller und Poet. Darf ich bitten?« Anna war so perplex, dass sie aufstand. Er schleppte sie auf die Tanzfläche. »Da stehen wir nun. Und nun?«

Sie tanzten und schwiegen. Er roch gut. Viele der Tänzer schwitzten. Doch dieser – Bergander? Ja, Bergander, roch gut. Wonach?

»Das habe ich noch nie getan.«

»Was denn?« Sie drehten sich.

»Mich mit meinem richtigen Namen vorgestellt. Und Sie sind schuld.«

Anna sah ihn schräg von unten an. »Ich? Warum?«

»Weiß nicht.« Eine Drehung, noch eine. »Weil Sie mir gefallen? Weil Sie hier sind?« Anna schwindelte. Dieser Mann fühlte sich gut an. Anders als die anderen. Sie ließ sich fallen und führen. »Und was tun Sie so?« Die Frage erreichte sie erst spät. Noch eine Drehung, dann war die Musik zu Ende.

»Ich male. Bin Malerin.«

Bergander führte sie zum Tisch. »Sie sind bestimmt berühmt. Kenne ich Sie?« Anna schüttelte den Kopf, lachte: »Bestimmt nicht.«

»Wie ich.« Bergander grinste sie an.

»Wollen Sie sich zu uns setzen?«, fragte Marie.

»Gerne.« Er verbeugte sich, sah dabei aber Anna an. »Bitte«, sagte sie.

Er brachte sie noch zu Annas Haus. Vor der Tür nahm er ihre Hand und küsste sie, nur ein Hauch, doch Anna war es, als führe ein Blitz durch sie hindurch. Natürlich war sie leicht beschwipst, dennoch erschrak sie, ob des tiefen Gefühls, sah unsicher auf Marie, die lächelnd dabeistand und nickte. Ich hab's Dir doch gesagt, schien dieses Lächeln zu sagen, denn das hatte sie in einem unbeobachteten Moment wirklich getan.

Sie sahen sich noch oft. Am Strand, in den Cafés von Kloster, bei Lesungen und Konzerten, in der blauen Scheune und in Maries Atelier, doch nie bei Anna. Erst 1921, im Dezember, kurz vor Weihnachten, klopfte es an Annas Tür. Draußen stand Bergander. Er atmete tief, als wenn er schnell gelaufen wäre. Doch er lächelte: »Hallo.«

»Hieronymus!« Anna war überrascht. Doch dann fing sie sich. »Komm doch herein.« Bergander trat in die Küche, sah sich um. »Schön hast Du es hier.«

»Tee?«

»Hast Du was Schärferes?«

»Cognac?«

»Fein. Brauche ich.«

Anna kramte aus dem Buffet eine Flasche Cognac hervor, zwei Gläser und stellte sie auf den Tisch.

»Oh, Hennessy.«

»Tee dazu?«

»Wenn es Dir nichts ausmacht?«

»Nein, ich wollte sowieso - warum schaust Du immer aus dem Fenster? Erwartest Du jemanden?«

Bergander fuhr zusammen. »Ich? Nein, nein.« Er griff nach der Flasche und goss Cognac in die Gläser, während Anna das heiße Wasser vom Herd nahm.

»Was für ein Wetter!« Bergander hob das Glas. »Gegen die Erkältung, für die Freiheit. Auf, dass es uns wohlergehe.«

Sie stießen an. »Isst Du Abendbrot bei mir?«

»Wenn ich darf.«

»Schreib mir ein Gedicht.« Sie lachten. Schwiegen.

»Und wo malst Du?«

Anna machte mit dem Kopf eine Bewegung. »Dahinten, in meinem 'Atelier'. Manchmal auch bei Marie.«

»Zeigst Du's mir?«

Nach dem Abendessen waren sie wieder in Annas 'Atelier' zurückgekehrt. Auf dem kleinen runden Tisch, den Anna manchmal auch als Palette benutzte, standen zwei Schnapsgläser und die Hennessy-Flasche. Bergander hielt einen 'Akt am Strand' in der Hand und begutachtete ihn. »Sehr schön. Ruhe und Spannung. Ich höre regelrecht den Wind in den Sträuchern flüstern und das Wellenrauschen.«

»Marie hat Modell gesessen.« Bergander schnalzte mit der Zunge.

»Na, na!«

Sie tranken sich zu.

»Und hier. Dieser Blick über die Insel.«

»Ja. Das ist zwei Jahre her. Vom Dornbusch kann man bis ans südliche Ende der Insel sehen. Jeden Tag ist es anders.«

Bergander deklamierte ein Gedicht. Dann stützte er beide Hände auf die Knie. »Tja, ich werde dann man wohl …« Es klang lustlos.

»Willst Du wirklich gehen? Es schneit, wie verrückt.«

»Soll ich nicht?«

Anna schüttelte den Kopf. »Wo wohnst Du eigentlich?«

Doch Bergander stand auf, nahm Anna bei den Händen und zog sie an sich. Und dann küssten sie sich lange und ausgiebig.

Er blieb drei Tage. Am Morgen des vierten Tages dann war er verschwunden. Ein Zettel lag auf dem Tisch in der Küche: »*Liebste. Ich muss nach Stralsund. Wenn ich zurück bin, melde ich mich bei Dir. Danke für die schönen Nächte. Dein H.*«

So war er. Er kam, blieb, sie genossen die Nächte mit Streicheleinheiten und mehr, die Tage mit Kunst, dann verschwand er wieder.

Aber über sich sprach er nicht. Immer wenn Anna fragte, wich er aus, redete von seinen Romanen und den Problemen mit Verlegern und Druckereien, oder deklamierte ein Gedicht. Manchmal griff er auch in die Seitentasche seines Jacketts und las ihr Teile aus seinen Manuskripten vor.

Und jetzt war er tot. War es ein Unfall oder hatte man ihn umgebracht? Warum? Was hatte Hieronymus getan, wen hatte er sich zum Feind gemacht?

Anna spürte Maries Hand auf der Schulter. Sie drehte sich um. »Wer war Hieronymus, Marie?«

Und Marie zuckte mit den Schultern. »Weiß nicht – mehr.«

VITTE, ZWANZIGSTER FEBRUAR 1923, MITTAGS

Als Mellert den Inseldoktor fragte, ob er denn eine Leichenbeschau, gegebenenfalls auch eine Obduktion vornehmen könnte, stimmte dieser begeistert zu. »Und wann, Herr Inspektor?«

»Nachher, wenn die Damen den toten Herren hoffentlich identifiziert haben. Dann unverzüglich, bevor wertvolle Spuren verschwinden. Ich lasse den Leichnam aus der Kapelle holen.«

Er dirigierte Münchmann und den Kutscher in die Ordination, wo der Behandlungstisch mit einem frischen weißen Tuch bedeckt war. Die beiden Helfer wuchteten den Toten darauf und zogen sich zurück. »Münchmann! Holen Sie die beiden Damen her. Aber pronto«, befahl Mellert, dem die allzu große Nähe zu einer Leiche unangenehm war. Während sie noch warten mussten, erzählte der Doktor, dass er gerne wieder einmal eine Obduktion durchführen wollte. Das letzte Mal wäre schon so lange her. Ansonsten habe er höchsten mit Schnupfen, Grippe, Rheuma und Gicht zu tun, auf der Insel. Manchmal auch ein gebrochener Knochen oder ein verstauchtes Knie.

»Und wenn jemand gestorben ist?«

Der Doktor winkte ab. »Die Insulaner sind Fischer. Sie ertrinken und ich kriege sie nicht zu sehen. Oder sie sterben an Altersschwäche. Totenschein ausgefüllt, und fertig! Dann ab auf den Friedhof, den Rest besorg der Pfarrer. So läuft das hier.«

»Und die Künstler?« Der Doktor winkte ab. »Zivilisationskrankheiten. Die gehen lieber zu ihren Ärzten in Berlin oder sonst wo.«

Mellert sah sich den halbbedeckten Leichnam genauer an. Ein Tuch bedeckte den Körper bis kurz unter dem Bauch. Schmitz Gesicht war eingefallen, die Haut gelblich-grau. An den Armen waren dunkle Zotenflecken zu erkennen. Dort vor allem, wo der auf dem Boden gelegen und wo man ihn berührt hatte. Die Hände des Toten sahen unnatürlich gekrümmt aus. Mellert seufzte. Er wartete auf Anna und Marie und hoffte, sie würden die Person identifizieren können. Er jedenfalls nannte ihn Schmitz, denn er war sich sicher, dass es sich um den vermissten Schriftsteller handelte. Der Doktor stand ein wenig weiter hinten und schwieg.

Frau Tietze, die beim Doktor als Sprechstundenhilfe arbeitete, steckte den Kopf ins Ordinationszimmer. »Die Damen sind da, Herr Doktor.« Der Doktor nickte. Sie sah noch einen Moment auf den Toten und als sie die Tür weit öffnete zog der Doktor schnell das Tuch bis zum Hals der Leiche hoch. Marie trat forsch ein, hinter ihr, zögerlicher Anna. Sie schlug die Hände vor den Mund. »Mein Gott, das ist er. Bergander!« Sie blieb stehen, wo sie war. »Darf ich?«, fragte sie Mellert. Der nickte.

Vorsichtig, wie wenn sie Angst hätte, dass sie den Toten aufwecken könnte, ging sie zum Tisch. Sie sah in Berganders Gesicht. Sanft strich sie ihm über die Wange. Dann schüttelte Anna den Kopf. »Ich verstehe es nicht.« Eine Träne fiel auf Berganders Wange. Zart fuhr Anna darüber und verteilte die salzige Flüssigkeit auf seiner Wange. »Wie?«

Mellert räusperte sich. »Gewalteinwirkung, soweit wir es bisher erkennen konnten, Frau Meiser.«

Wieder streichelte sie Berganders Wange. »Aber er konnte doch keiner Fliege was zuleide tun?!«

»Kann ich davon ausgehen, dass Sie unzweifelhaft den Toten als Herrn Schmitz, alias Bergander, erkannt haben, Frau Meiser?« Die Sachlichkeit, die in Mellerts Stimme lag, wurde nur durch deren Rauheit abgemildert. Anna nickte, sah zu Marie, die ebenfalls nickte.

»Dann möchte ich Sie bitten, noch das Protokoll zu unterschreiben.« Mellert geleitete die Frauen hinaus. Im Stillen atmete er auf. Zum Glück waren Anna und Marie sehr gefasst gewesen. Vor nichts hatte Mellert mehr Angst als vor einem Angehörigen, der die Fassung verlor.

»Und was werden Sie jetzt mit ihm tun?«

»Wir müssen den Leichn…, Herrn Bergander, obduzieren, Frau Meiser.« Er schob Anna das Protokoll zu. »Bitte hier unterschreiben.«

Umständlich begann der Doktor, den Leichnam zu betrachten. »Schreiben sie mit, Mellert, was ich vor mich hinmurmele.« Das hätte Mellert sowieso getan. Er stand mit gezücktem Stift und Notizbuch bereit. Der Doktor nickte zufrieden. »Die Leiche ist am ganzen Körper, also an den freiliegenden Hautstellen an Kopf und Händen sowie der Kleidung mit Sand bedeckt gewesen. Er war offenbar nicht sehr tief eingegraben worden. Weiterhin erkenne ich Spuren von Schnee oder Eis, das ist nicht mit Sicherheit auszumachen.« Der Doktor entkleidete den Leichnam. Er öffnete die Jacke. »An der rechten Seite, unterhalb des Herzens erkenne ich einen Einstich oder Einschuss.« Er hob den Kopf. »Wissen Sie, während des Krieges war ich in einem Lazarett in Russland. Da sind etliche Soldaten so wie dieser ausgesehen.« Er sagte tatsächlich 'sind ausgesehen'. »Vor allem die Bajonettstiche waren fürchterlich. Man konnte die Blutung nicht mehr stoppen. Was für eine Schweinerei«, brummte er noch. Mit einer Schere trennte er das Hemd auf. »Aha, also doch!« Mellert sah gespannt auf. Doch der Doktor drehte die Leiche zur Seite. »Durchschuss«, grummelte er. »Also aus der Nähe. Das Loch sieht nach einer Pistolenkugel aus. Haben sie sie gefunden?« Mellert verneinte. »Ich denke, der Fundort ist nicht gleich der Tatort«, sagte er gestelzt.

Nachdem der Doktor die Leiche vollständig entkleidet hatte, deckte er sie mit einem zweiten Tuch zu, »So ein junger Mann. Wie die Jungs, die ich drei Jahre lang zusammenflicken durfte, damit sie den Wahnsinn weiterbetreiben konnten.« Der Doktor schüttelte in Erinnerung an den Krieg den Kopf. »Ich fasse zusammen.« Er drückte sich mit zwei Fingern die Nasenwurzel. »Männliche Person, circa eins siebzig, Gewicht etwa fünfundsiebzig Kilo, um die Dreißig. Tod durch Gewalteinwirkung. Schuss, vermutlich mit einer Pistole, aus der Nähe, in den unteren rechten Brustbereich von vorn.« Er machte ein paar Schnitte und zog die Haut auseinander und schob die Innereien zu Seite. »Aha. Die Kugel ist durch den Körper gedrungen, und hat auf ihrem Weg innere Blutungen verursacht, die Milz verletzt und nebenbei den Dünndarm mehrfach perforiert. Dadurch wurde eine Blutvergiftung hervorgerufen, wodurch letztendlich der Tod herbeigeführt wurde. Der Tote wurde anschließend oder wenig später oberflächlich im Sand vergaben. Es könnte gewesen sein, dass er da noch lebte, eine Rettung war allerdings, meiner Meinung nach, nicht mehr möglich. Haben Sie's?«

Mellert nickte. Er hatte wortwörtlich mitgeschrieben.

Der Doktor war am Ende seines Vortrages. »Gut. Das wäre nach oberflächlicher Beschau als Haupttodesursache anzunehmen. Ich sehe mir den Toten noch genauer an. Sie erhalten einen schriftlichen Bericht in den nächsten Tagen.« Er grinste breit. »Natürlich mit den entsprechenden lateinischen Floskeln. Ich habe nur für Sie …«

»Schon gut, Doktor«, sagte Mellert, »Schon gut.«

VITTE, DREIUNDZWANZIGSTER
FEBRUAR 1923

Mellerts Zimmer im *Haus am Strand* konnte man als komfortabel bezeichnen: ein Tisch mit zwei Stühlen am Fenster, Blick zum Hafen, ein großer Kleiderschrank und ein großes Bett. Auf einer Anrichte standen ein Krug für Waschwasser und eine Schüssel, obwohl im Zimmer eine Waschgelegenheit war, die durch einen Sichtschutz vom Zimmer abgetrennt wurde. Es war sauber, das Bett wurde jeden Tag gemacht und die Handtücher ausgetauscht. Der Inspektor richtete sich häuslich ein. Ihm war klar, dass er derzeit nur mit Mühe nach Bergen zurückkehren konnte. Tauwetter setzte ein, das Eis im Bodden brach. Immer wieder erstaunte ihn, wie schnell das jedes Jahr ging. Er schätzte, noch drei Tage Wind und kein Frost, dann konnte er mit dem Dampferchen nach Stralsund, um Bericht zu erstatten, und von dort aus mit dem Zug zurück nach Bergen. Doch vorerst würde er die Zeit nutzen, um zu ermitteln. Er hatte in Bergen angerufen. Die Kollegen brauchten ihn zurzeit nicht.

Mellert saß am Tisch mit Boddenblick und machte sich Notizen. Mit seiner feinen, klaren Schrift schrieb er die bisherigen Feststellungen auf; *Tatort/Fundort – identisch, getrennt?* Er beschrieb den Fundort, die wahrscheinliche Liegezeit des Opfers, die Schneehöhe und die Tiefe des Loches. Alles, selbst kleinste Dinge, wie die Lage und die Form des Blutfleckes, notierte er. Dazu eine Bemerkung, dass er an der Leiche keinen Tierfraß festgestellt hatte. Eine grobe Skizze aus dem Kopf als Ergänzung zu den Fotos, die noch nicht entwickelt waren, legte er dazu. Dann notierte er:

1. Wer war Schmitz, alias Bergander? 2. Wie kam er auf die Insel oder war er zum Todeszeitpunkt dort? 3. Wo befand er sich, als er getötet wurde - Tatort? 4. Freunde, Bekannte, Kollegen, Feinde, vermögend oder arm.' Mehr interessierte ihn erst einmal nicht. Für ihn war klar, dass in der Person des Schmitz auch der Grund für den Mord lag. Was hatten die beiden Malerinnen mit ihm zu schaffen? Was wussten sie von Schmitz/Bergander?

Im Hafen herrschte ungewöhnliche Geschäftigkeit. Die Fischer stießen mit langen Stangen das Eis von den Bordwänden ihrer Schiffe, aus dem Schornstein des Dampfers quoll dicker schwarzer Rauch. *Aha, es geht los.* Die Insel erwachte aus ihrem langen Winterschlaf.

Es klopfte. »Ja?« Münchmann steckte den Kopf durch den Türspalt. »Kommen Sie nur herein, Münchmann. Nehmen Sie Platz.« Während Münchmann sich umständlich setzte, sah Mellert ihn gespannt an. »Nun?«

»Äh, ja. Der Schmitz.« Münchmann sah auf einen Zettel. »Bürgerlich Heinz Schmitz, Künstlername Hieronymus Bergander, geboren 1890, in Düren. Zuletzt polizeilich gemeldet in Neuendorf 12, Hiddensee. Eltern verstorben. Beruf Schriftsteller, erfolglos, aber gut aussehend.« Der Polizist grinste. »Lebte bis 1912 in Düren, studierte in Köln Philosophie und Philologie. 1914 Freiwilliger. War in Frankreich, erst Soldat an der Front, dann Kompanieschreiber. Unteroffizier bei Kriegsende. Zog nach Berlin, Wedding, Ackerstraße 80. Gelegenheitsarbeiter. Ist 1920 übersiedelt nach Neuendorf, Hiddensee. Bekannte – keine, außer den *uns* bekannten Damen.«

»Gelegenheitsarbeiter«, Mellert runzelte die Stirn. »Bestimmt 'n armes Schwein gewesen. Was will man auch als Philosoph?«

Münchmann nickte, sah nochmals auf seinen Zettel. »Ah ja. Zwei Mal wegen Bagatelltaten erst für drei Monate, dann ein halbes Jahr im Gefängnis.«

»Ach ja?«

Münchmann nickte heftig. »Einbruch in eine Laube, Diebstahl. Hatte wohl Hunger, der Gute.«

»Und woher wissen Sie das alles so schnell, Münchmann?«

»Ich habe einen Bekannten in Stralsund. Der hat ein wenig für mich herumtelefoniert.«

»Gut. Gute Arbeit.« Mellert stand auf. »Kommen Sie mit. Ich möchte mir den Fundort noch einmal ansehen.« Münchmann glaubte nicht, dass es noch etwas bringen würde. Aber der Inspektor war sein Vorgesetzter. Was soll man da machen? Er seufzte innerlich, setzte seine Mütze auf.

Sie ritten einen Feldweg dicht an den Dünen nach Neuendorf entlang. »Wo, sagten Sie, hat Bergander logiert?«

»Bei einer Witwe Kroop. In Plogshagen bei Neuendorf, Nummer 12. Liegt ein paar Schritte weiter südlich von Neuendorf.«

»Reiten wir zuerst dorthin.«

Plogshagen bestand aus acht Häusern. Witwe Kroop öffnete unwillig die Tür. Mellert stellte sich höflich vor und begehrte, sich das Zimmer des Herrn Bergander ansehen zu wollen. »Wat will ee?«, fragte Witwe Ploog und sah dabei Münchmann an. »Hej will dat Zimmee von de Schrift-steller sehn wolln.«

Sie trat unwillig beiseite. »Dor lang. Dor liecht dat Fremdenzimmee.«

Das Haus war im Vergleich zu anderen winzig. Es roch nach Kohlsuppe und alten Leuten. Mellert betat den kurzen Flur. Am Ende war die Tür nur angelehnt. Durch den Spalt drang Tageslicht. Mellert hörte hinter sich das leise Gespräch der Witwe mit Münchmann auf Platt. Er öffnete die Tür und blieb stehen, um sich das Zimmer einzuprägen.

Es war winzig und niedrig und kalt. Gleich links in der Ecke stand ein Kanonenöfchen, gekrönt von einem Wasserkessel. Rechts ein Bett, ordentlich gemacht. Geradezu, unter dem Fenster ein Tisch, der sofort Mellerts Interesse erregte. Die schlichte Tüllgardine war zur Seite gezogen. Die Sicht ging über das flache Land im Süden bis zur Bucht, die »Schwarzer Peter« hieß. Auf dem Boden lag ein stark abgetretener Teppich. Rechts ein einfacher Kleiderschrank, daneben, zum Fenster ein Regal mit Büchern, Zeitschriften und Nippes. Mellert ging zum Tisch. Was er sah, prägte er sich sofort ein; Ein schwarzes Notizbuch mit Merkstreifen. In einer länglichen Schale Bleistifte, Federhalter, Radiergummi. Ein Tintenfass daneben. Ein Stapel beschriebenes Papier, ein Stapel leerer Blätter, liniiert. Klemmmappen, Hefter, grün, rosa. Alles sehr ordentlich angeordnet. Eine Schreibunterlage, ein Kerzenständer. Mehrere Kataloge, wie sie in Bildergalerien verkauft wurden, ebenfalls mit Lesezeichen versehen, lagen darauf. Mellert raffte alles, was beschrieben war, zusammen. Dann ging er zum Regal. Romane sah er, Fachbücher der Philologie, philosophische Abhandlungen. Wieder Kataloge und Bücher über Kunst – Malerei hauptsächlich. Stadtpläne von Berlin, Stralsund, eine Karte, Ausgabe 1920, von Hiddensee.

»Münchmann!«

»Hier, Herr Inspektor!«

»Kommen Se mal!«

Münchmann tauchte an der Tür auf. »Schnappen Sie sich die Kunstbücher, Kataloge und Stadtpläne aus dem Regal«, befahl Mellert, »Die nehmen wir mit.« Er öffnete den Kleiderschrank. Die üblichen Kleidungsstücke eines Mannes. Er bückte sich, kniff die Augen zusammen. »Ja da schau her!«, er griff zwischen die Mäntel.

KLOSTER, ZWANZIGSTER
FEBRUAR 1923

Der Bakenberg ist der höchste Punkt des Dornbuschs. Immerhin ragt er mit 72,4 Metern weit über Insel und Meer heraus. Der Blick bei gutem Wetter ist einfach grandios. Im Osten liegt Rügen, davor der Haken *Alt Bessin*, der noch zu Hiddensee gehört und immer mehr wächst. Nach Süden schlängelt sich Hiddensee achtzehn Kilometer weit, wie eine Seeschlange zwischen Ostsee, dem *Vitter Bodden* und dem *Schaproder Bodden* entlang. Und in der Ferne, im Südwesten, blaugrün, der Darß mit den Orten Zingst, Prerow und dem Darßer Ort, der nördlichsten Spitze der Halbinsel. Im Norden, hinter dem Leuchtturm glänzte die Ostsee.

Dieses wunderbare Panorama dehnte sich vor Anna aus. Sie schnappte nach Luft, wegen der Schönheit des Anblicks, von dem sie tief ergriffen war. Sie kniff die Augen zu schmalen Schlitzen zusammen und prägte sich das Bild fest ein. Im letzten Sommer war sie mit Bergander hier oben gestanden, Arm in Arm die Aussicht über die Insel genießend. Und wie oft war sie mit Marie auf dem Berg gewesen! Sie hatten die Feldstaffeleien hochgeschleppt, die Kästen mit den Malutensilien aufgestellt und losgelegt – jedenfalls Marie. Aber Anna war selten zufrieden gewesen. Das Licht passte nicht, die Stimmung auch nicht. Dann packte sie die Malutensilien ein, klappte die Staffelei zusammen, und setzte sich auf den Klapphocker, um Marie zu beobachten. Marie malte den Leuchtturm, wie er sich über den Dornbusch erhob und in den azurblauen Himmel reckte! Und das Bild strahlte!

Aber heute wäre der Tag gewesen! Und Anna hatte nichts dabei. Keinen Skizzenblock, keine Aquarellfarben, nichts! Nur ihr hervorragendes Gedächtnis. Sie war einfach losgelaufen, ohne nachzudenken wohin.

Als sie vor knapp zwei Jahren im Sommer hier oben Arm in Arm mit Bergander stand, deklamierte er ein Liebesgedicht an Hiddensee. Es sprach Anna aus der Seele. Nie wieder wollte sie von dieser Insel herunter. »Schau mal, da kommen noch ein paar Verliebte«, scherzte Anna und Bergander versteifte sich. Er starrte auf die Entgegenkommenden. Anna sah zu ihm auf. »Ist was?«

»Lass uns gehen.« Er zog sie eilig den Weg hinunter, der zum Klausner führte. »Was hast Du denn?« Anna sperrte sich.

»Nichts. Ich will nur von da oben weg.«

»Warum?«

Bergander blieb stehen. »Warum fragst Du immer?«

Anna war jetzt stehen geblieben. »Weil ich wissen will, warum und wer Du bist. Ich will wissen, was mit Dir ist!«

»Nichts ist mit mir. Alles gut.« Er nahm Anna bei den Schultern, sah sie fest an. »Es ist nur so – ach nichts. Nichts ist. Wirklich.« Er nahm sie in die Arme, sah den Weg zurück. Niemand folgte ihnen. »Können wir jetzt gehen. Ich brauche einen Kaffee.«

Heute schien die Sonne, die Luft war klar, die Sicht weit. Bis jetzt wusste Anna nicht, wer Bergander wirklich gewesen war. Schriftsteller? Getriebener, Geflohener? Und wenn ja, woher und warum. Anna hatte einfach alles kommen lassen. Sie nahm entgegen, ohne zu hinterfragen. Sie wollte nichts wissen, vielleicht aus Angst etwas zu entdecken, was sie nicht entdecken wollte. Sie küssten und liebten sich. Mehr wollte sie nicht. Wie viele ihrer Generation, die um ihre Kindheit und Jugend betrogen worden waren. Es war wie in den Ferien. Frei, ungebunden, zeitlos. Sie hatte sich damit abgefunden, dass er ihren Fragen auswich oder das Thema wechselte.

»Frau Meiser?« Anna schrak aus ihren Gedanken, sie glaubte sich allein. Inspektor Mellert hielt seinen Hut in der Hand. »Darf ich Sie noch etwas fragen?«

»Woher wissen Sie, dass ich hier oben bin?«, hielt Anna dagegen.

»Oh, das wusste ich nicht, Frau Meiser. Ich komme eben vom Klausner. Dort sagte man mir, dass man von hier eine großartige Aussicht hätte.« Er drehte sich um die eigene Achse. »Und, wie ich sehe, ist es so.«

»Nicht wahr!«

»Frau Meiser, wer war Bergander?« Anna sah Mellert lange in die Augen: »Keine Ahnung, Herr Mellert. Das frage ich mich seit vier Monaten.«

BERGEN, ERSTER MÄRZ 1923

Mellert lag mit weit von sich gestreckten Beinen in seinem Bürostuhl. Es war ein moderner Holzdrehstuhl, gepolstert. Sehr bequem. Und auf Rollen! Niemand in der Dienststelle besaß so etwas, und Mellert war froh darüber. In dieser Lage kamen ihm immer die besten Gedanken. Er hatte also Zeit zu analysieren, und einen Assistenten für die Bagatellen. Ihn beschäftigte vorrangig der Fall Bergander/Schmitz und besonders Frau Schulze-Bergen, die Malerin. Für beide Fälle gab es allerdings unterschiedliche Gründe.

Es klopfte. »Herein!« Mellert rührte sich nicht.

Sein Assistent trat ein. »Briefe aus Berlin, Herr Inspektor.«

»Na und?«

»Sind woll wischtisch. Die Berliner suchen einen Mörder. Oder mehrere.«

»Hm.«

»Vier Tote. Alle mit der gleichen Waffe erschossen, steht hier.«

»Und nun glauben die, dass er hier ist?«

»Sie suchen in ganz Preußen.«

»Aha. Legen Sie's auf meinen Schreibtisch. Und wie steht's mit dem Einbruch in Samtens?«

Der Assistent zuckte mit den Schultern. »Wenig Spuren, keine Zeugen. Wir hoffen, dass was auf den Märkten auftaucht. Kann ich gehen?«

»Hauen Sie schon ab. Und kümmern sie sich drum.« Gelangweilt beugte sich Mellert vor und griff sich das

Schreiben aus Berlin. *Oha! Das kommt direkt von oben! Bilderraub aus der Nationalgalerie. Tja, Pech.* Als Bayer konnte Mellert die Preußen eh nicht besonders leiden. Es war eine schlecht verhohlene Schadenfreude über den Verlust. *Vier Tote in Potsdam. Wie hingerichtet. Da schau her. Ganz schön was los, in Preußen. Was noch? Noch 'n Toter! Mei, es gibt so viele. Haben wir hier auch. Berlin glaubt an einen zeitlichen und örtlichen Zusammenhang. Aha.* Mellert legte das Schreiben zurück, vergaß aber nicht seinen Inhalt, wie er nie etwas vergaß. Das war das Geheimnis seines Erfolges. Andererseits war er überzeugt, ausreichend mit seiner Leiche von Hiddensee zu tun zu haben. Der Bericht des Doktors war am Morgen eingetroffen, und Mellert war froh, dass er das Diktat des Arztes auf Deutsch mitgeschrieben hatte. Er sah zum Aktenschrank. Noch solch ein modernes Ding, mit sogenannten Rolltüren. Wuchtig, wichtig, aber genau bemessen für viele Aktenordner. Und in eben diesem Aktenschrank stand ein Ordner mit der Aufschrift: »1922, Fall Neuendorf/Hiddens.«. Da war alles drin, was den Fall betraf. Tatortbeschreibung, Skizzen, Fotos (endlich fertig und vergrößert), Protokolle, Notizen. Er wartete immer noch auf Informationen aus Düren und Berlin. Die Kollegen dort ließen sich verdammt viel Zeit! Es würde ihm aber nützen, um mehr über Schmitz zu erfahren. Es klaffte ein großes Loch in dessen Lebenslauf, vor allem aus seiner Berliner Zeit. Neben dem Ordner lag ein Stapel Papiere aus dem Nachlass des Verstorbenen, den sich Mellert nur oberflächlich angesehen und einfach mitgenommen hatte. Er stutzte. *Da war doch ein Notizbuch dabei gewesen?* Er stand auf. Da war es! Zwischen der Loseblattsammlung aus Entwürfen, Texten, Gedichten - alles unwichtiges Zeugs! –

klemmte das Büchlein. Mellert zog es hervor, ging zu seinem Schreibtisch. Dort legte er es sorgsam auf die Tischplatte. Er behielt es im Blick, als wenn er befürchtete, dass es weglaufen könnte, während er sich in seinen Drehstuhl setzte. Ein Heft mit schwarzem Umschlag, DIN A5. Hundert Blatt schätzte er. Schmitz' schriftstellerische Ergüsse? Vielleicht hatte er es deswegen ignoriert, wie das andere Geschreibsel? Aber es konnte auch mehr drinstehen! Das Büchlein war abgegriffen. Er schloss aus den deutlichen Gebrauchsspuren am Rand, dass es oft benutzt worden war. Aus den Seiten ragten Lesezeichen mit Zahlen heraus. Einen Moment wunderte sich Mellert, dass der oder die Mörder nicht auch Schmitz Nachlass durchsucht hatten, warum?

Vorsichtig öffnete Mellert das Heftchen. Das Deckblatt war unbeschriftet. Er entdeckte Kaffee- oder Teeflecken und einen Tintenklecks, der witzigerweise aussah, wie eine sitzende Katze. Nächste Seite; Schmitz Schrift war erstaunlich klar. Sie war steil, rund und deutete auf einen ruhigen, überlegenden Charakter hin, der wusste, was er schrieb. Mellert ließ die Seiten mit dem Daumen durchlaufen. Schmitz hatte sie unterteilt. Oben rechts das Datum, links davon ein Hinweis auf den Inhalt. Rechts unter dem Datum eine Spalte für Notizen oder Ergänzungen. *Könnte mein Assistent noch was lernen!* Mellert stutzte. Gleich im Bruch der ersten Seite klebte eine Visitenkarte. »Preußisch-Pommersche Provincial Assekuranz, Regional-Bureau Berlin-Mitte« von einem Herrn »Director Niemeyer«. Mellert begann zu lesen. Je weiter er in den Inhalt eintauchte, desto mehr fesselten ihn die Notizen. Es wurde eine lange Nacht, aber am anderen Morgen war ihm einiges klar und es erklärte auch den Fund in Schmitz Kleiderschrank.

KLOSTER, FÜNFZEHNTER MÄRZ 1923, SPÄTABENDS

»Schluss!« Marie legte demonstrativ den Pinsel beiseite, lehnte sich zufrieden zurück. »Was sagst Du?«

Anna sah abgelenkt auf. Sie beschäftigte sich neuerdings mit Linolschnitt. »Autsch!« Anna steckte einen Finger in den Mund. »Ja, was?«

»Ach Anna, wo bist Du denn schon wieder? Sieh her. Was sagst Du?« Sie wies mit der linken Hand auf ihr Werk. Die andere hielt ihre Palette. »Schön«, murmelte Anna und beschäftigte sich weiter mit ihrem Linolschnitt. Marie war zu Anna getreten, sah von oben auf den Schnitt. »Bergander?«

»Hm hm. Und hier bis Du und dort ich.«

»Sehe ich. Dich erkenne ich am Hintern.«

»Ist doch gar nicht zu sehen!«

»Eben.« Marie lachte. Sie kniff die Augen zusammen, wie sie es immer tat, wenn sie ein Bild betrachtete. Vor dem Hintergrund der Steilküste des Dornbuschs stand ein Mann, der auf das Meer hinaussah. Zu seinen Füßen eine Frau, die Arme um ihre Knie geschlungen, und hinter dem Mann eine weitere, die ihren Kopf an die Schulter des Mannes lehnte. »Sehr schöne Komposition. Du bist genau auf der richtigen …«

Die Tür flog mit einem Krachen auf. Beide Frauen erschraken. »Was …?«, rief Marie, die sich als erste fasste.

Im Türrahmen standen zwei Kerle in schwarzen Mänteln und tief ins Gesicht gezogenen Hüten. Sie sahen keineswegs vertrauenerweckend aus. »Wo ist es?«

»Was wollen Sie von uns?« Die Angst vor den Männern machte Anna und Marie starr. Von den Mantelträgern ging eine dumpfe Bedrohung aus. Der rechte kam bedrohlich auf Marie zu. »Also, wo ist es?« Anna versuchte auszuweichen, aber der Tisch mit den Malutensilien und den Farben hinderte sie daran. Der Mantelträger nahm ihr langsam die Palette aus der Hand. Legte sie, wie wenn sie zerbrechlich wäre, vorsichtig aus der Hand. Dafür erschien vor Maries Augen der Lauf eines Revolvers. »Ich warte nicht gerne«, flüsterte Mantelträger.

»Ich weiß beim besten Willen nicht, was Sie meinen, Herr ...?«

»Mo... - Das könnte Dir so passen, Miststück! Also, was ist? Oder können Sie mit gebrochener Hand noch malen?« Marie lief es eiskalt den Rücken herunter. Sie wusste beim besten Willen nicht, was der Kerl meinte. Über den Pistolenlauf erkannte sie schmale, sehr blasse Lippen, ein schlecht rasiertes Kinn, gelbe Zähne und eine spitze Nase. Der Rest lag im Schatten des Hutes. Und er roch nach – wonach nur? Etwas Bekanntes. Marie schüttelte den Kopf. Sie fürchtete sich vor den Schmerzen und -

»Was geht hier vor?« Mellert! Der Pistolenlauf verschwand, die Mantelträger drehten sich wie auf Kommando um, schoben Mellert einfach beiseite und verschwanden durch die Tür. Sie hörten noch die Haustür schlagen, dann war Stille.

Marie atmete scharf aus. Sie musste sich abstützen, griff dabei auf die Palette und beschmierte sich die Hände mit Ölfarbe. Doch das merkte sie nicht. Und Anna war zur Salzsäule erstarrt, mit blutendem Finger im Mund und ihrem Linolschnittmesser in der rechten Hand. Mellert sah von einer zur anderen, machte einen Schritt. »Fräulein Marie, alles in Ordnung? Ist ihnen etwas passiert?« Es lag mehr als nur professionelle Besorgnis in seiner Stimme. Marie schüttelte den Kopf. »Alles gut.« Das klang wenig überzeugend.

»Kommen Sie, meine Damen, gehen wir nach nebenan.« Er hoffte jedenfalls, dass nebenan das Wohnzimmer lag. Und hatte recht. Die beiden Damen entspannten sich und folgten Mellert. »Setzen sie sich. Ich hole ihnen ein Glas Wasser.« Er verschwand. Sie hörten Schranktüren klappern, dann das Wasser rauschen. Mit den versprochenen Gläsern in der Hand erschien er wieder, stellte sie vor Anna und Marie auf den Tisch und setzte sich in den Sessel den Frauen gegenüber.

»Also, was war das eben?«

Marie begann zu erzählen, Anna ergänzte, bis zu dem Moment, an dem Mellert eingetreten war.

»Haben Sie irgendwas erkennen können? Wie sahen die Kerle aus?« Marie sah hilflos zu Anna. Die nickte. »Ich mache Ihnen eine Zeichnung.« Und Marie erklärte: »Anna hat ein fotografisches Gedächtnis, wissen Sie?«

»Prima.« Mellert schwieg.

»Wissen sie was Neues?«, fragte Anna.

»Ich denke schon, gnä' Frau. Nur darf ich weder Ihnen …« Anna nickte verstehend. Sie machte mit der Hand eine allumfassende Bewegung.

»Gehört dazu.«

»Sie meinen Bergander und diese Männer eben?«

»Ich fürchte.«

Marie meldete sich zu Wort: »Da war so ein Geruch, Herr Mellert.«

»Ein Geruch?«

»Ja«, sagte Marie. »Nach Lösungsmitteln und - Gips.«

»Gips?« Mellert notierte. Dann schwiegen sie wieder. Mellert holte tief Luft. »Tja, weshalb ich hier bin.« Er sah Marie an. »Das hat sich dann wohl erledigt.«

»Was denn?«, wollte Marie wissen.

»Ich wollte Sie zum Essen einladen, in den 'Wiesengrund'.« Es sah schnell zu Anna. »Sie selbstverständlich auch, Fräulein Meiser.« Er seufzte. Enttäuschung machte sich in seinem Gesicht breit. »Doch unter diesen Umständen ist es wohl besser …« Marie und Anna sahen sich an. »Wenn wir nicht über Bergander reden müssen, gerne, nicht wahr, Anna.«

Das Landhaus *Wieseneck* gehörte zu den renommierten Unterkünften in Kloster. Die Aussicht war grandios. Von allen Seiten! Man sah den Hafen, und sogar bis Vitte. Im Sommer saß man im Garten oder abends auf der Veranda. Und Wiesengrund lag einigermassen zentral, was kurze Wege für die Gäste bedeutete. Hier gab es gutes Bier und ebenso gutes Essen. Die Zimmer waren, wie in Vitte, sauber und gepflegt.

Mellert war hierhin umgezogen, um Marie näher zu sein. Er besetzte ein Zimmer mit Blick zu Maries Haus.

Sie setzten sich in eine Ecke des Gastraumes. »Was wünschen die Damen?« Mellert war ganz Charmeur. Sie blätterten in der Karte, bestellten Bier und eine Suppe.

»Das ist zwar kein Tee«, sagte Mellert, indem er das Glas hob, das eben der Wirt auf den Tisch gestellt hatte, »Doch hatte ich versprochen, dass wir das irgendwann nachholen.« Marie erinnerte sich. »Das ist aber nicht der wahre Grund, Herr Mellert?«

»Nein. Ich habe eine Bitte. Mehr oder weniger privat.« Er wartete auf eine Reaktion. Als keine erfolgte, setzte er fort: »Ich wollte Sie bitten, mir etwas über Kunst beizubringen.«

»Ihnen?«

»Ja«, Mellert lehnte sich zurück. »Ich habe nämlich nicht die geringste Ahnung davon, wissen Sie?« Er grinste breit und irgendwie schüchtern, was Marie gefiel. »Steckt da berufliches Interesse dahinter, oder mehr?«, fragte Marie.

»Nun ja, in gewisser Weise schon eher mehr.« Er griff über den Tisch und nahm Maries rechte Hand. Er führte sie sanft an seinen Mund, sie ließ es zu, und küsste die Fingerspitzen. Marie ging es durch und durch. Blitzschnell zog sie die Hand zurück.

»Verzeihung, ich wollte nicht aufdringlich sein.«

»Das sind – Sie – nicht. Es war nur so überraschend.« Die Suppe kam, und sie schwiegen während des Essens. Anna schob den Teller von sich. »War lecker«, stellte sie fest, trank ihr Bierglas aus. »Ich denke, ich verabschiede mich jetzt. Ich bin müde. Es war wohl ein bisschen viel, heute.« Sie stand auf, gab Mellert die Hand und Marie einen Kuss auf die Stirn. »Bis morgen, Liebes. Ich schlafe heute bei mir.«

»Ich hoffe, ich habe Ihre Freundin nicht vertrieben?«

»Nein, nein. Ich verstehe sie.«

»Und Sie?«

»Nö. Mir sitzt zwar immer noch der Schreck in den Gliedern, aber ich bin keineswegs müde.« Sie sah Mellert tief in die Augen, legte ihre rechte Hand wieder auf den

Tisch. »Ich würde Ihnen gerne etwas über Malerei
beibringen.«

KLOSTER, SECHZEHNTER MÄRZ

Der Wirt gähnte hingebungsvoll, schlug ihnen vor, sich selbst zu bedienen, wenn sie noch nicht Schluss machen wollten. Es sei eine Stunde über die Polizeistunde. Und war ins Bett gegangen. Sie wollten nicht, denn Marie war noch nicht über die Grundlagen hinaus. Mellert hörte aufmerksam zu. In seinem Kopf speicherten sich Informationen über Informationen. Langsam verstand er so Einiges, doch er spürte, dass er wirklich erst ganz am Anfang stand.

Er hielt ihre Hand in der seinen und beide, so schien es, merkten es nicht. Marie redete, Mellert hörte zu, bis sie plötzlich mitten im Vortrag fragte: »Haben Sie einen Vornamen?«

»Ähm, Friedrich. Fritz für meine Freunde.«

»Ich möchte Dich Mellert nennen. Das klingt seriöser.«

»Mellert? Dann nenne ich Dich Marie?«

»Gerne, Mellert.« Klang nicht schlecht stellte der Inspektor fest. Wenn Marie ihn so nannte! Allen anderen hätte er es kategorisch verboten, ihn Mellert zu nennen. Er stand auf, ging hinter den Tresen und zapfte noch ein Bier für sie beide. Während er wartete, bis die Gläser gefüllt waren, beobachtete er Marie. In dem Licht der Kerzen und Petroleumlampen leuchtete ihr Haar golden und ihr Gesicht bekam weiche Konturen. Sie war völlig ungeschminkt, was Mellert gefiel. Sein Herz hüpfte, wie er sie so ansah. Mellerts Frau war anders gewesen. Sie war blond, kräftig gebaut – nein, nicht dick! – kleiner, vollbusiger, sprach schnell, fordernd. Marie war bedächtiger. Ob es an der Insel lag? Ihm war es, als wenn daran etwas wäre. Marie sah zu ihm herüber, lächelte. »Dies hier noch, dann machen wir Schluss für heute?«

Mellert brachte Marie zu ihrem Haus.

Marie war vor der Tür stehen geblieben, kramte den Schlüssel aus ihrer Jacke und schloss auf. »Kommst Du noch kurz rein, ich möchte Dir gerne etwas zeigen.« Sie wartete nicht, ging vor und Mellert tappte hinterher.

Sie waren wieder im Atelier. »Sieh Dich um. Alles Kunst!«

Er stand direkt hinter Marie und schnupperte den Duft ihrer Haare. »Was ist Kunst?«

»Die Frage muss lauten, wann ist es Kunst. Für den Künstler ist es der Schaffensprozess und wenn das Werk fertig ist. Für die Leute, wenn es in die Öffentlichkeit kommt und anerkannt wird. Wenn zum Beispiel ein Bild in der Galerie hängt, ein Musikstück aufgeführt wird oder ein Buch im Laden steht.« Marie drehte sich um, nahm Mellerts Gesicht in beide Hände und zog ihn zu sich herunter. Es wurde ein langer Kuss. Ihre Zungen spielten ein aufregendes Spiel. Und dann begann Marie, Mellert auszuziehen und Mellert Marie. Immer noch standen sie mitten im Atelier, im leise flackernden Kerzenlicht, eng aneinandergeschmiegt. Marie spürte Mellerts kräftigen Körper, die festen Muskeln und drahtigen Arme. Ihr Herz schlug bis in den Hals. Sie wollte Schutz, Sicherheit, und das versprach Mellert. Und mehr! Marie trennte sich von ihm und zog ihn ins Schlafzimmer. »Und Anna?«, fragte Mellert.

»Komm schon.« Es klang ein wenig ungeduldig, doch das störte Mellert nicht im Geringsten.

Er öffnete die Augen. Ein fremdes Bett, ein fremder Geruch. *Hier liegt sonst immer Anna*, wusste er. Er erinnerte sich an ihren Duft. Sein Blick ging zur Wand. Überall standen und hingen Bilder von Marie und Anne. Das hatte er im Dunkeln nicht gesehen und außerdem war er abgelenkt gewesen. Mariens Haut leuchtete im diffusen Licht des Laternenlichts von draußen. Mellerts Herz schlug jetzt schneller und der Wunsch, Marie an sich zu drücken, ihre Rundungen zu fühlen, die samtene Haut und ihren weichen Körper, wurde immer stärker.

Mellert blinzelte. Er konnte schon unterscheiden, welche Stilrichtungen Marie und Anna vertraten. Aber warum nun diese oder jene, verstand er immer noch nicht. Vorsichtig rollte er auf den Rücken. Es war schon hell. Zum Glück war Sonntag, da durfte er länger im Bett bleiben, was er seit dem Tod seiner Frau auch gerne tat.

»Guten Morgen«, flüsterte es von rechts. Maries Hand strich über seine Brust und den Bauch, und dann rollte sie die kurzen gekräuselten Härchen weiter unten um ihren Finger, bis es ziepte. Mellert zog Marie zu sich heran. »Für eine Lehrerin sind sie ganz schön frech, gnä' Frau. Sie vergreifen sich ungefragt …« Marie verschloss seinen Mund mit einem Kuss. »Und unerwünscht?« Mellert schüttelten den Kopf. Sie lag jetzt auf ihm und rüttelte sich zurecht. »Du fühlst Dich gut an. Ich freue mich schon auf den Sommer.«

Beim Frühstück machte Marie weiter. »Wiederholen wir. Was ist Kunst …«

STRALSUND, APRIL 1923

Die Waggons nach Stralsund waren festgezurrt, die Fähre in Altefähr stand bereit, abzulegen. Mellert fluchte. Er rannte den kurzen Weg bis zum Anleger hinunter. Hätte er doch das Dampferchen genommen! Er sprang auf die Fähre.

»Dat wah knapp, der Herr.« Mellert bezahlte schnaufend und ging nach vorn, soweit es ging. Er steckte die Nase in den Wind. *Ah, Frühling. Endlich!* Die Luft war weich. Es duftete nach Wasser und frischen Blüten. Die Sonne schien, ein sanfter Wind strich über den Strelasund. Möwen umkreisten die Fähre in Erwartung einer Äsung und kreischten neidisch ihre Artgenossen an. Am anderen Ufer sah Mellert die Skyline von Stralsund. Rüttelnd setzte sich die Fähre in Bewegung.

Mellert hatte sich nach Altefähr fahren lassen und dort übernachtet, weil er mit seinem Assistenten in Samtens ermittelt hatte. Und fast verschlafen. Er hatte den Wecker einfach nicht gehört. Das Zimmermädchen weckte ihn mit ihrem Klopfen. Er war erst spät eingeschlafen. Bis gestern, spät in der Nacht, hatte er gebraucht, um sich endlich durch Schmitz Tage-/Notizbuch durchzuarbeiten. Es begann Ende Dezember 1919 und endete genau am achten November 1922. Beinahe für jeden Tag stand ein Eintrag im Heft. Der letzte lautete: *Ich habe sie! Morgen ist Treff in Samtens. Der letzte Beweis. Sekt ist schon bestellt. Haha!*

Das war wohl denn dann doch nichts gewesen! Am anderen Tag war Schmitz sehr wahrscheinlich schon tot. Doch jetzt genoss Mellert die Überfahrt, bevor er sich in die

Polizeiinspektion begab, um mit Oberinspektor Berger über den Fall zu sprechen.

Berger tat sehr interessiert, doch seine Augen sprachen etwas Anderes. Er nickte zu Mellerts Vortrag, spielte mit einem Bleistift und machte sich hin und wieder Notizen. »Gut«, sagte er schließlich. »Ich persönlich sehe keinen Zusammenhang mit den Berliner Vorfällen. Meines Erachtens handelt es sich um zwei verschiedene Verbrechen.« Er sah Mellerts enttäuschten Blick. »Aber!«, er hob die Stimme ein wenig, »Sie sind ein hervorragender Kriminalist, Mellert. Deshalb schlage ich Ihnen vor: Fahren Sie nach Berlin und reden Sie mit den Kollegen dort. Sie haben alle Vollmachten.« Er schob den flachen Stapel mit seinen Notizen zusammen, stand auf. »Wann wollen Sie fahren? Ich melde Sie an.«

Mellert schaute auf seine Taschenuhr. Wenn er heute noch nach Berlin wollte, müsste er sofort los. Aber für die Kollegen wäre schon Feierabend, wenn er einträfe. Er entschied, gleich morgen früh zu fahren.

»Gut, Mellert. Holen Sie sich Fahrkarten. Ein Zimmer im Hotel ist reserviert.« Berger streckte Mellert die Hand hin. »Viel Erfolg. Und berichten Sie, wenn Sie zurück sind.«

An der Rezeption erkundigte sich Mellert nach einer Telefonverbindung auf Hiddensee und nannte Maries Namen. Der Concierge zog eine Augenbraue in die Höhe, versprach sich zu kümmern und sowie er eine Verbindung mit der *Dame* hätte, ihn zu rufen. »Und reservieren Sie noch ein Zimmer für die Dame.« Zwei Mark wechselte die Tresenseite.

Mellert warf seine Tasche mit den Papieren und den wenigen Reiseutensilien aufs Bett und ging wieder hinunter ins Restaurant. Bei einem Kaffee ging er noch einmal (zum wievielten Male schon?) seine Notizen durch. Was Berger auch immer dachte, Mellert war von seiner Theorie hundertprozentig überzeugt. Vor allem, nachdem er Schmitz Tagebuch kannte. Er war gespannt, was die Berliner Kollegen dazu sagen würden.

»Die Dame ist am Telefon«, flüsterte ihm ein Page diskret ins Ohr. Mellert sprang auf und folgte eilig dem Jungen.

»Marie?« Mellert lauschte. Die Verbindung war nicht besonders, aber er erkannte ihre Stimme.

»Ja, ist was passiert?«

»Nein. Kannst Du den nächsten Dampfer nehmen? Ich muss morgen nach Berlin und …«

»Ich komme!« Ein paar Sekunden schwieg Marie, dann rief sie: »Ich muss mich beeilen. In einer Stunde fährt der Dampfer.«

»Ich freue mich. Ich hole Dich vom Hafen ab.« Und schon brach das Gespräch zusammen. Mellert sah in den Hörer, als wenn dort der Schuldige säße. Aber er hatte erreicht, was er wollte; ein paar Tage in Berlin mit Marie.

Der Nachmittag verging zäh wie schlecht gebratenes Fleisch. Mellert ging zu Fuß zum Hafen. Die dicht bebaute *Barther Straße* mit den vielen kleinen Läden faszinierte ihn. Er war nicht oft in einer Großstadt gewesen, obwohl er eine Zeit in München, erst als Anwärter und dann als Assistent im Kriminaldienst verbracht hatte. Mellert überquerte auf dem *Triebseer Damm* den Verbindungsgraben zwischen dem *Knieper* und dem *Kleinen Frankenteich* und befand sich bald in der Altstadt. Am *Neuen Markt* blieb er stehen und bewunderte die mächtige *Sankt Marien*. Dann bog er ab zum *Alten Markt*, benutzte den Durchgang zwischen der *Nikolaikirche* und dem *Stralsunder Rathaus*. Es war Markttag. Händler, Pferdefuhrwerke und Lastwagen beherrschten die Szene. Die Markleute überschrien sich gegenseitig und zwischen den Gängen herrschte emsiges Gewusel. Als Profi hielt Mellert automatisch nach Taschendieben Ausschau, erinnerte sich aber rechtzeitig daran, dass er zum Hafen musste. Er holte die Taschenuhr hervor. Oh ja, es pressierte!

Bei dem klaren Wetter erkannte Mellert die Rauchfahne des Dampfers schon von Weitem. Die Eisenbahnfähre nach Altefähr legte eben ab. Mellert ging zum Kai, wo angelegentlich der Hiddenseedampfer festmachen würde. Er fand eine leere Bank und wartete geduldig.

Mit lautem Tuten bog der Dampfer »Caprivi« in den Hafen ein und begann zu manövrieren. Mellert war aufgestanden. Sein Herz klopfte vor Vorfreude, fast konnte er es nicht erwarten, Marie in den Armen zu halten.

Jemand winkte mit einem weißen Tuch. Da war sie, Marie! Und neben ihr stand Anna. Naja, das war nicht der Plan, aber er freute sich trotzdem.

Unter einem Berg von Taschen und Köfferchen tauchten die beiden Frauen auf der Gangway auf. Mellert war es schleierhaft, wie sie es geschafft hatten, in der kurzen Zeit so viel Gepäck zusammenzuraffen. Frauen! Zwei freundliche Matrosen halfen ihnen hinunter und ein dritter schleppte noch ein riesiges rechteckiges Paket. »Vorsichtig! Seien Sie bitte vorsichtig!«, rief Marie. Unten angekommen verteilte Marie großzügig Trinkgelder, was die Augen der

Fahrensleute aufleuchten ließ. Sie schnatterten etwas Plattdeutsches und Marie lachte. »Gerne immer wieder«, rief sie den Jungs zu, die freundlich winkten. Dann fiel sie Mellert um den Hals und gab ihm einen schallenden Kuss.

»Marie.«

»Mellert.«

»Fräulein Meiser.«

»Herr Mellert.«

Anna fand einen Dienstmann, der das Gepäck der Damen auf eine Karre lud. »Wir nehmen ein Taxi«, entschied Mellert.

Er genoss das fröhliche Schwatzen der beiden Frauen, die gleichzeitig über die verschiedensten Themen reden konnten; wie sie in aller Eile ihre 'Klamotten' zusammengeworfen hätten, zum Hafen gerannt und beinahe das Paket mit den Bildern vergessen hätten - und ein freundlicher Matrose es geholt hätte, und was sie in Berlin -, und, und …

Mellert schwieg und sah grinsend zum Taxifahrer, der offensichtlich mit heruntergeklappten Ohrenlidern am Lenkrad saß, und gelassen durch die engen Straßen der Altstadt zum Hotel fuhr. Doch zuvor machten sie den Umweg über den Hauptbahnhof, um noch Fahrkarten nach Berlin zu kaufen.

Natürlich schliefen die Frauen in einem Zimmer, Mellert daneben, im anderen. Es war noch nicht die Zeit der großen Freiheit und hier in der Provinz schon gar nicht. Mellert klopfte, steckte den Kopf durch den Türspalt. »Hört mal, wenn ihr fertig seid, treffen wir uns unten im Restaurant.«

»Ja ja, geh mal schon vor.«

Er wartete eine halbe Stunde. Eben, als er nachfragen wollte, kamen sie durch die Tür. Anna und Marie waren nach der neuesten Mode gekleidet. Sie trugen zwar ihre Haare noch lang, aber hinten hochgesteckt. Dazu kurze Kleider, schmal geschnitten und ohne Ärmel, mit Pailletten am Rocksaum, Seidenstrümpfe und hohe Hackenschuhe. Natürlich fielen Sie auf. Sie umarmten Mellert, der perplex am Tisch stand, und gaben ihm Küsschen auf die Wange.

Sie bestellten Essen und eine Flasche Wein. Und dann setzte Marie ihre Lektionen fort.

»Also, der Impressionismus …«

Anna tauschte das Zimmer mit Mellert über Nacht. Das war doch selbstverständlich und ging niemanden etwas an, außer sie drei. Durch die dünne Wand hörte sie Mellerts dunkle Stimme. Dann wurde es still. Anna lag auf dem Rücken, ihre Hände lagen auf dem Deckbett. Mit offenen Augen starrte sie zur Zimmerdecke. Lichtstreifen von Autoscheinwerfern geisterten darüber, sie hörte das helle Klingeln der Schellen eines Pferdegespannes und das rhythmische Klacken der Pferdehufe auf dem Pflaster.

Stralsund hatten sie zweimal besucht, Bergander und sie. Sie waren durch die Altstadt gestreift, waren mit großen Augen durch die Kirchen gegangen, sie kauften Material für Marie und sich selbst und plünderten den Markt, soweit der Geldbeutel es zuließ. Einmal waren sie sogar in einer Kunsthandlung gewesen, aber der Kaufmann, der sich »Galerist« nannte, hatte kein Interesse an ihrer Malerei. Jedes Mal schwer bepackt, aber lachend waren sie wieder auf den Dampfer nach Hiddensee gestiegen. Bergander saß am

Fenster und starrte auf das Wasser des Boddens, Anna schwieg, denn das war der Zustand, indem sie ihn lieber nicht fragen sollte, was er denke. Dann war er aufgestanden und vor sich hinmurmelnd nach draußen gegangen. Anna war ihm nachgegangen. Dann stand sie neben ihm und sah, wie er in das vorbeiströmende Wasser blickte. »Frag nicht, was ich denke«, murmelte er. Doch dann: »Ich sehe das Wasser vorbeifließen und es scheint, als wäre es das Leben. Es fließt vorbei, ohne dass wir es aufhalten können. Tag für Tag, nimmt es immer ein Stück von dem Kredit mit, den Gott uns gegeben hat. Und wir kennen den Saldo nicht.«

»Panta rhei«, flüsterte Anna. *Wer bist Du, Bergander,* fragte sie sich. Im Hafen von Kloster nahmen sie Abschied. Es war eine Umarmung, so seltsam. Nicht kühl, eher, wie wenn jemand Abschied nehmen würde. Für immer? Anna und Marie schleppten den Wagen mit ihrer Beute hinauf nach Kloster, schweigend und nachdenklich. Annas unbestimmtes Gefühl, dass sie Bergander verlieren würde, verstärkte sich von Tag zu Tag. Beide entfernten sich voneinander und es blieben Gefühle, die immer mehr verblassten.

Es klopfte. Anna hob verschlafen den Kopf. »Ja?«
»Bist Du schon munter?«
»Nein.«
»Gut, dann komm. Wir müssen unseren Zug schaffen.«

BERLIN, NEUNZEHNTER APRIL 1923

Der Zug hielt im Stettiner Bahnhof. Zu Annas und Maries Glück standen auch hier etliche Gepäckträger auf dem Bahnsteig, die emsig das Gepäck der Frauen einsammelten und auf den Vorplatz schleppten. Mellert sah sich um. »Da drüben stehen Taxis.« Er winkte energisch. »Ich werde, glaube ich, bereits erwartet.« Ein junger Mann kam auf sie zu.

»Herr Inspektor Mellert?«

»Richtig, junger Mann.«

»Anwärter Epsteiner, zu Diensten.« Der junge Mann stand stramm.

»Mal nicht so förmlich, Herr Epsteiner. Woran haben Sie mich erkannt? Gibt es schon einen Steckbrief?«

»Einen Polizisten erkennt man auf hundert Schritt Entfernung, Herr Inspektor.«

»Danke, sehr nett.«

»Ist aber so. Ich soll Sie ins Polizeipräsidium fahren.«

»Das ist fein. Erlauben Sie, dass ich mich noch von meinen Begleiterinnen verabschiede?«

»Selbstverständlich, Herr Inspektor. Wo ist ihr Gepäck?« Epsteiner sah angstvoll auf den Stapel Koffer, Taschen und Päckchen. Mellert reichte ihm grinsend seine Tasche. »Das ist alles.« Epsteiner war dem Inspektor sofort sympathisch, und offenbar erging es dem Anwärter ebenso. Es war sein offenes Lächeln, dass Mellert gefiel.

Marie gab Mellert einen Zettel mit einer Telefonnummer, die er anrufen sollte, wenn er im Präsidium fertig wäre. Sie mussten nach Zehlendorf, wo Maries Cousine eine Villa am Schlachtensee bewohnte. Da Marie gerne mit Mellert zusammen sein wollte, konnten sie nicht in der Wohnung ihrer Eltern unterkommen, denn das hätte zu gesellschaftlichen Irritationen geführt. Da war sie sich sicher! Der Gepäckträger schleppte das Zeug zu einem Taxistand, empfing ebendort sein Trinkgeld und half sogar beim Verladen.

Wellert genoss die Tour durch die unbekannte Stadt. Er war das erste Mal hier und staunte, wie weit es bis zum Polizeipräsidium war. Für jemanden aus der tiefsten Provinz beinahe niederschmetternd. Der Fahrer schlängelte sich geschickt auf die Chausseestraße, überquerte die Kreuzung zur Torstraße, und bog in die Oranienburger ein. Sie fuhren am Voxhaus[3] vorbei, am Postfuhramt, dessen knallgelber Backstein glänzte. Sie passierten die große Synagoge, das Haupttelegrafenamt und fuhren am *Monbijoupark* vorbei. Elegant rollte das Auto auf die *Dirksenstraße*, überquerte den Alexanderplatz. Und da lag sie: Die *Rote Burg*, das *Polizeipräsidium*[4]. Mellerts Fahrer Epsteiner fuhr am Haupteingang vor. »Wir sehen uns dann beim Kriminaldirektor, Herr Inspektor.« Mellert meldete sich am Eingang und musste warten. Wenig später tauchte Epsteiner wieder auf. Er grinste über das ganze Gesicht. »Wenn es denn *so* ist! Darf ich bitten, Herr Inspektor?«

---

[3] Heute: (Noch) Tacheles. Aus dem Voxhaus wurden im Mai 1923 die ersten Rundfunksendungen gesendet.

[4] Damals befand sich das Polizeipräsidium an der Stelle, wo heute das ‚ALEXA' steht. Im Volksmund hiess es „Rote Burg", wegen des roten Backsteines und seiner burgähnlichen Architektur.

In Zehlendorf wurden sie bereits erwartet. Anna brachte viele gute Erinnerungen an Berlin mit und Marie ebenso. Sie machten sich auf Neues, dass sie unterwegs sahen, aufmerksam. »Jaja«, mischte sich der Fahrer in das Gespräch, »Berlin is jros jeworden. Det macht jetzte richtich Spass!« Er hielt direkt vor dem Tor zur Villa. »Holla.« Mehr konnte Anna nicht sagen.

»Und das Tolle ist, der Dachboden ist so groß, dass wir dort wunderbar malen können.«

Hausangestellte traten aus der Eingangstür. Sie halfen Anna und Marie, das Gepäck nach oben zu tragen. »Die Herrschaften sind noch unterwegs und werden in einer Stunde hier sein. Übrigens, mein Name ist Schwertheim. Ich bin die Hausdame der Herrschaften.« Hinter Maries Rücken kicherte Anna leise. Sie erstiegen die prächtige Treppe in den ersten Stock. »Mannomann!« Kopfschüttelnd schlich Anna der Hausdame hinterher. »Die Damen wollen zusammenziehen, sagte man mir.« Sie war stehen geblieben und deutete auf eine zweiflügelige Zimmertür. »Ich bin sicher, dass die Damen zufrieden sein werden.« Frau Schwertheim öffnete einen Flügel. »Das Gepäck kommt sofort.« Sie wollte sich schon abwenden, doch mit gespielter Überraschung, die Augenbrauen weit nach oben gezogen, sagte sie: »Ein gewisser Herr Mellert ist ebenfalls gemeldet. Ich habe ihm das Zimmer neben den Damen zugewiesen.« Es fehlte nicht viel, dass Anna vor Lachen platzte. Schnell schlüpfte die ins Zimmer, zerrte ein Taschentuch aus ihrem Handtäschchen und lachte hinein.

Marie war ganz große Dame. »Wir danken Ihnen, Frau Schwertheim. Das große Paket lassen Sie bitte unten im Entree. Es wird von unserem Galeristen abgeholt.«

»Sehr wohl. Soll ich Ihnen einen Imbiss bereiten lassen?«

»Das wäre reizend. Danke.« Marie schloss die Tür, lehnte sich dagegen und prustete los. Zwischen zwei Lachanfällen stöhnte sie: »Wo hat meine Cousinchen diese Tante hergeholt?«

Anna sah sich um. »Mein Gott, was für ein Pomp!«

»Naja, mein Onkel hatte viel Profit gemacht. Und während des Krieges seine Fabrik verkauft. Er …« Es klopfte.

BERLIN, NEUNZEHNTER APRIL 1923, POLIZEIPRÄSIDIUM

Epsteiner führte Mellert in den vierten Stock. Sie gingen einen langen, dunklen Flur entlang, beinahe bis ans Ende. Er trug Mellerts Aktentasche, obwohl der Inspektor sie ihm zuerst nicht geben wollte. Aber Epsteiner bestand darauf. *Höfliche Leute hier*, dachte Mellert.

Sie hielten vor einer hohen, dunkelbraunen Tür mit Oberlicht an. Neben der Tür glänzte ein Messingschild, auf dem 'Criminal-Direction, Abteilung II, Kapitalverbrechen' in schöner Schrift geschrieben stand. Epsteiner klopfte an und öffnete grinsend die Tür.

Das erste, was Mellert sah, waren drei Schreibtische – auf denen ein Berg aus Akten und Papier thronte. Hinter diesem Berg tauchte ein Schrank von einem Mann auf. »Inspektor Mellert!«, rief der Schrank, »Willkommen in Berlin!« Er streckte Mellert beide Hände entgegen. »Ich war schon gespannt auf Sie. Kommen Sie mit.« Der Schrank zog Mellert in ein Nebenzimmer. Hier befand sich neben einem Aktenschrank, ein Schreibtisch, ein Ledersofa mit einem niedrigen Tisch und einem Sessel. Ein Garderobenständer aus Weide stand gleich neben der Tür links, rechts ein Handwaschbecken und eine niedrige Anrichte. »Direktor Gebbert«, stellte sich der Schrank vor. »Nehmen Sie Platz, Herr Inspektor.« Er pflanzte sich in den Sessel und nötigte Mellert auf das Sofa. »Epsteiner!« Der Assistent stand schon in der Tür. »Was darf ich Ihnen anbieten, lieber Mellert? Kaffee, Tee.«

»Nur ein Glas Wasser, Herr Direktor. Bitte ein Großes.« Sie warteten. Direktor Gebbert sah Mellert erwartungsvoll an. »Berichten Sie«, forderte er Mellert auf.

»Da bin ich ganz Ihrer Meinung, Herr Mellert. Das alles scheint ein Fall zu sein. Wir sollten gemeinsam in dieser Richtung ermitteln, wir hier in Berlin, es muss Kontakte geben, und Sie oben im Norden. Wenn Sie einverstanden sind, stelle ich Ihnen meinen besten Mann, Herrn Epsteiner, an die Seite. Er steht sowieso kurz vor seiner Ernennung zum Kommissar. Da kann er sich bei Ihnen die letzten Meriten holen. Was sagen Sie?«

Mellert dachte nicht lange nach. Es würde ihn entlasten, er hätte jemanden, mit dem er sich austauschen konnte und er fand, dass sie beide sofort einen gemeinsamen Draht gefunden hatten. Mellert nickte. »Einverstanden.«

Es war noch früher Nachmittag. Mellert rief Marie aus dem Polizeipräsidium an. Sie verabredeten sich am Alex, vor dem Kaufhaus *'Tietz'*, an der Berolina. Er trank noch einen Kaffee, um dann ein wenig herumzuspazieren.

Sein Weg führte über den hübschen Vorplatz in die Königstraße zum Bahnhof Alexanderplatz, und weiter zum Rathaus. Links, gleich hinter der Eisenbahnbrücke stand das Warenhaus Wertheim. Autos sausten hupend vorbei, und Straßenbahnen, Radfahrer und Pferdefuhrwerke. Es herrschte ein Verkehr, als hätte niemand Zeit, einen Moment zu verweilen. Mellert lief mit dem Strom Fußgänger an Läden und Restaurants vorbei, bog rechts in die Klosterstraße und stand bald vor der Marienkirche. Über die

Kaiser-Wilhelm-Straße und *Spandauerstraße* spazierte er zum Roten Rathaus. Dort betrachtete er die 'Bauchbinde' über die Geschichte Berlins, zum ersten Mal und mit anderen Augen, seit er mit Marie zusammen war, und marschierte endlich zurück. Bald mussten Marie und Anna mit der S-Bahn den Alexanderplatz erreicht haben.

Er erwartete sie neben der Berolina, dieser, einer mächtigen Walküre ähnelnden Frau, die die Schutzgöttin Berlins darstellen sollte. Dann kamen sie! Arm in Arm und lachend, wie über einen guten Witz.

»Kommst Du mit zur Friedrichstraße?«

»Gerne. Aber was ist dort, außer Läden und Läden und Läden?« Er sah sich auf dem Alex um.

»Unser Galerist.«

»Oh, interessant. Eine weitere Lektion?«

»Vielleicht?«

»Fräulein Schulze-Bergen! Und das ist Fräulein Meisner? Willkommen in der Galerien HHH!« Er hielt Anna die Hand hin.

»Genau, Herr Hollaender«, brummte Mellert eifersüchtig. Der Galerist sah Mellert an und hob die Augenbrauen.

»Mellert, Inspektor Mellert. Kriminalinspektion Bergen.«

»Oh«, mit gespielter Angst hielt Hollaender seine Arme gekreuzt vor sich, »Ich war's nicht, Herr Inspektor.«

»Das wird sich noch herausstellen, Herr Hollaender. Aber im Ernst, ich bin ganz privat hier.« Mellert sah sich um. »Ich sehe, dass Sie Expressionisten bevorzugen, Herr Hollaender?«

»Impressionisten, Neue Sachlichkeit, Abstraktes, Herr Inspektor.«

»Das begreife ich wohl nie.«

»Das ist nicht schlimm. Es muss Ihnen gefallen und etwas sagen. Aber sehen Sie hier.« Sie waren in einen Nebenraum gegangen.

»Oh«, rief Anna aus. »Das sind ja meine!« Stolz zeige Anna auf ihre Linolschnitte. »Aber es fehlen ja welche!«

»Die sind bereits verkauft, Fräulein Meiser. Sie sind sehr gefragt.« Er ging in einen Nebenraum. »Gut, dass Sie mir eine erste Edition ihres Zyklus geschickt hatten. Haben Sie wieder etwas dabei?« Er nahm Marie unter dem Arm. »Kommen Sie, Fräulein Meisner.« Da hingen sie: die Arbeiten von Marie und Anna in trauter Zweisamkeit. So unterschiedlich ihre Malweisen und ihre Stilrichtungen auch waren, was die Farbigkeit, die intime Nähe zum Objekt betraf, waren sie fast gleich.

»So schnell haben Sie sie aufgehangen?«, Marie staunte.

»Es war alles schon vorbereitet, trotzdem Sie so kurzfristig nach Berlin gekommen sind.«

»Dann hoffe ich, dass Sie so viel wie möglich verkaufen.«

Hollaender griente über das ganze Gesicht. »Keine Angst. In einer Stunde kommen die ersten Interessenten.« Er wandte sich an Anna. »Übrigens haben Sie es schon einmal mit Lithografie versucht?« Anna schüttelte den Kopf. Hollaender gab ihr eine Karte. »Gehen Sie mal vorbei. Ein Meister des Druckes. Bei ihm sind Sie in guten Händen. Und Sie sind eine Meisterin der Schwarzen Kunst. Bauen Sie das aus. Sie könnten sehr berühmt werden.«

BERLIN-ZEHLENDORF, ZWANZIGSTER APRIL 1923, GEGEN DREI UHR

Die Villengegend um und am Schlachtensee schlief tief und fest. Es war eine der Aprilnächte, die mild und beinahe fühlbar frühlingshaft daherkamen. Der Himmel war leicht bedeckt, aber er versprach, dass der Tag freundlich werden wird. Der Schutzmann aus dem nahe gelegenen Revier beendete seine dritte Runde. *Das muss genügen*, dachte er müde. Er freute sich auf seine Tasse Pfefferminztee – selbst gezogen – und die Fortsetzung des Buches von einem gewissen Tucholsky. Es ging darin um ein Liebespaar, das nach Rheinsberg gereist war, um ein paar schöne Tage zu verbringen. Marotzke, so hieß der Schutzmann, las eigentlich nicht besonders gerne. Aber das Büchlein lag auf dem Tisch im Dienstzimmer, und er langweilte sich. Dann hatte es ihn gepackt und er konnte nicht mehr aufhören, zu lesen. Er war noch nie verreist. Seine Frau wollte immer an die Ostsee, aber Marotzke wollte nicht ans Meer. Und überhaupt, viel zu teuer! Aber vielleicht einmal Rheinsberg?

Noch ein paar Hundert Meter, dann war vorläufig Feierabend. Er legte die Hände auf den Rücken und zählte die Schritte zwischen den Gaslaternen. Seine Lieblingsbeschäftigung, wenn er hier draußen, in dieser langweiligen Gegend, seine Runden machte.

Eine Bewegung, nur kurz, an der nächsten Ecke erregte seine Aufmerksamkeit. Es war nur ein Huschen, eine flüchtige Bewegung, aber mehr als eine Katze oder Reinecke Foss. Marotzkes Jagdinstinkt erwachte. Er beschleunigte seine Schritte, erreichte die Ecke. Vorsichtig spähte er um einen Zaunpfahl. Zwei Männer in langen Mänteln und mit Schlapphüten gingen dicht an den Zäunen der Grundstücke entlang. Das war an sich nichts Besonderes, doch die Art, wie sie gingen, das sie versuchten im Schatten zu bleiben, machte Marotzke misstrauisch. Schnell prüfte er, ob er alles dabeihatte; Schlagstock, Trillerpfeife, dann schlich er hinterher. Die Männer blieben an den Grundstückseingängen stehen und lasen die Namensschilder. Dann endlich schienen sie ihr Ziel erreicht zu haben. Er spähte um die Säule einer Einfahrt. Die Männer fummelten ein paar Sekunden an der Eingangspforte herum, die dann leise quietschend aufging. Sie verschwanden auf dem Grundstück. Marotzke wusste nicht, ob er jetzt seine Kollegen rufen sollte, oder noch warten. Blitzschnell folgte er den Männern, die Trillerpfeife schon in der Hand. Auf Zehenspitzen lief er das kurze Stück bis zur Hauswand über den Rasen und war mit ein paar schnellen Schritten an der rechten Hausecke. Er lugte um die Ecke. Nichts! Schnell zurück und zur nächsten. Aha, da waren sie! So beschäftigt, dass sie Marotzke nicht bemerkten. Und dem war klar: Einbrecher! Er setzte die Trillerpfeife an die Lippen und blies aus voller Kraft hinein. »Halt, stehen bleiben oder ich schieße!« Marotzke besaß keine Waffe, aber bisher hatte es immer geholfen. Nicht bei den beiden, die auf ihn zu rannten. Einer stieß Marotzke mit der Schulter an, sodass der auf dem Rücken landete und wie ein Käfer mit Armen und Beinen in der Luft zappelte. Er hörte noch Flüche und eiliges Fußgetrappel auf der Straße, dann waren die Männer weg.

In der Villa gingen die Lichter an. Jemand trat auf die Vortreppe. »Hallo, ist hier Jemand?«

Was für eine dämliche Frage! Marotzke erhob sich auf die Knie. »Ja, hier!«

»Was bitte schön haben Sie hier zu – oh, ein Polizist. Ah, Herr Marotzke?«

»Genau. Ich wollte zwei Einbrecher stellen, aber die sind mir entwischt, Frau Lüdenscheidt.« Hinter der Frau erschienen immer mehr Menschen; der Hausherr, Herr Direktor im Ruhestand, Wilhelm Lüdenscheidt, die Hausdame in einem schreiend bunten Morgenmantel, ein Mann, der finster auf Marotzke herabsah und zwei junge Dinger, ebenfalls in Morgenmänteln mit erschrocken aufgerissenen Augen.

Der finster blickende Mann brummte: »Schon zum zweiten Mal. Wird Zeit, dass ich eingreife.« Er kam die Vortreppe herunter. »Mellert, Inspektor Mellert«, stellte er sich vor. »Kommen Sie herein, ich möchte wissen, was Sie gesehen haben. Oh, da kommen ja auch schon Ihre Kollegen.«

Der Platz in der Küche wurde eng. Alle Bewohner saßen oder standen in dem schmalen Raum. Es herrschte große Aufregung, die Mellert allerdings nicht tangierte. Er war der Ruhepol in der Küche. Marotzke berichtete, was er gesehen hatte und geschehen war, und erhielt Lob von dem Inspektor aus der Provinz. »Wunderbar. Fertigen Sie ein Protokoll. Ach ja, Frau Meiser, haben Sie das Bild noch, Sie wissen schon?«, wandte er sich an Anna.

»Ja.«

»Würden Sie es bitte holen?«

Wenig später war Anna zurück und reichte es Mellert, der die Zeichnung Marotzke hinhielt. »War es einer von denen auf dem Bild?«

»Ja, der rechts, der mit dem Stoppelbart.«

»Na wunderbar! Dann kommen Sie«, Mellert sah auf seine Taschenuhr, »heute um elf ins Polizeipräsidium.«

»Reicht nicht das Protokoll?«

»Nein. Ich möchte mit Ihnen die Verbrecherkartei durchblättern.« Mellert klopfte Marotzke jovial auf die Schulter. »Wird lustig.«

BERLIN ZEHLENDORF, ZWANZIGSTER APRIL, AM MORGEN

»Ich habe den Rest der Nacht kein Auge zugemacht«, beschwerte sich Frau Schwertheim. »Bei jedem Geräusch bin ich aufgeschreckt!« Sie hob pikiert die Augenbrauen, ihre Kaffeetasse an die Lippen, und nahm einen kleinen Schluck. »Unglaublich! Was mögen die Kerle hier gesucht haben?«

Anna zog die Schultern hoch. Was sie bis heute Nacht mehr oder weniger verdrängt hatte, eine unbestimmte Angst vor – dem Unbekannten? – kam wieder hoch. Langsam wurde ihr klar, dass das alles mit Bergander zu tun hatte. Aber was wollte man von ihnen? Wer waren diese Männer? Das Frühstück hatte sie noch nicht angerührt. Marie saß ihr gegenüber und schwieg auch, eine steile Falte war zwischen ihren Augenbrauen aufgetaucht. Am Fenster stand Mellert und starrte auf den Garten und weiter zum Schlachtensee. Die beiden Lüdenscheids saßen mit am Tisch. Ihre Blicke wanderten unstet und irritiert von einem zum anderen. Vor Sophie dämmerte eine angebissene Schrippe, mit Honig bestrichen auf einem Teller aus Meißner Porzellan dahin, indes der Kaffee kalt geworden war. Sie hatte sich so auf ihre Cousine gefreut. Und nun diese Aufregung! In ihrer Gegend!

Mellert war ins Polizeipräsidium gefahren. Unterwegs schnappte er noch Marotzke auf. Im Auto ließ er sich über die kriminelle Szene Berlins aufklären. Interessant! Marotzke kannte sich aus. Mehr erfuhr er jedoch von Direktor Gebbert. »Es ist schlimm geworden«, beschwerte sich Gebbert. »Wir mussten alle höheren Beamten gegen loyale, republikanische auswechseln. Die alten Beamten waren einfach zu reaktionär und kümmerten sich um politische Belange rechts von der Republik statt um ihre Aufgaben. Sie hatten keinen geringen Anteil an dem Entstehen der organisierten Kriminalität.«

Am schlimmsten soll es 1919 gewesen sein. Verständlich. Zuviel entwurzelte Menschen, ohne Perspektive, ohne Ziele, ohne jede Chance. Aus allen Schichten der Gesellschaft. Mord, Raub, Totschlag waren an der Tagesordnung. Dann die vielen Aufstände! Nach und nach bekam die neue Polizei die Lage in den Griff, dafür organisierten sich die Kriminellen immer besser. Wie in einem Hamsterrad sei es, seufzte Gebbert.

VITTE, EINE WOCHE SPÄTER

Mellert und Epsteiner waren in einen Nebenraum der Polizeistation in Vitte gezogen. Er wurde eigentlich als Abstellraum für Gerümpel benutzt. Die beiden Kriminalisten funktionierten ihn einfach um. Peer Münchmann beschaffte zwei Tische, an denen die Kriminalisten arbeiten konnten, und einen Aktenschrank, Stühle, eine Schreibmaschine und sogar einen Telefonanschluss. »Warum eigentlich Vitte und nicht Bergen, Herr Mellert?« »Bequemer«, war die lapidare Antwort. Epsteiner vermutete allerdings Fräulein Schulze-Bergen dahinter. Na, ihm egal!

Am Vortage brachte Mellerts Assistent die Akten zum Fall Schmitz nach Vitte. »Und wenn ich Sie brauche, Herr Inspektor?« »Sie brauchen mich nicht«, Mellert winkte großzügig ab. »Das machen Sie schon.« Er legte seinem Assistenten die Hand auf die Schulter. »Ich habe Berlin vorgeschlagen, Sie zum Kommissar zu berufen. Sie werden wohl die Dienststelle übernehmen, mein Freund.«

»Und Sie, Herr Inspektor?«

Mellert machte eine unbestimmte Geste mit den Händen. »Wer weiß das schon.« Dabei grinste er breit und zufrieden über das ganze Gesicht. Berlin war für ihn ein voller Erfolg gewesen.

 »Darf ich eine Tafel aufstellen?«, fragte Epsteiner in den Raum.

»Ja ja. Und wo wollen sie sie hernehmen? Ah, noch eine Frage: wozu eine Tafel? Und woher?«

»Aus der Schule, und ich zeig's Ihnen.« Mellert lachte. *Taffer Kerl das. Und nicht schlechter als sein Ex-Assistent.*

Im Gegenteil. »Genug des Vorspiels. An die Arbeit, Epsteiner.«

Wachtmeister Marotzke war ebenfalls ein taffer Kerl. Er fand tatsächlich aus der Verbrecherkartei einen Typen heraus, der schon einschlägig bekannt war. Dank Annas präziser Zeichnung und Marotzkes Beobachtungsgabe, wussten sie jedenfalls, mit wem sie es zu tun hatten. Ein gewisser Schiefelbeiner, dessen Wohnort derzeit unbekannt war, und einen Mausberger, stadtbekannter Schränker und Tresorknacker, dessen Aufenthaltsort ebenso wenig bekannt war. Mellert ahnte, warum die Mantelträger – so hatte Anna die Typen genannt - ständig hinter den Frauen her waren. Sie glaubten, dass sie etwas besaßen, dass Schmitz/Bergander bei ihnen zurückgelassen hatte - aber das besaß Mellert!

Epsteiner und Münchmann schleppten eine Schiefertafel in den Raum und stellten sie auf. Münchmann war interessiert im Türrahmen stehen geblieben und Mellert saß an seinem Arbeitstisch, die Füße auf der Tischplatte, und wartete.

Epsteiner nahm ein Stück Kreide: »Was haben wir?« Er begann links. »Einen Kunstraub durch die Mulackbande.« Er schrieb 'Nationalgalerie' und darunter die Namen der fünf daran Beteiligten. »Vier davon fand man in Potsdam in einer Scheune, ermordet.« Er machte hinter den Namen der Bandenmitglieder Kreuze.

Mellert mischte sich ein: »Ermordet durch Halske, wie wir glauben.«

»Richtig!« Langsam ging Mellert der Sinn der Tafel auf. Sie half, die Zusammenhänge darzustellen, Personen, Orte und Ereignisse in Beziehungen zu setzen. Diese jungen Leute! Sie werden die Kriminalistik revolutionieren. »Wir glauben, dass Halske die fünftausend Mark nicht teilen wollte.«

»Das wissen wir aus Schmitz Tagebuch«, konkretisierte Mellert. Der Name Schmitz erschien ganz oben in der Mitte der Tafel, dahinter ein Fragezeichen. »Warum ein Fragezeichen?«

»Die Person Schmitz, seine Hintergründe sind nicht ganz klar. Sie meinen, dass er für eine große Versicherung tätig war.« Epsteiner setzte drei Buchstaben dahinter: PPA.

Mellert ergänzte: »Ja, auch das wissen wir aus seinem Tagebuch. Und dass Schmitz schon kurz nach dem Raub an der Mulackbande dran war. Er verlor zwar den Kontakt während der Ereignisse in Potsdam, konnte sich aber an die Auftraggeber der Mulackbande hängen. Leider geht aus den Aufzeichnungen nicht hervor, wer sie waren, oder besser, sind.« Auf der Tafel tauchte 'Mantelbande' auf. Epsteiner grinste. »Schmitz war Zeuge des Mordes an Halske durch die ominösen Auftraggeber, die mutmaßlich auch nur Agenten für andere, einem kriminellen Kunsthändlerring sind.«

»Richtig«, pflichtete Mellert bei. »Und Schmitz gelang es einen Teil der Beute aus dem Kunstraub zu sichern, den wir jetzt in Verwahrung haben.« Epsteiner sah Mellert an. »Warum eigentlich, Herr Inspektor? Wir hätten ihn den Berlinern zurückgeben können.«

»Er ist so etwas, wie ein Pfand. Die 'Mantelbande', wie Sie sie genannt haben, sucht danach. Sie vermuten den Gegenstand immer noch hier, auf Hiddensee.«

»Und wo ist er?«

»Sicher verwahrt, Epsteiner.« Mellerts neuer Assistent sah seinen Chef irritiert an, dann ging eine Welle der Erkenntnis über dessen Gesicht. »Verstehe.«

»Genau. Den Ort kennen nur ich und der Kriminaldirektor in Berlin.«

Epsteiner konzentrierte sich. »Schmitz nahm an, dass die geraubten Bilder nach Rügen verbracht wurden und sich immer noch dort befinden.« 'Rügen' erschien auf der Tafel und '4 Bilder'.

»Und die 'Mantelbande' glaubt den fraglichen Gegenstand, den Sie in der Unterkunft Schmitz gefunden haben, bei den Frauen Meiser und Schulze-Bergen.« Epsteiner schrieb die Namen auf die Tafel. Und plötzlich waren die beiden Malerinnen Gegenstand kriminalpolizeilicher Untersuchungen. Mellert lief es kalt über den Rücken. Er musste vorsichtiger sein, sein Verhältnis zu Marie diskreter pflegen. Schließlich war sie Zeugin in dieser Sache. Mellert sah sie vor seinem geistigen Auge. Es zog in seinem Schritt und sein Puls stieg enorm an.

»Ahhh!«, rief Epsteiner und brachte Mellert damit zurück in die Gegenwart, »Einen aus der Mantelbande kennen wir! Dank des Wachtmeisters Marotzke: Schiefelbeiner, genannt der Doktor.« Sofort schrieb er unter 'Mantelbande', 'Schiefelbeiner, der Doktor'.

»Doktor Schiefelbeiner. Ein verkappter Kunststudent, der sich in die Akademie der Künste eingeschlichen hatte. Ein Hochstapler, allerdings mit einiger Sachkenntnis.«

»Würden Sie ihm einen Mord zutrauen, Herr Inspektor?«

»Wer weiß. Es geht um viel, sehr viel Geld.«

Epsteiner nickte.

Es klopfte. Münchmann drehte sich unwillig um und öffnete die Tür einen Spaltbreit. Es entspann sich ein heftig geführter Dialog an der Tür. Dann drehte sich Münchmann um: »Der Doktor, Herr Inspektor.«

»Ja, ich lasse bitten.«

Der Doktor trat vorsichtig ein. »Ich hoffe, ich störe nicht allzu sehr?« Er sah auffällig zur Tafel. Mellert brummte etwas, Epsteiner setzte sich.

»Es geht um diesen Toten, Herr Mellert.« Sofort war des Inspektors Interesse geweckt. »Ah, ja?«

»Ich bin kein geübter Pathologe, Herr Mellert.«

»Und das bedeutet, Herr Doktor?«

Der Inselarzt machte eine Bewegung mit dem Kopf. »Es hat mir keine Ruhe gelassen und es gibt Fachbücher.«

»Sie sprechen in Rätseln.«

»Nun, ich habe noch einmal nachgelesen, und festgestellt, dass ich einiges nicht beachtet hatte.«

»Ja?«

»Ich habe die Leiche noch einmal besichtigt, bevor sie nach Berlin gebracht wurde.« Wie gut, dass Schmitz nicht hier in Vitte eingebuddelt wurde, dachte Mellert.

»Je nun, bei der zweiten Besichtigung habe ich etwas festgestellt.« Mellert grinste den Doktor breit an: »Sagen Sie's mir oder muss ich raten?«

Der Doktor schüttelte den Kopf. »Das Opfer wurde vor seinem Tode gefoltert.« Es war heraus und der Doktor atmete auf. »Ich habe es nachprotokolliert und hier ist es.« Er legte einen Aktenhefter auf den Tisch.

»Können Sie mir kurz erklären …«

»Ihm wurden die Finger der rechten Hand und alle Fußknochen gebrochen. Prämortal!«

»Junge, Junge«, Epsteiner verzog mitfühlend das Gesicht.

»Interessant. Epsteiner?«

Der Assistent sprang auf und ergänzte auf der Tafel unter dem Namen Schmitz: 'gefoltert, ermordet'.

»Vielen Dank, Doktor. Das rundet das Bild ab.« Daher wusste die 'A-Bande', oder wie Epsteiner sie nannte, die 'Mantelbande', von Schmitz Unterkunft in *Plogshagen* auch nichts. Sie haben ihn gefoltert, aber er hat nichts verraten. Aber wo hatten sie ihn festgehalten, wo ermordet? Warum, stand so gut wie fest: Schmitz, richtiger Name unbekannt, arbeitete für die PPA, eine Versicherung, bei der die Nationalgalerie versichert ist. Er war den Dieben so nahegekommen, dass sie handeln mussten. Er ermittelte also im Auftrage der PPA den Bilderdiebstahl vom Dezember 1919. Dabei ist er der Mulackbande auf die Spur, und über diese an die 'Mantelbande' geraten, die sehr wahrscheinlich, nein, ganz sicher, am Mord beteiligt war oder jemanden damit beauftragt hatte. Das Motiv war klar! Nur, wer oder was ist die zweite Bande – oder war es eine Organisation krimineller Kunsthändler, und wo sind die restlichen Bilder?

Mellert lehnte sich im Stuhl zurück und verschränkte die Hände hinter seinem Kopf. Sie mussten der Mantelbande eine Falle stellen. Sie vor allem von Marie und ihrer Freundin ablenken, das würde sie schützen. Die beiden besaßen keine Ahnung, wo sie da reingeraten waren.

Nachmittags lief Mellert nach Kloster zu Marie. Er ging nicht den direkten Weg, sondern den Strandweg hoch zum Badestrand.

Ein leiser Wind ging von Südwest und brachte den Duft eines frühen Frühlings mit. Die Ostsee plätscherte faul gegen das flache Ufer, rechts erhoben sich die Dünen. Der letzte

Sturm hatte an ihnen geknabbert und die Strömung ein paar Tausend Tonnen Sand von hier um den Dornbusch zum Enddorn transportiert. Mellert wusste aber nichts davon, ihn interessierte eher die Taktik seines weiteren Vorgehens. Ein Mord war aufzuklären und schwerer Diebstahl. Ihm halfen die Stille der Dünenlandschaft und das beruhigende Plätschern des Wassers. Die Hände auf dem Rücken lief er dicht an der Wasserkante nach Norden. Er sah die frischen, hellgelb aus dem dunkelgrünen Buschwerk leuchtenden Abbrüche an der Steilküste des Dornbuschs. Unter seinen Schritten knirschten Muschelschalen, die Spuren seiner Schuhe löschten Sekunden später die nächsten Wellen wieder aus.

Marie arbeitete fleißig an einer Serie Portraits der Inselbewohner, und Mellert wusste, dass sie heute zu Hause sein würde. Er musste ihr begreiflich machen, dass sie in der nächsten Zeit nicht so oft zusammen sein konnten. Überhaupt sollten sie ein wenig diskreter ihr Verhältnis leben. Marie war Zeugin, und bis der Fall nicht abgeschlossen war, bestand die Gefahr, dass durch ihre Liebschaft die Ermittlungen erschwert werden könnten. Könnten! Man weiß nicht, was ein Richter, sollte herauskommen, dass Ermittler und Zeugin ein Paar waren, davon halten würde. Und er hatte Angst vor Maries Reaktion. Vielleicht verstand sie es nicht?

Er erreichte den Übergang zur Rettungsstation[5], ging den Weg hinauf in Richtung der Kirche, an Annas Haus vorbei. Mellert bog nach links, lief die fünfzig Meter den schmalen Sandweg aufwärts zu Maries Haus. Ein winziger Garten mit Blumenbeeten und Gemüserabatten begrüßte

Mellert. Vor der Haustür stand eine Bank, auf der sie ab und zu schon gesessen hatten.

Er klopfte und trat ein. In Hiddensee standen die Türen immer offen. Keiner kam auf den Gedanken, abzuschließen. Marie meldete sich aus dem Atelier: »Hier bin ich!« Mellert ging durch den dunklen Flur. Er hörte Stimmen. Die Ateliertür war nur angelehnt. Er steckte den Kopf durch den Türspalt. »Ah, Mellert, komm doch herein.« Er tat es. Vier Gesichter sahen ihn erwartungsvoll an. Marie stellte ihn ihren Kolleginnen vor. »Und das sind Frau Büchel, Frau Krause-Liebstädt, Frau André.« Mellert nickt förmlich: »Die Damen.« Dann wandte er sich an Marie. »Kann ich Dich kurz sprechen?« Marie nickte. »Gehen wir nach nebenan.«

Sie setzten sich auf Maries Sofa. »So feierlich?«, fragte Marie.

»Je nun, es ist so.« Und er sprach über seine Bedenken und Sorgen und auch davon, dass es nicht mehr lange dauern könnte, bis er den Fall abgeschlossen hätte.

Mellert konnte aufatmen. Marie war zwar deutlich enttäuscht, aber sie schien zu verstehen. »Und was ist mit heute Abend? Du wolltest ...«

»Ich komme. Natürlich.« Er wackelte mit dem Kopf. »Aber diskret, verstehst Du?« Marie verstand. Sie lehnte sich an ihn und flüsterte: »Verstehe. Aber glaub ja nicht, dass das Bett ...«

»Wird es nicht, Liebste.« Er griente Marie an. »Ich liebe Dich«, sagte er und drückte Marie fest an sich.

---

[5] Heute: Heimatmuseum

BERGEN, ANFANG/MITTE MAI 1923

Fischer Peer Langhans brachte sie von Vitte nach dem Seehof auf der Rügener Seite. Er tat es, wie gewohnt, schweigend, sah aufmerksam aufs Wasser und nach vorn. Die Segel blähten sich in der sanften Brise aus West. Sie zogen Peers Schiffchen über den Vitter Bodden, und während Mellert die Fahrt genoss, hockte Epsteiner angespannt an der Süll. Bei jeder noch so kleinen Welle schluckte er krampfhaft. »Sehen Sie auf den Horizont, Epsteiner, nicht ins Wasser.« Und obwohl Epsteiner nickte, tat er genau das Gegenteil. Er fixierte das vorbeiströmende Wasser, als wollte er es hypnotisieren. Peer stieß eine gewaltige Rauchwolke aus seiner Pfeife. »Wir sin jo schon bald do.« Er hoffte, dass die gelbgesichtige Landratte wenigstens den Anstand besaß, ins Wasser zu kotzen und nicht in sein Schiff.

In Mellert wirkte noch die letzte Nacht mit Marie nach. Er glaubte, dass es wohl die längste Nacht gewesen war, die er jeh erleben durfte. Es war, wie wenn er alles vergessen wollte, was ihn beschäftigte. Marie musste sich keine Mühe geben, sie verflossen ineinander, als würden sie schon immer zusammengehören. Und bekamen nicht genug, bis sie endlich ermattet einschliefen - für eine kurze Stunde, denn dann mussten sie raus, jeder an seine Aufgabe.

Mit einem eleganten Bogen legte Langhans an dem kurzen Steg des Seehofs an. Die Segel flatterten am Mast, bis Piet sie gerefft hatte.

»Kommen Sie, Epsteiner. Sie haben's überstanden.«
Die Schadenfreude war deutlich aus seiner Stimme zu hören.
Neugierig kamen die Kühe auf der Koppel neben dem Weg
zum Seehof an den Zaun gelaufen. Auch nichts für Epsteiner,
dem Stadtmenschen!

Sie wurden bereits erwartet. Wieder die seltsame
Kalesche wie im Winter, mit der Mellert nach Hiddensee
gereist war. »Haben die denn hier keine Autos?«

Epsteiner öffnete Mellert die Tür zur Polizeiinspektion
in Bergen. »Danke.« Mellert lächelte in sich hinein. *Ein sehr
höflicher, fleißiger und strebsamer junger Mann, der
Epsteiner*, dachte er. *Und raffiniert!* Sie stiegen
nebeneinander in den ersten Stock. Auf dem Weg zu Mellerts
Büro, fragte Epsteiner: »Warum glauben Sie, dass sich die
Bilder noch in Deutschland befinden? Immerhin sind sie seit
mehr als drei Jahren verschwunden.« Eine berechtigte Frage
des jungen Mannes, die Mellert nicht unerwartet kam. »Sie
wurden auf dem Markt noch nicht angeboten. Nirgendwo.«

»Und was gedenken Sie, zu tun?«

Sie betraten das Büro. »Setzen Sie sich dorthin,
Epsteiner.« Mellert wies auf den Holzstuhl neben seinem
Schreibtisch. »Wir geben ein Interview«, setzte er fort.

»??«

»Nun, Herr Piper, mein ehemaliger Assistent kennt die
hiesige Presse sehr gut. Wir werden einen Artikel lancieren,
über den Mord auf Hiddensee und den Kunstraub in Berlin.
Und in einem Nebensatz werden wir erwähnen, dass ein Bild
aus dem Raub 'zufällig' gefunden wurde.« Mellert
schmunzelte vor sich hin. »Die Frage lautet: Wo?«

»Und es muss klingen, als sei 'zufällig' der Lagerort verraten worden. Eine ungewollte Indiskretion.« Er griff zum Telefon. »Piper?« Er lauschte und nickte. »Kommen Sie bitte in mein Büro.«

Am sechzehnten Mai erschienen die »*Rügener Neuesten Nachrichten*« mit einem hervorgehobenen Artikel auf der zweiten Seite. Unter der Überschrift »Mord auf Hiddensee aufgeklärt!«, behauptete der Autor des Artikels, dass es der Polizei auf Rügen gelungen sei, den Mord an dem Schriftsteller Bergander aufgeklärt zu haben, und dicht vor der Verhaftung des/der Mörder stünde. Und wie zufällig berichtete der Autor weiter, dass ein Bild aus dem Berliner Kunstraub vor knapp vier Jahren, bei benannten Bergander gefunden worden sei. Der Aufbewahrungsort sei geheim, jedoch wisse der Schreiber, dass das Bild, es handele sich um einen Rembrandt, zur Restaurierung von Bergen nach Berlin gebracht werden sollte. Die Kunsthandlung Krömer sei bemüht, dass dem kostbaren Bilde bis dahin nichts geschehen möge.

»Na was für ein Patzer!« Mellert lachte herzhaft, als er den Artikel las.

»Bleibt nur zu hoffen, dass die Mantelbande darauf hereinfällt.«

Mellert nickte. »Sie werden, aber ich halte sie nicht für dumm, denn sie werden nicht direkt angreifen. Im Gegenteil! Wir zeigen deutlich genug Präsenz vor dem Kunsthandel. Nein, sie greifen an, zwischen Bergen und Altefähr. Wenn sie glauben, dass wir glauben, dass sie nicht angreifen werden. Wir müssen Geduld haben aber mit höchster Aufmerksamkeit.« Er stand auf. »Bereiten wir uns vor.«

Nach Feierabend, Mellert und Epsteiner hatten noch den ganzen Nachmittag damit zugebracht, mit dem neuen Kommissar Piper und den meisten Polizisten der Inspektion, die Strategie der nächsten Tage vorzubereiten, lief er zum Kunsthandel Krömer. Er wollte sich überzeugen, dass das Haus auch wirklich gut bewacht war. Zufrieden mit dem Ergebnis wandte er sich seinem Haus zu, das nur einen halben Kilometer weiter am Stadtrand lag.

Mellert saß in seinem Lieblingssessel. Er hörte Puccinis, La Boheme. Die Platte kratzte schon ein wenig, aber das war ihm egal. Ohne seinem Grammophon wäre es zu still in dieser Wohnung, die früher seine Frau mit Leben erfüllt hatte. Manchmal, wenn es der Dienst zuließ oder die Kriminellen, saßen sie nach dem Abendessen im Wohnzimmer und hörten sich Schallplatten an. Mellert trank sein geliebtes Bier, das er sich extra aus München schicken ließ und Gerda ein, zwei Gläser Rotwein. Dann erzählte er, was am Tage geschehen war oder wie es ihnen gelungen war, einen Fall zu lösen. Viel passierte eh nicht auf Rügen. Meist waren es Bagatellen; Einbrüche, Schlägereien, Körperverletzungen. Tote gab es nur wenige, oft waren es Unfälle. Gerda hörte zu, warf hier und da eine Frage ein oder eine Bemerkung. Mellert spürte dann, wie er sich erholte, wie die Ruhe, die Gerda ausstrahlte, auch auf ihn überging. Er vermisste sie sehr.

Am neunzehnten Mai, am frühen Morgen fuhr vor dem Kunsthandel Krömer ein Mercedes Benz 39 vor. Sofort traten aus der Tür des Handels zwei Polizisten mit Gewehren in den Händen. Wenig später kam Mellert mit einem Paket unter dem Arm aus dem Laden, Epsteiner folgte ihm auf dem Fuße. Mellert sah sich um, er sprach kurz mit dem Fahrer des Mercedes und stieg ein. »Kommen Sie, Epsteiner.«

Der Wagen fuhr los, ihm folgten zwei Polizisten auf Motorrädern. In einem großen Bogen fuhren sie vom Markt auf die Fernstraße Saßnitz – Altefähr. Die Sonne stieg über den Horizont im Osten. Rechts und links der Chaussee breiteten sich Felder und Weiden aus. Hier und da standen Strauch- und Baumgruppen. Die Bauern hatten ihr Vieh schon auf die Weiden gebracht. Ein Schäfer trieb einsam eine riesige Herde Schafe vor sich her. Es war der Beginn eines friedlichen, gewöhnlichen Tages, wie er dreihundertfünfundsechzig Mal im Jahr begann. Mal warm, mal trocken, mal regnete oder stürmte es oder Schnee stiebte über die Ebene zwischen Bergen und Samtens.

Mellert sah ihn kommen. Einen Opel Blitz Laster. Er kam von rechts, hoppelt einen Feldweg entlang. Wenn er die Geschwindigkeit beibehält, stoßen wir zusammen, dachte er. Und auch der Fahrer ihres Mercedes dachte so, denn er nahm Gas weg. »Epsteiner! Die Waffen bereit!«, rief Mellert, da stand der Lkw bereits quer auf der Chaussee.

Ich hab's mir doch gedacht. Mit quietschenden Reifen kam Mellerts Auto zum Stehen, knapp vor dem Hindernis. Vier Männer in schwarzen Mänteln, Schlapphüten und Gesichtstüchern, die nur ihre Augen freiließen, standen auf der Straße und hielten Gewehre im Anschlag.

»Und nun?« Epsteiner sah auf Mellert.

»Wir heben die Hände und ergeben uns.«

Mellert öffnete vorsichtig die Tür. »Wir ergeben uns.«

»Waffen wegwerfen!«, rief einer der Männer, wahrscheinlich der Anführer. Mellert warf sein Gewehr in den Straßengraben. Zu seinem Leidwesen hörte er es platschen. *Mist, nicht an das Wasser im Graben gedacht!* Epsteiner tat das Gleiche. Nur hatte er mehr Glück. Die Polizisten folgten ihrem Beispiel.

Einer der Mantelträger ging zum Auto. »Zur Seite!«, befahl er Mellert. Er riss die Tür auf, sah das Paket im Fond. »Alles da!«

»An den Straßenrand! Los, los!« Er winkte seinen Kumpanen. »Vorwärts. Wir haben nicht ewig Zeit.« Er sprang ans Steuerrad, der Motor lief noch. Zu Mellerts Erstaunen wendete er den Mercedes. Die restlichen drei hielten Mellert und seine Leute in Schach, sprangen schnell in den Wagen. Mit aufheulendem Motor jagte der Mercedes auf der Straße zurück nach Bergen.

»Der will nach Saßnitz«, stellte Epsteiner lakonisch fest. Mellerts Erstaunen ging in Erkenntnis über. »Und dann nach Schweden!« Er wandte sich an die Motorradfahrer. »Wie schnell können Sie in Saßnitz sein? Schneller als der Mercedes?«

»Kann klappen, Herr Inspektor.«

»Dann versuchen Sie es. Lassen Sie den Hafen sperren. Wir versuchen, so schnell wie möglich ein Telefon zu finden. Lassen Sie sich nicht erwischen!«, rief er den Polizisten hinterher.

»Das ist keine Melodie, Epsteiner!« Langsam ging Mellert das Getrommel auf die Nerven. »Verzeihung«, murmelte Epsteiner und hörte keineswegs mit dem Getrommel seiner Finger auf dem Schreibtisch auf. Dafür starrte er auf den Telefonkasten, als könne er ihn beschwören, jetzt, sofort, zu klingeln.

Der Lkw schaffte es noch bis zu den ersten Häusern von Bergen, dann blieb er stehen. Kein Kraftstoff mehr. Sie rannten zur Polizeiinspektion, und seitdem warteten sie. Auf ein Auto und den Rückruf des letzten Motorradpolizisten. Dem anderen war es wohl gelungen, Saßnitz vor der Mantelbande zu erreichen. Der Hafenkapitän bestätigte Mellert, dass der Hafen gesperrt war. »Allerdings«, sagte der Kapitän, »die Fischer kann ich nicht aufhalten. Aber ich werde die Augen offenhalten.«

»Dat Auto is doa«, meldete der Diensthabende.

»Endlich!« Mellert stand auf. »Kommen Sie, Epsteiner, es geht nach Saßnitz.«

In Saßnitz erwartete sie der Motorradpolizist. »Sie sind weitergefahren, Herr Inspektor, nach Norden.« Er meldete, wie ein alter Soldat. »Vielleicht versuchen sie, über *Sagard* oder *Dranske* über die Ostsee zu kommen.«

»Das wäre nicht gut. Sie dürfen die Insel nicht verlassen.«

Vor *Glowe*, an der Kreuzung nach *Lohme* wartete der zweite Polizist. Er hatte das Motorrad abgestellt und lehnte gegen den Sattel. »Richtung *Lohme*«, teilte er sarkastisch mit. Er wollte auf seine Maschine springen, doch Mellert hielt ihn auf. »Warten Sie.« Er dachte kurz nach. »Sie wollen nicht über die See. Sie wollen zurück nach Bergen. Das Ganze diente nur dazu, uns nach Kap Arkona zu locken oder weiter, nur um Zeit zu gewinnen. Wir machen kehrt!«

Sie fanden ihren Mercedes am Bahnhof, leer – natürlich, auch was den Tank betraf. »Hätten ja wenigsten noch volltanken können«, monierte Epsteiner.

KLOSTER, ZWEITER JUNI 1923
UND AM ANDEREN TAG

Für einen zweiten Juni war das Wetter ungewöhnlich mild. Der Himmel über Hiddensee zeigte sich makellos blau, der Wind war woanders beschäftigt, die Ostsee versuchte sich als großer Sonnenspiegel. 'Caprivi', der unermüdliche Transporteur sonnen- und ruhehungriger Menschen dampfte in Schlangenlinien auf Kloster zu. Schon von Weitem tutete er lange und kündigte die nächsten Zugvögel an. Die Einheimischen warteten geduldig mit ihren Bollerwagen oder hochbeinigen Kutschen auf die Sommergäste, Freunde und Bekannte auf ihre Freunde und Bekannten. Auch sie waren mit irgendeinem Transportgerät gekommen, um das Gepäck der Zugvögel zu den Quartieren zu transportieren, denn auf der Insel gab es keine Autos, nicht einmal einen Bus oder ein Taxi. Die Saison begann jetzt erst richtig, obwohl viele der Klosteraner Künstler ihre Quartiere bereits aufgeschlagen hatten.

Anna und Marie saßen neben der Hafenverwaltung auf einer Bank. Mellert hatte sich telegrafisch angekündigt und Marie freute sich, wie ein kleines Mädchen. »Dich hat's ganz schön umgehauen, nicht wahr?«, Marie nickte und musste tief aufatmen.

»Man hört's«, murmelte Anna. Ihr tat das Herz weh, wegen der vielen verpassten Gelegenheiten mit Bergander. Was soll der Stolz? Gelegenheiten warten eben nicht. Sie sind da, man sieht oder fühlt sie, und wer nicht zugreift – tja!? Was nutzt Unabhängigkeit oder Freiheit? Berganders Schicksal zeigte ihr, wie schnell im Leben sich die Umstände änderten, wie schnell man etwas nicht genutzt hatte, obwohl man es hätte, verdammt noch mal, tun sollen.

Sie hatte alle Bilder und Zeichnungen von Bergander in eine Ecke ihres Ateliers gelegt oder gestellt – nicht abgelegt, nicht abgestellt! Nicht um ihn zu vergessen, sondern um Abstand zu gewinnen. Die Erinnerungen kann man nicht wegsperren.

»Hej, guck mal.« Anna sah Marie an. »Nee, nicht mich. Da, neben Mellert.«

Anna legte den Kopf schief. An der Reling, neben Mellert, der heftig winkte und irgendetwas rief, stand ein junger Mann. Einen Kopf größer, in einer modernen Windjacke und engen Hosen. Seine Hände steckten in den Jackentaschen. Er sah sich aufmerksam um. Dann schien er Mellert eine Frage zu stellen. Der schüttelte den Kopf, zeigte auf Marie und nickte. »Meinst Du den dunkelhaarigen, neben Mellert?«

»Ja. Lecker, nich?«

»Ich weiß nicht. Seit Wochen versuchst Du mich, zu verkuppeln. Das ist doch ein Polizist, oder?«

»Na und?« Marie zog die Schultern bis zu den Ohren hoch. »Dat isse nen lecker Jong«, sagte sie auf rheinisch Platt.

»Kein Interesse.« Anna drehte sich zur Seite, als interessiere es sie nicht im Geringsten. Aber Marie hatte recht. Sie war gespannt, ob der Knabe zu Mellert gehörte oder nur Reisegesellschaft war.

Marie und Mellert lagen sich in den Armen. Dann löste sich der Inspektor. »Ich darf vorstellen: Herr Epsteiner, mein Assistent und zukünftiger Kommissar in Berlin. Fräulein Marie Schulze-Bergen«, Epsteiner machte einen höflichen

Diener, »Fräulein Anna-Louise Meiser.« Epsteiner sah Anna an. Sie glaubte, in eine Wanne eiskalten Wassers geworfen worden zu sein. Er nahm ihre Hand und küsste den Handrücken. Die weichen, warmen Lippen, und der Blick seiner braunen Augen brannten sich tief in ihr Herz. 'Nein, nein', schrie es in ihr. Aber der Bauch sagte: 'Doch!'

Epsteiner drehte sich um, winkte einem der Einheimischen, der gelegentlich als Gepäckträger aushalf. »Kommen Sie?«, fragte er den Mann. Der, nordisch gelassen, stieß eine Rauchwolke aus seiner Pfeife: »Man tau«, quetschte er hervor.

»Sind verdammt redselig hier«, stellte Epsteiner fest.

»Wir werden im 'Dornbusch' übernachten, Marie. Du verstehst schon?«

»Klar. Verstehe. Ja ja.« Es sollte locker klingen, doch die Enttäuschung klang mit und stand ihr mitten ins Gesicht geschrieben. Mellert blieb stehen, streichelte ihr sanft über die Wangen. Sie sah zu ihm auf: »Ja ja, ich verstehe. Aber heut Abend …« »Klar doch«, flüsterte er, »was denkst Du von mir.« Er beugte sich zu Mariens Ohr: »Ich kann es kaum erwarten.«

Währenddessen der Concierge die Formalitäten erledigte, meinte Mellert: »Sehen Sie sich auf der Insel um, Epsteiner.« Er stieß seinen Assistenten kumpelhaft in die Seite. »Vielleicht wird Sie Fräulein Anna begleiten. Sie kennt sich hier hervorragend aus.«

»Wenn das gnädige Fräulein nichts dagegen hat?« Er verbeugte sich vor Anna, ohne sie aus den Augen zu lassen.

»Fein! Ich lade die Damen und Sie zu Mittag ein, dann verteilen wir uns gleichmäßig auf der Insel.« Mellert rieb sich die Hände. »Morgen, nach dem Frühstück, sehen wir uns den – ach, ist ja egal«, sagte Mellert mit einem Seitenblick zu Anna. »Schon gut, Herr Mellert. Was sollte sie sonst in die Einsamkeit dieser Insel treiben. Marie etwa?« Sie lachten.

Nach dem Mittag zogen sich Marie und Mellert zurück. 'Bilder gucken'. »Wollen wir auf den Dornbusch?«

»Gerne. Ich bin das erste Mal hier, und wie es scheint, für länger. Mir ist alles neu, Fräulein Meiser.« Sie stand auf, reichte ihm die Hand. »Sagen Sie Anna, bitte.« Zum Glück konnte er ihren Herzschlag nicht hören. Sie sah an sich herunter. »Oh, ich bin ja gar nicht richtig angezogen!«

»Ach, Unsinn. Sie sehen großartig aus – Anna. Bitte bleiben Sie so.« Er stand jetzt dicht vor ihr. Sie roch seinen Duft, etwas männlich Herbes mit einer süßen Note. Wieder stieg ihr Herzschlag, und tausend Schmetterlinge flogen wild in ihrem Bauch herum.

Er reichte Anna den Arm. Sie hakte sich ein. »Wie ist ihr Vorname?«

»Aaron.«

»Sie sind Jude?«

»Meine Ururgroßeltern. Sie waren konvertiert, durften aber ihren Namen behalten. Deshalb heiße ich Epsteiner. Ich selbst bin schlicht und einfach Atheist.« Er sah sie an, etwas Spannung lag in seinem Blick. »Ich auch.« Sie sagte es leichthin und drückte dabei seinen Arm. Sie erreichten den 'Bergwaldweg', der auf dem Dornbusch führte.

Epsteiner sah sich um. »Heftige Bautätigkeit«, stellte er fest. Überall hatte man schon Claims abgesteckt. Nicht mehr lange, und rechts und links des Weges würden Häuser stehen. Hier und da war man bereits an den Fundamenten oder am Bau. Der kleine Dampfer aber auch die Fischer waren eifrig damit beschäftigt, neben Lebensmitteln und Waren des täglichen Bedarfs, Baumaterial auf die Insel zu schaffen. »Ja, wir werden immer mehr. Ferienhäuser, Wohnhäuser, Pensionen. Es scheint, als wenn beinahe ganz Berlin hier im Sommer Ferien macht oder hier arbeitet. Dichter, Maler, Schauspieler, Musiker, sogar Wissenschaftler.« Sie holte tief Luft. »Einstein war hier. Sie kennen ihn?«

»Nö, muss ich? Ein Schriftsteller?«

»Nein. Ein Wissenschaftler. Physiker – oder Mathematiker? Ich weiß nicht genau.« Epsteiner lachte. »Lach nicht! Du glaubst gar nicht, was sich alles für Berühmtheiten auf Hiddensee herumtreiben!«

»Glaub ich.« Epsteiner war abgelenkt. Was interessierten ihn die Berliner Berühmtheiten. Ihn interessierte nur Anna. Er nahm ihre Hand, und sie rannten lachend bergauf, bis sie den Abzweig zum Klausner und zum Leuchtturm erreichten. Atemlos blieben sie stehen, um sich umzusehen. Die Landschaft hatte sich geändert; Wiesen und Weiden gingen in eine Heidelandschaft aus Sand, Heidekraut, Sträuchern und einzelnen Baumgruppen über. Im Westen erhob sich der *Klausnerwald* bis zu den Steilwänden. Sie passierten den *Bakenberg*, bogen am Leuchtfeuer zum Turm ab. Schneeweiß reckte sich das Gebäude in die Höhe, gekrönt vom Leuchtfeuer mit einem knallroten Dach. »Lass uns zur Steilküste gehen. Von dort kann man die Ostsee und *Dranske* sehen, ein wunderbarer Ausblick.«

Sanddornbüsche und wilde Rosen waren die einzige Barriere zum steinigen Ufer, fünfzig bis sechzig Meter tiefer. Sie hielten die Kante fest. Und doch fraßen jedes Jahr

Wasser und Sturm ein Stück davon ab, und transportieren es an die Ostküste der Insel. Eingehakt blieben Anna und Epsteiner kurz vor der Abbruchkante stehen. »Riechst Du das?« Epsteiner sah zu Anna herunter. Er konnte nicht sprechen, nur schlucken und nicken. Diese Frau machte ihn sprachlos. Noch nie war er einem Wesen so zugetan, so verbunden und angezogen, wie zu Anna. Er räusperte sich, wollte einen Scherz machen, aber es kam nur ein Hüsteln heraus. Anna lächelte ihn an. Sie spürte, dass er leise zitterte. Dann fasste er sich wieder. »Es ist so, so überwältigend. Einmalig.« Er zeigte nach Norden. »Sieh nur, das Meer ist erst blau, dann dunkelgrün und ganz hinten am Horizont fast weiß.« Dort, von wo leise und unauffällig Wolken aufstiegen. »Morgen wird es regnen«, flüsterte Anna.

Sie umrundeten den Dornbusch und gingen langsam über die Wiesen hinunter nach Grieben. Hier kannte Anna das »Hotel Hiddensee«[6], wo sie Kaffee bekamen und ein frisches Stück Kuchen. Am Tisch nahm Epsteiner Annas Hände in die seinen. »Es ist wunderschön – mit Dir. Diese Insel ist wunderschön. Ich hätte es nicht geglaubt, obwohl Mellert immer davon schwärmt.« Er küsste jeden einzelnen Finger an Annas Hand. »Und ich kenne den Grund.« Er machte es spannend. Anna hob interessiert eine Augenbraue, obwohl sie ahnte, was er jetzt sagen würde: »Und der bist Du.«

Anna wollte ablenken, doch mit dem Satz: »Ich zeige Dir gerne noch mehr«, ging es einfach daneben. Die Zweideutigkeit dieses Satzes ging ihnen sofort auf. Beide mussten prusten und dann lachten sie aus vollem Halse. Die Gäste drehten sich zu ihnen um und lächelten. Sie kannten das; Fröhliche junge Menschen, Verliebte und Glückliche. »Haben wir noch Zeit?«, fragte Epsteiner. »Ich würde gerne noch mehr sehen.«

»Wir lassen uns nach Vitte kutschieren. Und dann zeige ich Dir mein Reich.« Sie mussten wieder lachen. Anna sprach leise mit dem Wirt. Sie zahlten und draußen wartete bereits eine Kutsche.

Eng aneinandergeschmiegt ließen sie sich nach Vitte kutschieren. Sie durchquerten Kloster, am Friedhof mit der kleinen Kirche vorbei, dem Hotel »Wiesengrund« und der Seenotrettungsstation. Der Weg führte an den landseitigen Dünen am Westufer entlang. Spaziergänger und Einheimische, zu Fuß oder auf Fahrrädern, kamen ihnen entgegen. Rinder und Schafe fraßen sich auf den Wiesen satt. Dann sahen sie die ersten Häuser von Vitte. Reetgedeckte, weiße Häuser mit winzigen Gärtchen vor den Eingangstüren. Sie fuhren über die »*Norderende*« bis zur Strandstraße, an deren Kreuzung das »Hotel zur Ostsee« mit seinem hohen, berühmten Eckturm stand. Der Kutscher schwenke in die *Schulstraße* ein zur *Sprange*. Da sahen sie auf den *Vitter Bodden* und die Dampferanlegestelle. Gerade dampfte die »Caprivi« nach Kloster ab.

Sie aßen im Restaurant »Schluck« zu Abend, dann brachte sie der Kutscher zurück, zu Annas Haus. Hier standen sie nun. »Wolltest Du mir nicht noch etwas zeigen?«, fragte Epsteiner, der während der ganzen Fahrt geschwiegen und Annas Beschreibungen gelauscht hatte, »Dein Reich?«

»Wenn Du möchtest.«

»Gerne.«

---

[6] Heute „Endhorn", sehr zu empfehlen.

Sie gingen ins Haus, geradezu ins Atelier.

»Und, wie war's?« Epsteiner schwieg, atmete tief ein und beobachtete versonnen den Regen. Mellert war gespannt wie sein Regenschirm. Er folgte Epsteiners Blick. »Wir hätten gestern nach Neuendorf fahren sollen. Tja.« Er zuckte mit den Schultern. »Was soll's. Fahren wir.« Mellert klopfte Epsteiner jovial auf die Schulter. »Kommen Sie, Sie Träumer.«

Es war, wie wenn Epsteiner erwachte. »Es war nicht so, wie Sie denken, Herr Mellert.« Und während sie aus der Inspektion die fünf Stufen zur Kutsche hinuntergingen, fragte der Inspektor grinsend: »Nein?«

»Nein. Wir haben uns nur Annas Bilder angesehen. Sie ist eine große Künstlerin.«

»Das ist sie. Und Marie, ihre Freundin.«

»Die ich noch nicht die Ehre hatte, kennenzulernen.«

»Aber gesehen, Herr Epsteiner, gesehen haben Sie sie schon!«

Sie bestiegen die Kutsche. »Das ist korrekt.« Epsteiner seufzte auf. »Es wird sich schon ergeben.«

Mellert wartete mit den Händen auf dem Rücken oben auf den Dünen. Er hatte Epsteiner die Stelle des Leichenfundes gezeigt, die sich immer noch als Vertiefung und kahl im Sand abzeichnete. Sein Assistent hockte davor und kratzte mit seinem Taschenmesser im Sand. Plötzlich beugte er sich vor. »Da schau.« Er klaubte vorsichtig einen kleinen Gegenstand heraus, pustete ihn ab. Triumphierend drehte er sich zum Inspektor. »Schauen Sie, was ich gefunden habe!« Er hielt den Gegenstand in die Höhe. Mellert stapfte zu Epsteiner und hielt die Hand auf.

»Das ist interessant.« Er zog eines seiner Seidenpapierblättchen aus dem Notizbuch, platzierte vorsichtig den Gegenstand darin und legte es zwischen die Seiten, die das Datum dieses Tages trugen. Epsteiner sah über den Strand zum Meer. Heute war es grau wie der Himmel. Der Nieselregen zeichnete Millionen von winzigen Wasserringen auf das Meer, das faul ans Ufer plätscherte. Und trotz des Regens waren Spaziergänger unterwegs. Sie bewegten sich nach Vitte oder kamen von dort. »Haben Sie noch etwas entdeckt?« Epsteiner schüttelte den Kopf. »Dann lassen Sie uns nach Vitte fahren. Ich denke, wir haben Einiges zu bereden.«

»Wo genau lag die Münze?«

»Etwa dort, wo sich die Hände befunden haben müssten.« Epsteiner sah an sich herunter. »Die linke Hand.«

»Könnte sie ihm aus der Hand gefallen sein?«

»Ich kann mir nicht vorstellen, dass sie dort zufällig gelandet sein könnte. Und es ist eine«, er nahm eine Lupe zur Hand, »holländische Münze.«

»Hm.« Mellert sah nachdenklich auf das Stück Metall. »Also doch«, murmelte er.

»??«

»Es gibt eine international agierende Organisation mit Sitz in Italien. Sie verschieben geklaute Kunstwerke über Holland nach Amerika, äh - in die USA.«

»Ah! Schmitz war denen auf der Spur.«

»Genau. Und die haben das mitbekommen, wie auch immer, und haben ihn umgebracht«

»Verstehe. Nur eine Frage habe ich noch.«

»Ja?«

»Sie haben den Verlust des fünften Bildes sehr locker hingenommen. Gehe ich recht in der Annahme, dass es nicht das Original war?«

»So ist es. Es war eine Falle. Das Original gibt es noch.« Sie kletterten vorsichtig die Dünen hinunter zum Strand. Der Regen hatte aufgehört, ein leiser Wind machte sich auf. »Lassen Sie uns am Strand zurückgehen, Herr Epsteiner.«

»So förmlich?«

»Ich wollte mich entschuldigen, für vorhin.«

»Ich verstehe nicht?«

»Nun, dass ich Ihnen unterstellt hatte, dass Sie mit …«

»Ah, vergessen Sie's« Epsteiner legte seinem Chef eine Hand auf den Arm. »Sie ist eine entzückende Person. Gebildet, kulturvoll, wunderschön. Sie weiß so verdammt viel. Anna ist so ganz anders als andere, wissen Sie?«

»Beide sind Perlen auf dieser Insel, Epsteiner. Ich hoffe, dass wir diesen Fall so rasch wie möglich aufklären und Sie ihre Anna bekommen. Aber noch sind beide Zeugen in dieser Sache.«

»Ja, verdammt.«

Die Männer legten, wie auf Kommando, die Hände auf den Rücken, und gingen nachdenklich zurück nach Vitte, wo sie der Kutscher abholen sollte.

KLOSTER, AM NÄCHSTEN TAG

Anna hockte auf ihrer Decke. Sie las in einer Broschüre über die Technik der Lithografie. Nach dem langen und strengen Winter gab es einen kurzen, warmen Frühling. Auch der Juni war ungewohnt warm. Die Szene traf sich am Ufer der Nordwestkante der Steilküste, dort wo schon morgens die Sonne schien und lange, bis zum späten Nachmittag blieb. Die Ostsee war noch eiskalt, doch die Luft leicht, warm und sonnendurchtränkt. Anna war noch allein, sie wartete auf Marie und genoss die Sonnenstrahlen, die ihre Schultern und den Rücken wärmten, als ein Schatten auf sie fiel. Sie sah hoch. Epsteiner! In einem ersten Impuls wollte sie sich bedecken, doch dann fiel ihr ein, dass sie am Nacktbadestrand waren. »Sie?«

Epsteiner hockte sich vor sie im Schneidersitz hin. »Marie hat es mir verraten.« Er sah sich um. »In Berlin gibt's ein paar verschwiegene Ecken, wo nackt gebadet wird.« Er begann, sich auszuziehen. »Hier gefällt es mir.«

»Haben Sie nicht zu tun, Aaron?«

»Es ist Sonntag, Anna. Da haben die bösen Jungen auch frei. Hoffentlich.«

»So, Sie sind also ein böser Junge?« Epsteiner hüpfte auf einem Bein, um seine Socken auszuziehen. Es sah zu komisch aus, wie er nackt herumsprang. Anna lachte. Er saß wieder. Etwas atemlos keuchte er: »Ich gehöre zu den Guten.«

»Pah! Das sagen alle.« Anna nahm sich die Zeit ihren neuen Schwarm, zu betrachten. Sie schluckte und Epsteiner auch, denn er spürte ihre Blicke. »Einsachtzig, fünfundachtzig Kilo und alles Muskeln«, kommentierte er ihre Blicke.

»Mehr will ich gar nicht wissen?«

»Mehr erfahren Sie sowieso nicht von mir.«

»Schade, andererseits. Und ich?«, fragte sie kokett und reckte die Nase in die Höhe.

»Zu schön, um wahr zu sein.«

Anna kniff Epsteiner in den Arm.

»Gut, gut. Sie sind real!« Er sah auf die rote Stelle, die Annas Finger hinterlassen hatten. Sein Blick ging zum Himmel. Wolken waren aufgezogen und brachten frischen Wind mit. »Sie haben Gänsehaut.«

»Ja«, Anna schlang die Arme um ihre Brust. »Zeit nach Hause zu gehen.« Sie begann ihre Zeichenutensilien, zusammenzupacken. »Es wird eh nicht besser, ich meine, das Wetter. Willst Du mich ein Stück begleiten?« Annas Blick versprach viel. Epsteiner schluckte wieder. »Gerne. Und ich freue mich, dass wir uns wieder duzen.«

Der steinige Weg am Ufer nach Grieben verlangsamte ihre Schritte. Die Erhebung des Dornbusches fiel immer mehr ab, bis nur noch ein winziger Hügel zu erklimmen war. Sie erreichten den Aufstieg zum Weg nach Grieben. Anna blieb stehen. »Was ist?«, fragte Epsteiner. Anna schüttelte den Kopf. Sie war ganz nah an Epsteiner, der den Duft ihrer Haare roch. Sein Herz begann zu rasen, wie Annas. Sie küssten sich. Nach einer langen, langen Zeit lösten sie sich voneinander. »Komm, lass uns gehen.«

Sie ließen sich keine Zeit, lange im Flur von Annas Haus zu verweilen. Nur, um ihre Gepäckstücke abzustellen, dann liefen sie Hand in Hand ins Schlafzimmer. Wie, wenn sie keine Zeit hätten, rissen sie sich die Kleidung vom Körper und fielen, eng umschlungen ins Bett.

Epsteiner rollte auf den Rücken. Mit der rechten zog er Anna zu sich heran. Sie kuschelte sich an ihn und streichelte seine Brust. In einem Nebensatz dachte Epsteiner an Mellerts Worte. Nein, es war nur eines, aber der Blick sprach ein ganzes, dickes Buch: »Diskret.« Und er: »Ja ja.« Innerlich jedoch sagte er etwas Anderes: Ich will sie! Er gab zu, dass sein Treff mit Anna am Strand nicht die diskreteste Methode gewesen war. Aber er konnte es nicht erwarten, sie zu sehen. Und dann gleich so; nackt! Epsteiner drehte den Kopf zu Anna, hauchte ihr einen Kuss aufs Haar.

»Was nun?«, fragte sie leise.

»Wie, was nun?«

»Naja, Du bleibst doch nicht ewig auf der Insel.«

»Hm. Und Du?«

»Ich weiß nicht. Ich glaube, die Insel würde mir fehlen. Sie ist meine Inspiration, meine Muse.«

»Verstehe.« Epsteiner setzte sich auf. »Wenn ich nur wüsste, was es hier für mich zu tun gäbe.« Er drehte sich um, sah, dass Anna weinte.

»Ist das ein Abschied?«, fragte sie.

»Nein. Nein, kein Abschied. Es wird eine Lösung geben. Ich weiß es.«

Es regnet immer noch. Solch ein kalter Landregen aus dunkelgrauen, niedrig ziehenden Wolken. Dazu ein steter Wind aus Nordwest. Das Wetter war von eben auf jetzt umgeschlagen. Mellert sah aus dem Fenster, als Epsteiner und Münchmann eintraten. »Herr Inspektor?«

»Danke, Münchmann.«

»Er war dort, wo Sie gesagt haben, Herr Inspektor«

Mellert nickte zufrieden. Dann wandte er sich an Epsteiner. »Wir haben ein Telegramm aus Amsterdam.«

»Amsterdam, Neederlands, Mijnheer?«

»Sie können Amsterdamisch?«

»Kein Wort.«

Mellert schob Epsteiner ein Telegramm über den Tisch. »Lesen Sie.«

Epsteiner zog die Augenbrauen in die Höhe. »Haben wir sie?«

»Ich hoffe. Packen Sie ihre Sachen für mehrere Tage. Wir nehmen den nächsten Dampfer.« Er erhob sich. »Ach ja. Haben Sie auch etwas Ordentliches anzuziehen?«

AMSTERDAM, VIERTER JUNI 1923, GANZ FRÜHER MORGEN

Mit kreischenden Bremsen hielt der Zug im Bahnhof an. Er ruckte noch einmal kurz, dann stand er. Epsteiner öffnete die Waggontür und stieg aus. Er hielt die Hände auf, damit Mellert ihm die Koffer geben konnte. Mellert sprang heraus, sah sich nach einem Gepäckträger um. Er entdeckte einen und winkte. Doch statt des Gepäckträgers kamen zwei Uniformierte.

»Mijnheer Inspekteur Mellert?«

»Richtig.«

»Daach. Mijnherr de Meule erwartet Sie.« Die beiden Uniformierten salutierten.

Die Kriminalabteilung der Gemeentepolitie von Amsterdam saß mit den Kollegen der Rijkspolitie in einem schönen alten Gebäude neben dem Rathaus. Schon 1920 waren Hilfeersuchen von Berlin nach den Niederlanden, Großbritannien und die USA gegangen. Trotz aller politischen und nationalen Befindlichkeiten arbeiteten die Polizisten, wenn es um Kapitalverbrechen ging, immer eng zusammen. So kam es, dass die Amsterdamer Polizei nach Berlin telegrafierte, dass höchstwahrscheinlich die gestohlenen Bilder aus der Nationalgalerie in den Niederlanden aufgetaucht wären. Der Amsterdamer Chef und Direktor Gebbert telefonierten lange. Sie einigten darauf, dass Mellert und sein Assistent nach Amsterdam reisen sollten, um an Ort und Stelle den holländischen Kollegen zu helfen. Allerdings unbewaffnet! Darauf bestand Mijnheer de

Meule explizit. Für Mellert war das kein Problem. Seit dem Krieg besaß er ein mehr oder weniger gestörtes Verhältnis Waffen gegenüber. Er nahm sie nur mit, wenn wirklich zu befürchten war, dass er sie einsetzen musste, wie im Falle der Falle für die Mantelbande.

De Meule empfing sie unten an der Tür. »Mijnheer Mellert! Und das muss Ihr Assistent sein.« Er reichte den Männern die Hand. »Kommen Sie, wir sollten zuerst ins *Rijksmuseum* fahren.« Er winkte einer Wache. »Das Gepäck der Herren bitte in mein Büro.« Ein Auto war vorgefahren. De Meule machte eine einladende Bewegung.

Im Auto berichtete de Meule den beiden Polizisten aus Deutschland: »Der Direktor des Rijksmuseums rief mich an. Ein Bekannter, Kunsthändler und Mäzen, habe ein dubioses Angebot erhalten. Der Bekannte des Direktors sei ein ehrenwerter Mann, dem gewisse Geschäfte sehr zuwider seien. Es habe schon genug Verbrechen diesbezüglich gegeben, Sie verstehen sicher, was ich meine.« Mellert nickte. »Ich, wir sind Ihnen sehr dankbar, Mijnheer de Meule.« Obwohl die Niederlande während des Krieges neutral waren, litten die Holländer heute noch unter den unmittelbaren Folgen der Kriegshandlungen und den unterbrochenen Verbindungen nach Südostasien. Auch die jeweiligen Interessenströmungen, ob nun pro-deutsch, niederländisch-national oder der Entente zugewandt, nutzten kriminelle Elemente aus aller Herren Länder aus, um ihre Süppchen hier in Holland zu kochen.

»Jedenfalls war dem Bekannten die ganze Sache sehr suspekt.«

Indes erreichten sie das Rijksmuseum. Sie stiegen aus und gingen zum Haupteingang. Ein imposantes Portal empfing sie. Zwischen zwei Türmen erhoben sich vier romanische Bögen. Sie betraten das große Foyer. Es war wie ein großer, überdachter Platz, der sie aufnahm. Mellert und Epsteiner sahen sich um. »Einfach großartig«, Mellert war phasziniert stehen geblieben. »Ich verstehe nicht viel von Kunst, Herr de Meule, aber wenn für Bilder und Gemälde solch ein Palast gebaut wurde, dann muss was dran sein.« Er schmunzelte. De Meule stieg mit ein. »Es mag wohl daran gelegen haben, dass für Rembrandts »*Nachtwache*« so viel Platz benötigt wurde. Und wenn man schon einmal angefangen hat, warum nicht weiterbauen? Ah, da kommt der Direktor.«

Das Büro des Direktors war so, wie es Mellert erwartet hatte; nicht besonders groß, aber bestens möbliert mit teuren Möbeln, Stühlen und Regalen. Und – natürlich – Bildern, an den Wänden gehangen oder stehend, weil kein Platz mehr war. Denn dort standen Regale mit Büchern. Die Begrüßung war herzlich, wie es in den Niederlanden so ist. Sie schüttelten sich die Hände, machten Witze und setzten sich endlich in die bereitgestellten Stühle. »Jaah«, sagte der Direktor breit, »Was sollen wir tun?« Mellert sah de Meule an. Und der meinte trocken: »Ich habe da einen Plan.«

Den Nachmittag nutzten Mellert, Epsteiner und de Meule für einen Spaziergang durch Amsterdam. Tagsüber besserte sich das Wetter. Es war beinahe sommerlich warm. Auf den Straßen und Grachten herrschte eine geschäftige Betriebsamkeit. Fußgänger, Radfahrer und Autos oben auf den Straßen, etwas tiefer Kähne und Boote in den Kanälen. Alle schienen irgendwie beschäftigt, jedoch mit Gelassenheit und Freundlichkeit - nicht so, wie im hektischen Berlin.

Sie bezogen auf der anderen Straßenseite der *Prinsengracht* Stellung. Zwischen ihnen lag der Kanal. Sie würden im Falle des Falles schnell über die Brücke das Eckhaus, in dem das Treffen um zwanzig Uhr stattfinden sollte, erreichen. Wie in der *Prinsengracht* waren auch in der *Reestraat* Polizisten in Zivil verteilt. Auf keinen Fall durfte ihnen der Verkäufer der gestohlenen Bilder entkommen. Der Handel sollte in der Wohnung über dem Bücherladen abgewickelt werden. Erst, wenn sich Mijnheer Bergsma, der Bekannte des Direktors des *Rijksmuseums*, am Fenster zur *Prinsengracht* zeigen würde, sollte die Polizei zugreifen. Mellert und Epsteiner waren nur Zuschauer. Sie hatten keine Vollmacht einzugreifen, trotzdem waren sie bereit, alles zu tun, um ein Misslingen des Planes zu verhindern.

Epsteiner lümmelte am Geländer des Kanals und sah ein paar Anglern zu. Mellert saß am Fenster eines Cafés auf der gegenüberliegenden Seite, gespannt wie ein Regenschirm. Das Haus besaß einen Eingang in der *Reestraat*, den man über ein paar Stufen erreichte. Ein Mann in einem Gehrock und Melone auf dem Kopf steuerte eben darauf zu. Einen Schritt hinter ihm ging ein Schwarzer in Matrosentracht, offenbar ein Träger, der eine längliche Kiste auf der Schulter trug. Vor der Tür blieb der Mann stehen, gab dem Farbigen etwas Kleingeld und übernahm die Kiste. Sie schien nicht allzu schwer, denn er klemmte sie sich unter den Arm und betrat das Haus.

Mellert stand jetzt neben Epsteiner. »Starren Sie nicht so auffällig auf den Laden, Epsteiner.«

Epsteiner reagierte nicht im Geringsten auf Mellert, sondern bemerkte nur, indem er mit dem Kopf auf das

Eckhaus zeigte: »Es geht los.« Er stellte sich demonstrativ mit dem Rücken zum Geschehen. »Haben Sie auch die vielen Polizisten gesehen?«

»Götter! Hoffentlich hat der Kerl nichts davon bemerkt.«

Epsteiner hob die Schultern. »Glaub' ich nicht, Herr Inspektor.« De Meule trat zu ihnen. Es sah so aus, als wenn drei Geschäftsleute eben ein Geschäft anbahnen würden.

»Ich denke«, sagte er, »dass wir näher herantreten können.« Sie gingen gelassen über die Brücke, doch ließen sie das Fenster im ersten Stock nicht aus den Augen.

»Es tut sich etwas«, flüsterte de Meule. Oben ging Licht an. Sie sahen die Schatten von zwei Männern auf den Gardinen. Dann wurde sie beiseitegeschoben. Bergsma schien das Fenster öffnen zu wollen, das verabredete Zeichen, als ein Schuss ertönte. Bergsma brach zusammen. Im gleichen Moment steckte de Meule eine Trillerpfeife in den Mund und blies kräftig hinein. Sofort rannten mehrere Männer mit gezogenen Pistolen auf die Eingangstür zu. Epsteiner war schneller. Er riss die Tür auf, rannte den langen Flur bis ans Ende, schwang nach rechts und sprang die Treppe in den ersten Stock hinauf. Als er oben eintraf, wurde die Tür zur Wohnung aufgerissen, und heraus stürmte der Mann im Gehrock. Obwohl Epsteiner darauf gefasst gewesen sein musste, rannte ihn der Mann um, und Aaron landete hart auf dem Treppenpodest. Als er endlich wieder auf den Beinen war, sah er, dass sich unten, am Fuße der Treppe ein Menschenknäuel bildete. Nach und nach löste es sich auf. De Meule hielt den Gehrockträger am Arm. »Sehen Sie nach Bergsma!«, rief er Epsteiner zu.

Bergsma lag auf dem Rücken, den Kopf in einer Blutlache. Auf seiner Stirn zeichnete sich ein Einschussloch ab. Epsteiner erkannte, dass ihm nicht mehr zu helfen war. Er sah sich um. Auf dem Tisch befand sich die Kiste - aufgeklappt. Daneben lagen die ausgerollten Leinwände der gestohlenen Bilder, ganz oben die Kopie des Rembrandt. Ein Stapel Geld lag daneben, eine Lupe und die aktuelle Abendzeitung. »Wir haben den Kerl dingfest gemacht. Jetzt kommt zum verbotenen Kunsthandel auch noch Mord dazu.« De Meule kam ins Zimmer. Er sah zufrieden aus. Er griff nach dem Stapel Geld. »Dollars«, bemerkte Epsteiner lakonisch, »Aber, sehen Sie, Mijnheer De Meule.« Der Assistent ging zum Fenster. Es war noch geschlossen. Er zeigte auf ein Loch in der Scheibe. »Der Schuss kam von draußen.« De Meule berührte mit dem Finger das Loch. »Oh. Aber ich habe nichts gehört.«

»Wir aber, Mijnheer. Epsteiner? Wo mag der Schütze gehockt haben?«

»Gegenüber, das rechte oder linke Haus.«

Mellert ging zum Fenster und sah in die angegebene Richtung. Dann ging er zurück in den Raum und betrachtete den Toten.

»Ein Treffer direkt in die Stirn! Also ein Scharfschütze. Haben Sie hier eine Waffe gefunden?«

»Nein.«

»Sehen Sie.« Epsteiner warf sich stolz in die Brust.

»Das wird immer verrückter.« Mellert verschränkte die Arme. »Und nun?«

»Wir sehen uns morgen im Rathaus, Herr Mellert. Dann verhören wir gemeinsam den Verkäufer. Wollen doch mal sehen, ob wir aus ihm nicht Einiges herausbekommen.« De

Meule drehte sich um und gab seinen Leuten einige Befehle, die sofort in Angriff genommen wurden.

KLOSTER, VIERZEHNTER JUNI 1923

Sommer auf Hiddensee. Der Postbote wischte sich mit einem gewaltigen, karierten Taschentuch den Schweiß von der Stirn. »Ein Telegramm für Fräulein Schulze-Bergen!«, rief er durch die offene Tür. »Komme!« Der Postbote wartete geduldig an der Pforte zum kleinen Vorgarten. Marie kam gelaufen. »Hallo, Herr Friesig. Ein Telegramm?«

»Ich sagte es«, verkündete der Postbote stolz. »Hier ist es.«

Marie nahm es ihm aus der Hand. »Vielen Dank.« Sie gab ihm fünfzig Mark, was etwa fünf Bieren entsprach. Die Inflation nahm immer mehr Fahrt auf. Noch drei Monate, und ein Fünftausender hatte sich in zehn Millionen Mark gewandelt, ohne es wert zu sein. Die Reichsbank druckte Geld um Geld und die Beträge darauf wurden immer größer. Und Deutschland feierte und wollte vergessen und nichts wissen, nichts sehen und nicht nachdenken. Zu leiden hatten der sogenannte kleine Mann und die kleinen Beamten.

Friesig nahm das Trinkgeld dennoch stolz entgegen, zwirbelte seinen Schnauzbart. »Danke, Fräulein, und schönen Tag noch.«

Inzwischen war Anna dazugekommen. »Und, von wem ist es?«

»Poh, bist Du neugierig!« Marie öffnete das Blatt, las es mit flinken Augen durch. Sie war ein wenig blass geworden. »Ich muss nach Berlin. Mama ist krank.«

»Oh.« Sie sah an Marie vorbei. »Oh«, sagte sie noch einmal.

»Was ist?«

»Da kommt Epsteiner.«

»Oh«, machte nun auch Marie.

Epsteiner schleppte sich den kurzen Weg bergauf zu Mariens Haus. Es war einfach zu warm! Trotzdem winkte er schon von Weitem und strahlte über das ganze Gesicht. In den Händen hielt er einen kleinen Koffer und einen bunten Blumenstrauß.

»Ich gehe schon mal packen. Der Dampfer müsste bald fahren.« Marie ging ins Haus.

»Darf ich?« Epsteiner war an der Pforte stehen geblieben. Dann nahm er Annas Hand und gab ihr einen langen Handkuss. Sie sah seinen Hinterkopf, mit dem kleinen Ansatz einer Glatze, roch sein Haar und den herben Duft eines Parfüms. »Was machen Sie hier«, fragte sie mit rauer Stimme. Sie musste sich räuspern. Ihr Herz klopfte doppelt so schnell und im Bauch flatterten wieder Tausende Schmetterlinge. *Hört das denn gar nicht auf,* dachte sie, angenehm berührt.

»Ich wollte Dir meine Aufwartung machen. Mellert kommt morgen nach. Er hat noch in Bergen zu tun, dann nehmen wir wieder im Wiesengrund Quartier.« Sie sahen sich an, wusste beide nicht, was sie machen sollten, bis er ihr endlich den Blumenstrauß hinhielt. »Da, das habe mitgebracht.«

»Oh, danke. Ein wirklich schöner Strauß.« Anna schluckte wieder. »Wollen Sie hereinkommen?«

»Nein. Aber ich wollte Sie fragen, ob Sie in einer Stunde – wieso Siezen wir uns eigentlich? Ich wollte Dich fragen, ob Du in einer Stunde Zeit hast?«

Anna musste nicht nachdenken. Beinahe freudig rief sie: »Ja, gerne doch!«

»Dann treffen wir uns am Wiesengrund?«

Sie sah Epsteiner hinterher, wie er federnd den Weg zurückging. *Wie nett, zuerst zu mir zu kommen,* dachte sie und wieder hüpfte ihr Herz und flatterten. Mein Gott! Was sollte sie nur anziehen? Und wo wollte er mit ihr hin? Sie hätte fragen können! Doch als sie zum Haus ging, stand schon fest, was sie anziehen würde. Das weiße Kleid mit dem Matrosenkragen und die angenehmen flachen Leinenschuhe. Sie hüpfte durch den Flur, sang eine Melodie, bis ihr einfiel, dass ihre Freundin große Sorgen hatte.

Marie war dabei, ein Köfferchen zu packen. »Was denn, mehr nimmst Du nicht mit?«

»Das genügt. Den Rest habe ich noch zu Hause.« Sie verschloss energisch den Koffer. »Ich werde gleich noch zu unserem Galeristen gehen. In seinem letzten Brief schrieb er, dass er gut verkauft hatte.« Sie nahm ihr Köfferchen, ging auf den Flur, schnappte sich einen Mantel von Garderobenhaken, den sie über den Arm legte, und blieb an der Tür stehen.

»Bis bald«, sagte sie, »Ich schicke ein Telegramm, wenn ich angekommen bin.«

»Danke. Und alles Gute, meine Liebe. Es ist bestimmt nicht schlimm. Alles wird gut.«

»Tja, ich will dann mal.« Anna sah ihr noch ein Stück hinterher, dann ging sie ins Haus zurück. Sie musste sich schön machen, für Aaron!

Er wartete auf der Straße. Anna trug zu dem Kleid einen weißen Hut mit breiter Krempe und mit dunkelblauen Bändern, wie der Kragen ihres Kleides. Über der Schulter hing ein Leinenbeutel, in dem sie ihre Zeichenutensilien aufbewahrte. Ohne Skizzenbuch und Bleistift ging sie nie aus dem Haus.

»Schlag was vor, Anna.«

»Hm, wir gehen zu Kruse-Lietzenburg.« Epsteiner zuckte mit den Achseln. »Mir recht.« Auf dem Weg nach oben, an hübschen, meist nagelneuen Künstlerdomizilen vorbei, erklärte Anna, wer Oskar Kruse gewesen war und wie sie sich 1919 auf einem Kurzbesuch und kurz vor dessen Tode kennengelernt hatten. »Es war während eines der Künstlertreffen im Haus, das inzwischen von Gerhard Hauptmann gemietet worden war.« Anna sah aus dem Fenster des Saales über die Insel. Oskar Kruse stand neben ihr, trank mit kleinen Schlucken aus einem kobaltblauen Glas. »Wird wohl nicht mehr lange dauern, dann sind die Bäume so hoch, dass der ganze schöne Blick verstellt ist.« Er sah zu Anna herunter. »Kenne ich Sie?« Anna schüttelte den Kopf. Der große Oskar Kruse sprach sie an! »Doch, doch«, behauptete er, »Sie wohnen mit Fräulein Schulze-Bergen zusammen. Malen Sie auch?« Anna nickte wieder. »Dann werde ich Sie bald besuchen.«

Dazu war es nicht gekommen. Doch eines Tages standen Max Kruse, Oskars Bruder, und dessen Frau Käthe Kruse im Atelier. Es waren sehr anregende Stunden gewesen, vor allem mit der bezaubernden Käthe.

Anna klopfte. Nach einer Weile ging die Tür auf, Max sah sie erwartungsvoll an. »Ich wollte Ihre Einladung annehmen, Herr Kruse.«

»Richtig! Die Anna Meisner! Willkommen.« Er trat zur Seite. Anna stellte Epsteiner vor. »Oh, die Polizei im Hause? Suchen Sie mich etwa?«

»Nein, nein, Herr Kruse.« Aaron dachte einen Moment nach. »Aber, da ich schon einmal hier bin, könnten Sie mir vielleicht über eine Person Auskunft geben?«

»Fein, wir machen ein Geschäft: Ich zeige Ihnen das Haus und sie fragen?«

Sie gingen durch das Haus. Max Kruse zeigte ihnen stolz das Anwesen, dass die Berliner Stararchitekten Spalding und Grenander entworfen hatten. Er blieb einen Moment stehen, als ihn Epsteiner nach Bergander fragte. »Jaja, der Bergander. Sehr guter Poet. Er hat Gedichte vorgetragen. Waren nicht Sie mit ihm zusammen, Fräulein Meiser? Ah! Und seine Romane? Naja, …« Er winkte ab. »Aber das ist auch schon alles. Keine Ahnung, wer er war.«

Anna bedankte sich herzlich. »Ein tolles Haus, Herr Kruse. Und eigentümlich, wenn ich das sagen darf, irgendwie abstrakt.« Sie lachten.

Auf dem Rückweg bogen sie zu einem Pfad ab, der über eine abenteuerliche Treppe, hinunter auf den Strand ging. Hier unten saßen und standen Müßiggänger und Sonnenhungrige aus Kloster, allein oder in Gruppen. Anna winkte einer Kollegin vom Künstlerinnenbund zu. Sie hakte sich bei Epsteiner ein. »Lass uns in Richtung Vitte gehen. Ich kenne da einen Fischer, der auch ein Gasthaus betreibt.« Und wenig später forderte sie: »Erzähl mir von euren Ermittlungen. Das, was Du darfst. Wie war es in Amsterdam?«

»Wir haben jetzt alle Bilder. Und einen Toten mehr, verdammt.« Er kickte einen Stein ins Wasser.

»Dann ist alles erledigt?«

»Nein. Wenn auch die Nationalgalerie ihre Bilder wiederhat, den Mörder von Bergander haben wir immer noch nicht. Deshalb sind wir auch wieder hier.« Er erzählte, was in Amsterdam geschehen war. »Aus dem Kerl haben wir nichts herausbekommen. Ein gewisser Anton Fjodorowitsch Kasnow oder so ähnlich. Exilrusse, vor den Bolschewiki geflohen. Das Ganze sei so abgelaufen, behauptete er, dass er seine 'Geschäftspartner' nicht gesehen hätte. Die Bilder habe ein Bote gebracht, der Termin sei ihm genannt worden und man hätte ihm viel Geld versprochen. Und was den Schuss betrifft, so ist er von einem Dach in der Prinsengracht, hinter uns, abgegeben worden. Man fand zwei Patronenhülsen. Überhaupt, de Meule meinte, dass es eine undichte Stelle in seinen Reihen geben muss.«

Sie waren vor einem Strandübergang stehen geblieben. »Hier ist es«, Aaron sah sie irritiert an. »Die Fischerkate mit den gebratenen Heringen«, erklärte sie.

Der Fischer ging alle zwei Tage auf Fang. Wenn er draußen war, übernahmen zwei Mädchen aus Vitte die Theke, währenddessen des Fischers Fru in der Küche stand, Fische briet und Bratkartoffeln! Mit etwas Glück bekam man im Sommer und mittags, ein Plätzchen an den rustikalen Tischen, frisch gebratenen Hering und Bratkartoffeln, wie es sie nirgends gab.

Heute war kein Fischtag, der Wirt höchstselbst stand hinter der Theke. »Morjen.« Er sah Anna an, dann länger auf Epsteiner. »Das Übliche?«

»Ja, Herr Tietz.«

»Schön hier.« Epsteiner verdrehte den Kopf. Es war die gute Stube des Fischerhauses. Doch an der Decke hingen jetzt ausgediente Netze, »Fischerkram«, wie Tietze zu sagen pflegte, ausgestopfte Fische und auf den Fensterbänken standen mehr oder minder gelungene Schiffsmodelle. Die Wände waren mit Seekarten und Schiffsbildern geschmückt. Tietz stellte zwei Stamper auf den Tisch. »Fürn Appeetieet.« Und natürlich hielt er einen dritten in der Hand. »Prost.«

»Warum wurde denn der Kunsthändler erschossen?«

»Mellert und ich nehmen an, dass es aus Rache geschah und die Mantelbande dahintersteckt.«

»Aber sie hätten ihn doch aufhalten können, oder.«

»Wenn sie rechtzeitig von der Falle erfahren hätten. Es wird so gewesen sein, dass ihr Zuträger erst kurz vor dem Treffen von der Falle erfahren hatte oder es den Mördern erst kurz vorher mitteilen konnte. Warum sie Bergsma erschossen haben, ist allerdings unklar. Vielleicht sollte es ja auch dem Russen gelten.«

»Habt ihr denn überhaupt noch eine Spur?«

»Mehrere. Alle beginnen in Bergen und enden auch dort. Es ist zum Verzweifeln.«

»Aber etwas muss es doch geben.«

»Interessiert Dich Bergander immer noch so sehr?«

»Eifersüchtig?«

Epsteiner grinste über das ganze Gesicht. »Nicht ein bisschen. Ich wollte Dich nur ...«

Anna sah auf den leeren Teller. »Ich dachte, dass ich ihn geliebt hätte.« Sie suchte Aarons Augen. »Sehr gemocht, trifft es wohl eher. Aber sein Tod ...?«

»Er hatte ihn genauso wenig verdient wie Tausende andere. Deshalb mache ich diese Arbeit. Niemand besitzt das Recht, einem anderen das Leben zu nehmen. Niemand!«

»Entschuldige.«

»Ich muss mich entschuldigen. Ich hätte nicht fragen sollen. Natürlich hast Du ihn gemocht. Und zu trauern ist ebenfalls Dein gutes Recht.«

»Ach, Aaron. Ich liebe doch nur Dich.« Sie sprach es leise aus, fast unhörbar. Aber Aaron hatte es verstanden.

Nach Kloster gingen sie über den Deich am Bodden entlang. Späte Spaziergänger kamen ihnen entgegen. Ein Fotograf wartete mit seiner auf Kloster ausgerichteten Kamera auf das richtige Licht, eine Gruppe Malerinnen war schwatzend vor einer Staffelei versammelt. Sie blieben stehen. Ein Bild vom Bodden in lila, grau und dunkelgrün. »Ich verstehe davon genauso viel, wie Mellert«, flüsterte Epsteiner. Er hielt den Kopf schief. »Wie gefällt es ihnen?« Epsteiner schrak zusammen. Eine der Frauen, sie ging Aaron höchsten bis zur Brust, stand dich vor ihm. »Sie sehen aus, als würden Sie sich interessieren.«

»Ich, äh, nun ja.«

»Er ist überwältigt«, log Anna.

»Wirklich?«

Doch Epsteiner gehörte zu den manchmal Witzlosen. Er konnte Lügen nicht ertragen. »Nein, gnä' Frau. Ich verstehe überhaupt nichts davon. Ich meine, ich – es gefällt mir. Das Bild ist einfach schön, meiner Meinung nach.«

Die Frau drehte sich zu ihrem Auditorium: »Seht ihr. Habt ihr es gehört? Das ist es!« Sie sah triumphierend auf Epsteiner. »Es ist – einfach – schön.« Beifall auf offener Szene. Für Epsteiner? Er zweifelte daran. Anna zog Epsteiner von der Gruppe weg. »Du redest Dich noch um Kopf und Kragen«, lachte sie. »Irgendwann musst Du es kaufen.«

Als Hausgast fand Epsteiner einen schönen Platz auf der Terrasse des »*Wiesengrund*«. Er hob sein Weinglas, hielt es in die Abendsonne. Der Wein glänzte golden, die Sonnenstrahlen brachen sich in der Flüssigkeit. »Es gibt einen kryptischen Eintrag in Berganders Notizbuch«, setzte er seinen Bericht fort. Er trank einen kleinen Schluck. »54,4N,13,4O, Platte,25 O, A.Z.« Er zitierte es aus dem Kopf. Gedankenverloren sagte Anna: »Klingt wie die Kursangaben aufn Dampfer.« Sie nahm einen Schluck. »Ah, sanft wie ein Engelsflügel.« Sie leckte sich die Lippen ab. Anna sollte so etwas nicht tun. Epsteiner durchzuckten zwei Gefühle; das Erste war primär und betraf Anna, seinen Bauch und das Ziehen im Schritt. Das Zweite seinen kriminalistischen Verstand. Er konzentrierte sich auf das momentan Wichtigere. »Ich Idiot. Wir Idioten! Natürlich! Das ist es.« Anna blickte verständnislos auf. Es war ihr auch egal - in diesem Moment. Sie wollte jetzt, in diesen Augenblick, sofort, und ohne Verzug Epsteiner. Sie stand auf, nahm ihn bei der Hand. »Komm, gehen wir zu mir.« Und Epsteiner folgte. Er nickte sich im Spiegel zu, als sie vorbeigingen. *Alles andere hatte Zeit bis morgen.*

Nachdem Anna den Türriegel eilig vorgelegt hatte, zogen sie sich mit fahrigen Fingern gegenseitig aus, eine Spur Kleidungsstücke auf dem Weg zum Schlafzimmer hinterlassend.

BERGEN, SIEBZEHNTER JUNI 1923

Das Aufgebot an Polizei war so ungewöhnlich, wie die Tageszeit, an dem es auftrat, sodass die Bergener, die eben gerade nichts anderes zu tun hatten, zusammenliefen. Sankt Marien war umstellt. Die Polizisten hielten Karabiner in den Händen und einige Herren in Zivil, die offenbar das Sagen hatten, ihre Pistolen. Aus der Ansammlung ragte einer hervor, ein breitschultriger junger Mann, der seinen Hut verwegen in den Nacken geschoben trug. »Meine Herren«, sagte Epsteiner, »Ich verstehe den Aufwand nicht. Es geht doch nur darum, einer Spur nachzugehen.«

Berger, inzwischen Chefinspektor, aus Stralsund winkte ab. »Sicher ist sicher, Herr Epsteiner. Ihr Mut in allen Ehren …«

»Danke, Herr Chefinspektor. Ich gehe dann mal.« Er hielt die Hand auf, in die Küster Scholz den Schlüssel der Pforte des Haupttors der Kirche legte. Epsteiner setzte sich in Bewegung. »Ich komme mit.« Mellert steckte seine Pistole in den Holster. »Wär' ja noch schöner.« Aaron grinste. Umständlich schloss er die Tür auf. Es knarrte leise. Epsteiner sah Mellert grinsend an. »Gespenstisch, nicht?«

Sie sahen sich in der Kirche um. Das große Hauptschiff war auch innen bis zum Dach in Backstein gemauert, die mächtigen Säulen reckten sich zum Maßwerk mit den bemalten Zwischenräumen empor. Es war erstaunlich hell und angenehm kühl. Epsteiner ging entschlossen in Richtung des Altars. Er sah auf den Boden. »Hier irgendwo muss es sein.« Irritiert sah er sich um. Dann stierte er auf einen Kompass, drehte ihn in der Hand hin und her.

»Was, zum Henker, suchen Sie eigentlich? Seit Tagen machen Sie ein Geheimnis – und dass Berger gleich so darauf einsteigt?« Er stemmte die Fäuste in die Seiten. »Also, was isses?«

»Eine Grabplatte oder etwas Ähnliches.« Er schlug sich vor die Stirn. »Kommen Sie.« Epsteiner griff sich Mellerts Arm. Sie verließen schnellen Schrittes die Kirche. »Dort lang.« Es war der Weg zur Klostermauer. »Sehen Sie, Herr Mellert?«

»Nö. Steine.«

»Die Grabplatten. Wir suchen eine mit den Initialen 'A.Z.'«

Das Aufgebot an Polizisten, die Schaulustigen und Provinzreporter reckten die Hälse. Es herrschte eine seltsam gespannte Stimmung, als würde gleich etwas passieren. Doch nichts geschah, keine Explosion, keine Schüsse, keine Entführung. Sie sahen nur zwei Männer, die suchend an der ehemaligen Klostermauer entlangstrichen.

»Was machen die da?«, fragte Berger, »Ich dachte, in der Kirche sei …?« Er kniff die Augen zusammen. »Schicken Sie die Polizisten weg«, wandte er sich an den Leutnant der Polizei. »Zu Befehl.«

»Hier.« Mellert kratzte mit dem Fingernagel auf einer uralten Platte herum. »Das muss es sein.« Epsteiner musterte die Fassung der Grabplatte. »Haben Sie ein Messer?«

Mellert kramte in seiner Tasche. »Bitte.«

Epsteiner fuhr mit dem Messer am Rand der Platte entlang. »Hier ist es.« Ein Ziegelstein unterhalb der Platte ließ sich herausziehen. Aaron griff mit zwei Fingern in die

Vertiefung. Die Grabplatte ließ sich nach oben öffnen. Die Männer gingen in die Knie. Mellert suchte wieder in seiner Tasche. »Da.« Eine Dynamolampe tauchte auf. »Sehen wir nach.«

Mellert drückte den Hebel an der Seite, die Lampe begann zu summen. Er leuchtete in das Loch hinter der Platte. Epsteiner griff hinein. Akribisch legte er verschiedene Gegenstände nebeneinander. Ein Heft in einem Schutzumschlag, ein Zettel mit Adressen, ein Pappkarton, in dem eine Pistole lag, leicht angerostet, und ein leerer Zuckersack. »Das ist alles.« Epsteiner stand auf und klopfte sich die Finger ab. »Dann bringen wir das Zeug zur Inspektion.« Sie sammelten es ein. Berger empfing sie am Tor. »Das ist alles? Ich dachte …«

»Ich hab's Ihnen doch gesagt. Der ganze Aufwand war umsonst.«

»Mellert!«, Berger klang ziemlich wütend, »Ich dachte …«

»Tut mir leid, Berger. Ich habe Sie nur davon in Kenntnis gesetzt, dass wir was gefu…«

»Ja ja, schon gut! Machen Sie weiter.« Aber er musste einen draufsetzen: »Informieren Sie Berlin. Ich muss ja nicht alles für Sie erledigen. Morgen erwarte ich Ihren Bericht. Wiedersehen.« Er stapfte davon, stieg in seinen Wagen und knallte die Tür zu. Schwatzend und sehr enttäuscht verstreuten sich die Schaulustigen und nur Priem, der Lokalredakteur, wandte sich an Mellert: »Können Sie mir dazu was sagen? Zu dem ganzen Aufwand hier, und so?«

»Morgen, Priem. Morgen. Kommen Sie um zehn zu mir.«

Da lagen sie nun! Beweisstücke! Nur was sollten sie beweisen, worüber würden sie Auskunft geben? Epsteiner nahm Stück für Stück in die Hand, drehte es mehrfach und legte es vorsichtig wieder hin. »Nun, was sagen Sie, Epsteiner? Wird es uns weiterhelfen?« Aaron zuckte mit den Schultern. »Was? Enttäuscht, Epsteiner?«

»Ich gebe zu, dass ich mir mehr versprochen hatte.«

»Tja. Sehen wir uns die Dinge genauer an.« Er hob den Zuckersack an den Ecken an, hielt ihn ins Licht. »Was meinen Sie, Aaron?« Es war das erste Mal, dass er Epsteiner bei seinem Vornamen ansprach. Der zog eine Augenbraue in die Höhe, nahm die Anrede aber nur zur Kenntnis. »Tja, sieht aus wie das Zeug, in das die Bilder eingepackt waren.« Er nahm ihm Mellert ab. »Hamburg. Irgendein Kaffeehändler.« Er klappte sein Notizheft auf und schrieb Firma und Adresse des Händlers auf. »Wir sollten Erkundigungen einziehen.«

»Richtig, Aaron. Machen Sie das?«

»Gerne. Und was haben wir hier? Adressen?« Sie beugten die Köpfe über ein Zettelchen, das aus dem Heft herausgefallen war.

»Piper!?«

»Inspektor?« Der neue Kommissar Piper steckte den Kopf ins Zimmer des Inspektors. »Haben Sie Zeit uns zu helfen?«

»Jede, Herr Mellert. Die bösen Buben machen gerade Ferien.«

»Nun, dafür halten uns unsere immer noch in Atem.«

»Ich bin soweit im Bilde«, Piper war ernsthaft geworden. Es ging immer noch um Mord. »Was soll ich tun?«

»Ziehen sie bitte über jeden, der auf diesem Zettel aufgeführt ist, Erkundigungen ein. Aber bitte sehr, sehr diskret.«

»Gerne, Herr Inspektor. Äh, darf ich fragen, ob es etwas Neues …?«

»Nichts, was uns weiterhelfen würde. Vielleicht ergibt sich daraus«, er wies auf den Zettel, »eine neue Spur. Irgendwie bewegen wir uns im Kreis.« Er hob das Heftchen im Schutzumschlag an. »Und was werden wir hieraus erfahren?«

KLOSTER, ZWANZIGSTER JUNI 1923

Ausgelassener hätte die Stimmung nicht sein können. Anna und Marie gaben ein Fest, eine *'fete des art'*. Sie hatten allen Grund dazu, denn zum ersten Mal konnte Anna eigene Einnahmen auf ihrem Konto verzeichnen. Und es waren nicht wenige – in Dollar! Die Reichsmark wurde von Monat zu Monat, sogar von Woche zu Woche immer weniger wert. Deshalb machte Hollaender nur noch Geschäfte, wenn der Kunde in der US-Währung bezahlte.

John Schmidt-Sassnitz, seines Zeichens Schauspieler und gelegentlicher Regisseur am Stralsunder Theater, rief mit wohltönender und angetrunkener Stimme: »Den Fräuleins der malenden Zunft unseren Glückwunsch! Mögen ihnen die Musen der bildenden Künste, die erst noch gefunden werden müssen, beistehen und ihnen viele, viele Kinder – Pardon – Kunden bescheren! Hahaha!«

»Und damit einen Grund, wieder eine so schöne Feier zu veranstalten!« Friedrich W. Walser, Dramaturg an einem bekannten Theater in Berlin, zwinkerte Anna zu. Doch er hoffte vergeblich. Für Anna gab es nur noch Epsteiner, den sie heute sehr vermisste. Jemand legte eine Platte auf. Das Grammofon kratzte einen Walzer, es fanden sich Paare, und bevor Walser sich auf Anna stürzen konnte, klopfte ihr jemand auf die Schulter. Sie fuhr herum. »Aaron!«

»Darf ich bitten.« Mit einem schadenfrohen Seitenblick zu Walser ergriff er Annas Hände. »Aaron!« Ihre Knie knickten ein, sie rutschte zwischen Epsteiners Armen hindurch und schlug auf dem Boden auf.

Das Erste, was sie wieder sah, war Aarons Gesicht, der sie besorgt ansah und den Mund bewegte. »Was?« Es hallte in ihrem Kopf.

»Na, da bist Du ja wieder.« Sie versuchte aufzustehen und viele Hände halfen ihr dabei. »Was war das denn eben?« Anna wischte sich den kalten Schweiß von der Stirn.

»Brauchst Du einen Arzt?«

Es war wohl doch nur der freudige Schreck gewesen. Sie schüttelte den Kopf. »Macht nur weiter. Ich brauch nur einen Schluck Wasser.« Nachdem, wie viel Gläser sie hingehalten bekam, wäre es ein halber Eimer gewesen. Sie nahm Aaron das Glas aus der Hand. »Danke.«

Man hatte sich beruhigt. Alles war gut, wie die ganzen zwanziger Jahre. Vergessen, schien das Credo der Zeit zu sein. Genieße das Leben, wer weiß, wie lange es noch gut geht! Man wandte sich wieder der Feier zu, als wäre Nichts geschehen.

Anna und Epsteiner waren in eine Ecke des Ateliers gezogen, wo es nicht ganz so hell war und die Feiernden herumtobten. Aaron hielt ein Wasserglas mit Sekt in der Hand, Anna trank Rotwein aus einem ebensolchen Glas. Sie sah in Epsteiners Gesicht und bezog die Sorgen darin auf sich. »Ich …«, dann begriff sie, »Du musst zurück, stimmts?« Er nickte stumm. »Ich habe ein Telegramm von Direktor Gebbert erhalten. Ich soll unverzüglich in Berlin antreten.« Er grinste unnachahmlich über das ganze Gesicht. »Unverzüglich bedeutet – morgen. Und wenn ein Sturm …« Er zuckte mit den Schultern. »Pech eben.«

»Was will er von Dir?« Anna spürte, wie ein Zittern über sie kam.

»Ich werde Kommissar und bitte ihn um Versetzung nach Bergen.«

»Aber geht das denn?«

»Ich muss es versuchen.« Er beugte sich zu Anna und gab ihr einen Kuss auf die Wange. »Für Dich.«

»Geheimnisse?« Marie stand vor ihnen. »Und wo ist Mellert?«

»Er geht einer Spur nach. Mellert ist ein Bullenbeißer. Wenn er Blut geleckt hat, dann kann man ihn nicht mehr halten.« Marie sah enttäuscht auf Aaron. »Ehrlich, er kommt morgen früh. Eher geht es nicht.«

»Na, Gott sei Dank.« Wupp, weg war sie. Epsteiner sah ihr hinterher und schüttelte den Kopf. »War sie nicht in Berlin, wegen ihrer Mutter?« »Sie hatte Glück gehabt«, erklärte Anna. »Die Erkrankung ihrer Mutter war nicht so ernsthaft. Sie ist zwei Tage geblieben, hatte sich mit ihr gestritten, bei ihrem Vater ausgeheult, und war unverzüglich wieder hier.« Vor Wut hat sie drei Bilder gemalt, innerhalb von zwölf Stunden, und alle für einen Batzen Geld verkauft. Verrückt!« Sie machte eine Pause. »Und Du?«

Beifall brandete auf. Ein Gruppe Musiker trat unerwartet auf und begann freche Schlager zu spielen. Jane Tailer, eine berühmte Tänzerin aus den Staaten, die seit drei Jahren in Berlin lebte, sprang auf den Tisch und begann zu tanzen.

»Komm, lass uns ein wenig nach nebenan gehen.« Er zog Anna in Maries Schlafzimmer. »Ob der Tisch das aushält?« Anna sah misstrauisch zurück. Sie setzten sich auf die Bettkante. Epsteiner begann zu erzählen, während er Annas Hände hielt.

BERGEN, ZWEI TAGE ZUVOR

Das Heftchen im Schutzumschlag war eine Offenbarung. Mellert schlug mit der flachen Hand auf die Tischplatte. »Unglaublich. Das ist pures Gold! Hören Sie, Epsteiner.« Mellert nahm das Heftchen in die Hand, lehnte sich in seinem Sessel zurück. Verständnislos schüttelte er den Kopf. Aaron zerriss es fast vor Spannung.

»Wie kann man so deppert sein?«

»Was denn?«

Mellert klopfte mit dem Mittelfinger auf das Papier. »Das ist von einem gewissen Herbert Klooß – Namen haben die hier! Es sind nur Notizen, aber sehr aufschlussreich. Hören Sie, Epsteiner: fünfzehnter zwölfter neunzehn – wohlbemerkt, neunzehnhundert-neunzehn! Sag Ihnen das was?«

»Das Jahr, in dem die Bilder …?«

»Genau. Ein paar Tage vorher.« Er sah nachdenklich auf. »Warum schreibt sich, nein, warum schreibt jemand ein Tagebuch über ein Verbrechen?«

»Narzissmus?«

»Es muss eine neue Sparte geben, in der Kriminalistik, Epsteiner. Psychologie.« Aber, ich schweife ab. Und während Mellert Seite für Seite vorliest, entsteht das Bild eines Verbrechens, dass letztlich in der Ermordung Schmitz kulminierte. Und Namen wurden benannt, Orte, Zeiten, Ereignisse. Und nachdem Mellert fertig war, da war es Mitternacht, fragte Epsteiner: »Dann ziehen wir jetzt los und verhaften? Wir haben die ganze Bande im Sack. Dank dieses schriftlichen Geständnisses.« Er zeigte auf das Heftchen.

»Geduld. Wenn wir jetzt losziehen und jeden Stück für Stück verhaften, machen wir den Rest nur kopfscheu und er verduftet. Nein, wir müssen überraschend und konzertiert zuschlagen.«

»Aber«, gab Epsteiner zu bedenken, »von Schmitz war mit keinem Wort die Rede, oder?«

»Nein. Und wenn ich es recht bedenke, gab es auch keine Bemerkung dazu, dass sich die Bande verfolgt fühlte.«

»Wann hören die Aufzeichnungen eigentlich auf?«

»Warte.« Mellert blätterte im Heftchen. »Oktober neunzehnhundertzweiundzwanzig.«

»Und noch etwas: War Schmitz nur dran an der Bande, oder drin? Wenn ja, dann stammt das ganze Zeug von ihm. Und dann heißt es oft, der Chef sagte, der Chef wollte, und so weiter. Wer, zum Kuckuck, ist der Chef?«

Mellert hob die Schultern. »Müssen wir eben jeden genauestens befragen.«

Am Vormittag fand die Planung statt. Epsteiner bewunderte Mellerts Ruhe, Gelassenheit und Konzentration. Wenn es nach ihm ginge, würde er sofort losziehen. Im Zimmer des Inspektors war es eng geworden. Neben Mellert und Epsteiner waren Piper sowie die jeweiligen Chefs der Polizeistationen auf Rügen anwesend. Versonnen spielte er mit einer Handschelle. »Alles klar, Epsteiner?«

Nein, Epsteiner hatte nicht zugehört. Er dachte gerade an Anna. »Entschuldigung?«

»Drei Uhr. Die bösen Buben sollen tief schlafen, wenn wir kommen. Epsteiner?«

»Ja, klar, habe ich begriffen. Ich geh dann mal vorschlafen.«

Und nein, er hatte kein Auge zugemacht. Mellert gähnte herzhaft, doch es war keine Müdigkeit in ihn. Er saß auf der Bettkante und reinige seine Pistole, als es klopfte. »Rein mit Ihnen!«

»Wie steht's?« Epsteiner steckte den Kopf durch den Türspalt.

»Ich bin aufgeregt, wie ein Pennäler vor der Prüfung«, gab Mellert zu. Er zog seine Taschenuhr hervor. »Eine halbe Stunde noch. Was meinen Sie? Wird es klappen?«

»Wir werden viele schnappen. Vielleicht schlüpfen uns zwei, drei durch die Maschen. Aber auch die werden wir kriegen. Kleine Fische. Die Haupttäter …«

»… kriegen wir beide.« Mellert stand auf. »Lass uns gehen, Aaron.«

»Klar, Chefchen.«

»Wenn Du noch einmal Chefchen sagst …«

»Ich tu's nie wieder, Chefchen.« Epsteiner lachte.

»Noch eine Stunde bis Sonnenaufgang«, flüsterte Mellert, »Vorwärts.« Er musste nicht darauf hinweisen, dass sie im Schatten bleiben sollten, denn es war stockdunkel, kaum dass sie den Fußboden erkennen konnten.

Das Haus stand allein am Stadtrand. Ein schmiedeeiserner Zaun umgab das ungepflegte Grundstück, das mit Sträuchern und kniehohem Unkraut bewachsen war. Es war still und im Hause schien sich keiner zu bewegen. Mellert, Epsteiner und vier Polizisten erreichten die Zaunpforte. Mellert zog einen Polizisten am Ärmel: »Los.« Der Polizist steckte einen Dietrich in das Schloss. Es klapperte leise, dann hörten sie, wie der Riegel zurückfiel.

Der Inspektor schob den Polizisten zur Seite und schlüpfte durch die Pforte. Geräuschlos folgten ihm seine Männer. Als sie am Haus ankamen, schlichen zwei Polizisten zur Rückseite.

»Also, los.« Ein Polizist warf sich gegen die Tür, die mit einem lauten Krach aufsprang. Sofort stürmten die Männer ins Haus. Jeder wusste, wohin er gehen musste. Licht ging an. »Ist hier jemand?«, fragte jemand verschlafen. Und dann brach ein Tumult los. Geschrei, brechende Türen, Getrampel. Ein Schuss fiel, dann ein Zweiter. Jemand schrie vor Schmerz. »Hab ihn!« Mellerts Stimme. Epsteiner war in einen Clinch mit einem Riesenkerl geraten, der versuchte, ihm den Hals umzudrehen. Er zog seine Pistole und schlug den Lauf gegen das Knie des Kerls. Der ließ ihn los und griff sich jaulend an die schmerzende Stelle.

»Scheiße«, brüllte der, »Nicht wieder *das* Knie!« Er wälzte sich mit schmerzverzerrtem Gesicht am Boden. Epsteiner schnappte nach Luft, hatte aber noch genügend Geistesgegenwart, die Handschellen zu ziehen und dem Kerl die Arme nach hinten zu drehen. Der gab jeden Widerstand auf, jammerte nur noch und beklagte sein Schicksal.

Es trat wieder Ruhe ein. Mellert kam in das Entree. Er schob einen hageren, schlecht rasierten Kerl mit auffallend gelben Zähnen vor sich her, der nur in Unterhosen bekleidet war. Wenig später trugen zwei Polizisten einen Verletzten herein. Der dritte Polizist hielt sich den Oberarm. Zwischen seinen Fingern rieselte Blut. »Alle da«, stellte Mellert zufrieden fest. »Ab zur Inspektion.«

Nach und nach trafen die Einsatzgruppen der Polizei ein. Jede brachte ein oder zwei Verhaftete mit. Mellert war sehr zufrieden. Er war sich sicher, dass unter den verhafteten

Mitgliedern der so genannten »Mantelbande«, auch Berganders Mörder war. Es war nur eine Frage der Zeit, bis sie ihm das nachweisen konnten. Ergebnis der Aktion waren zwei leicht verletzte Polizisten, ein totes Bandenmitglied und acht weitere Verhaftete. Mellert begann sofort mit den Verhören. Er wollte keine Zeit verlieren, und erster Kandidat war Epsteiners Riese. Der saß auf der Bank, die Arme vor der mächtigen Brust verschränkt, und sah Epsteiner hasserfüllt an. Das Knie war dick verbunden.

»Tut mir leid«, Aaron grinste den Riesen breit an und zeigte auf die roten Striemen an seinem Hals. »Name, geboren, wo? Wohnhaft?« Der Riese schwieg, Mellert schwieg. Epsteiner drehte den Stuhl um, sodass er die Unterarme auf die Lehne stützen konnte. Er beugte sich vor. »In Ordnung. Schweigen Sie, Herr Schroppe. So heißen Sie doch, nicht wahr? Geboren am zweiundzwanzigsten Februar achtzehnhunderteinundneunzig in Berlin-Wedding. Von Beruf – Mörder?« Der Dicke schnaubte und kniff die Lippen zusammen. »Danke, ich nehme das als ein Ja?«

»Nüscht is! Nüscht mit Mörder. Ihr spinnt ja!«

Epsteiner reagierte nicht. »Sie haben am achten oder neunten November neunzehnhundertzweiundzwanzig einen Heinz Schmitz, alias Hieronymus Bergander, zuerst gefoltert, um Informationen zu erpressen und anschließend erschossen, sowie danach auf die Insel Hiddensee verbracht, um ...«

»Ja spinnt ihr denn?«, brüllte Schroppe, »Ick bin nen D... – ick bring doch keen um!«

»Wer dann?« Epsteiner lehnte sich zufrieden zurück und wäre beinahe vom Stuhl gestürzt.

»Na der – der Dürre, der – ich wees doch nich, wie der heeßt!«

»Der Dürre? Der mit den gelben Zähnen?«

»Jenau.«

»Ach? Und was haben sie in seinem Haus gemacht?«

»Bewacht haick ihm. Hat der Chef jesacht.«

»Ich denke, der Gelbzahn ist der Chef?«

»Quatsch. Aber der is wischtisch, vastehste.«

Mellert war hinzugetreten. Er war ganz Höflichkeit. »Wer ist denn der Chef, Herr Schroppe?«

»Saa ick nich. Bin doch nich lebensmüde.«

»Schade, Herr Schroppe.« Mellert zog sich wieder zurück.

Der Riese sah ihn erstaunt an. »Det vastehn sie aber, Herr Kriminal?«

»Oh ja. Selbstverständlich.« Mellert holte sich einen Stuhl heran. »Es ist nur so, dass ich, wenn Sie uns helfen würden, etwas für Sie tun könnte.« Mellert sah sein Gegenüber gespannt an.

»Ick kann Sie nich helfen, Herr Kriminal.«

»Schade, schade. Schade, dass Sie uns nicht helfen wollen.« Mellert schien schwer enttäuscht. Es sah aus, als wollte Mellert aufstehen und gehen.

»Det kann ick nich, Herr Kriminal.«

»Können nicht?« Jetzt mischte sich Epsteiner wieder ein.

»Na, weil ick nich wees, wer der Chef is, vastehste! Keena von uns wees det richtisch.« Er senkte den Kopf. »Vielleich der Dürre«, flüsterte er.

Mellert klopfte Schroppe jovial auf die Schulter. »Wir werden beim Untersuchungsrichter ein gutes Wort für Sie einlegen.« Er stand auf. »Abführen! Und bringen Sie uns den«, er grinste breit, »Dürren.« Der Polizist an der Tür salutierte.

KLOSTER, ZWANZIGSTER JUNI 1923

Die Feier schien ihren Kulminationspunkt zu erreichen. Jane Tailer war inzwischen eines Großteils ihrer Kleidung verlustig gegangen. Die stolzen Eroberer der Kleidungsstücke schwangen sie grölend über ihren Köpfen. Jane tanzte einen wilden Tanz auf den Tischen, ihre Brüste hüpften im Takt der Musik und ihre Füße trommelten einen wilden Stepp zu schwarzer Jazzmusik. Die Gäste klatschten im Rhythmus mit und sangen in schlechtem Englisch den unbekannten Text. Marie war der Mittelpunkt der Feier, die Männer, wenn sie nicht durch Janes Anblick abgelenkt waren, bemühten sich um sie und balzten, was nur ging.

Anna sah auf das Tohuwabohu. »Gut, dass wir unsere Bilder in Sicherheit gebracht haben!«, rief sie Aaron ins Ohr. Sie waren wieder zu den Feiernden getreten. Epsteiner lenkte der laute Gesang ab. »Komm, lass uns feiern. Den Rest erzähle ich morgen.«

Sie sprangen ins Atelier und stürzten sich ins Getümmel der Tanzenden. Jemand hatte einen neuen Tanz aus Amerika mitgebracht: *Charleston*, ein Tanz, bei dem man herumhüpfte und die Beine nach hinten schlenkerte.

»Ich habe Durst«, rief Anna. Sie liefen Hand in Hand zur 'Bar', griffen sich zwei Gläser mit Sekt. »Prost«, sagte Epsteiner, »Auf Deinen Erfolg.«

»Prost, auf Deinen Erfolg!« Sie stießen an.

Jane war nun endgültig nackt. Nicht allein. Und sie tanzte auch nicht mehr allein. Die Feier erreichte die Stufe eines Bacchanals. Anna drängte sich zu Marie. »Wir sollten Schluss machen.«

»In Ordnung.« Marie sah sich um. »Besser ist es wohl.« Und obwohl auch sie angetrunken war, besaß sie noch genügend Überblick. Sie riss die Augen auf, als sie Jane sah, die sich entzückt und völlig entrückt in der Musik bog und drehte. »Ich denke auch, dass es genügt.«

Es dauerte noch eine Stunde, bis sie endlich den letzten Gast herausgekehrt war. »Uff«, stöhnte Marie. Sie lehnte in Annas Lieblingsohrensessel, mit ausgestreckten Beinen, in der rechten Hand hielt sie ein halb gefülltes Sektglas, das im Licht der elektrischen Lampen funkelte. Epsteiner hockte auf dem Boden vor Annas Stuhl, die sehr indigniert auf das Chaos rundherum blickte. Marie wedelte mit dem Sektglas: »Morgen räumen wir auf, ja?« Sie gähnte ausgiebig und wischte sich danach die Tränen aus den Augen.

»Es ist schon – morgen – Marie.«

»Aber schön war's, oder?«

»Klar doch.« Aaron nickte und sah Anna von unten an.

»Ja. Gehen wir zu Bett. Kommst Du, Aaron?«

»Rutsch mal.«

Er tat es und spürte Annas Rücken durch die dünne Bettdecke. Marie huschte zu ihm ins Bett. »Keine Angst«, flüsterte sie, »Ich tu Dir nichts.« Sie kuschelte sich an Epsteiner. »Ich brauche nur Wärme heute.« Und weil Epsteiner schwieg: »Ich bin so einsam in meinem Bett.«

»Schlaf schön«, flüsterte Aaron, drehte sich um und kroch zu Anna unter die Decke. Die seufzte, schmatzte mit den Lippen und schlief weiter. Und Epsteiner schlief ebenfalls übergangslos ein.

Der Morgen – es war bereits Mittag – fand sie eng umschlugen auf Epsteiners Seite. Anna war zuerst munter. Aus einem Wust von Haaren klang es müde: »Morjen, Aaron.« Dann richtete sie sich auf. »Marie? Was machst Du …?«

»Ich hab' mich gefürchtet.« Sie hörten Aaron prusten. Er lag auf dem Bauch und musste sowohl von Anna als auch von Marie Schläge auf sein Hinterteil hinnehmen. »Es ist nicht lustig«, belehrte ihn Anna. Und Marie setzte fort: »Wenn eine Frau sich fürchtet.«

»Is ja nichts passiert. Die Mantelbande haben wir im Sack.«

Beide Frauen fielen auf den Rücken und bekreuzigten sich inbrünstig. »Gott im Himmel sei gepriesen.«

»Amen,« Aaron drehte sich um. Er hielt eine Hand auf die Augen. »Oh, ein Glas Sekt zu viel?«

Es klopfte an der Haustür. »Marie? Bis Du munter?« Mellert! »Oh mein Gott! Was mache ich jetzt?«

»Erst einmal Antworten, dann einen Morgenmantel anziehen und Mellert hereinlassen.«

»Danke, Epsteiner. Ohne Deine Hilfe …«

»Hallo? Marie?«

»Ich komme!«

»Und lass Dir eine gute Ausrede einfallen, warum Dein Bett …«

»Seid ihr wohl still!«

BERGEN, ZWEI TAGE ZUVOR AM SPÄTEN VORMITTAG

Diesmal war Mellert dran. Der Dürre mit den gelben Zähnen wurde vorgeführt. »Setz Dich«, knurrte ihn der Polizist an. Er prüfte noch einmal den Sitz der Handschellen, nickte zufrieden und meldete: »Herr Inspekter, der Delinquent.«

»Nana, wir woll'n mal nicht übertreiben. Danke, Herr Wachtmeister.« Mellert saß bereits, vor sich einen roten Aktendeckel, aus dem ein großes Stück des Heftchens aus dem Mauerversteck heraussah. Er wartete, beobachtete sein Gegenüber. Doch 'Gelbzahn' reagierte nicht im Geringsten darauf. Na gut, dachte der Inspektor, offenbar weiß er nichts von dem Heftchen. »Herr …«, Mellert schlug kurz den Aktendeckel auf, tat als würde er lesen, klappte ihn wieder zu, und wandte sich an den Festgenommenen. »… Nurlichkeit. Alter pommerscher Adel, hä?«

In den ersten Minuten ihres schweigenden Musterns tat Nurlichkeit, als ginge ihn das Ganze nichts an. Seine grauen Augen flitzten hin und her, sahen kurz auf Mellert, dann zu Epsteiner, den Polizisten an der Tür und kamen wieder zurück. Dann legte er die gefesselten Hände auf den Tisch und begann mit den Fingern zu trommeln. Das Lied, das er trommelte, war kurz. Nun ballte er die Hände zu Fäusten, sah zur Decke. Dann seufzte er. »Also, wat iis?«

»Das fragen wir Sie, Herr Nurlichkeit.«

»Ick wees nüscht. Ich wees nich mal, wat Sie mir vorwerfen.«

Schweigen. Nurlichkeits Nervosität nahm zu.

Schweigen.

Und als das Schweigen im Raum nahezu greifbar wurde, sagte Mellert leichthin: »Wir werfen Ihnen zweifachen Mord vor, Herr Nurlichkeit. Einmal an Herrn Schmitz, den sie vielleicht unter einem anderen Namen kennen. Bergander, vielleicht?« In Nurlichkeits Gesicht zuckten ein paar Muskeln. »Und einen gewissen Peter Halske.«

»Kenn ich nich. Ha ich nix mit zum tun jehabt. Mit die Männer.«

»Versuchen Sie sich zu erinnern, Nurlichkeit.« Mellert legte etwas mehr Härte in seine Stimme. Epsteiner passte scharf auf. Er hoffte, noch etwas an Verhörtechnik zu lernen.

»Peter Halske war der Mann, der von Ihnen fünftausend Mark bekommen sollte. Im Gegenwert für fünf gestohlene Bilder aus der Nationalgalerie. Sie erinnern sich?«

Es war Gelbzahn (so nannte ihn Epsteiner bei sich) anzusehen, dass er sich durchaus erinnerte. Für eine Millisekunde ging sein Blick nach innen, aber äußerlich reagierte er nicht. Er lehnte sich, soweit es ging im Stuhl zurück. »Ick hab im Auto jesessen.«

»Sie haben ihn mit einer Eisenstange erschlagen. Wir haben Ihre Fingerabdrücke.« Man sah, dass Gelbzahn erschrak.

Wieder herrschte minutenlang Schweigen. Dann setzte Mellert, ein paar Nuancen schärfer, fort: »Und Sie haben Schmitz, den Ermittler der *Preußisch Pommerschen Provincial Assekuranz*, zuerst gefoltert und dann erschossen.«

Gelbzahn legte sich noch weiter zurück und blickte Mellert mit schräg gelegtem Kopf frech an. Er fühlte, dass des Inspektors Anschuldigungen schwach waren. Dass ihnen Substanz fehlte. Irgendetwas wusste Nurlichkeit, von dem die Kriminalpolizisten nichts wussten. Und Mellert, sowie auch Epsteiner, ahnten, dass der Fall immer noch nicht abgeschlossen war.

»Nurlichkeit. Gestehen Sie die Morde und es gibt nur lebenslang. Andernfalls wartet der Strick auf Ihren Hals.« Mellert stand auf. »Kommen Sie, Epsteiner. Ich habe Hunger und bin müde.« Sie gingen zur Tür. Im Türrahmen blieb der Inspektor stehen. »Denken Sie drüber nach.« Er drehte Nurlichkeit den Rücken zu. »Abführen«, befahl er den Polizisten.

Draußen, vor dem Verhörzimmer, das eigentlich ein Abstellraum gewesen war und derzeit für die Verhöre der Mantelbande benutzt wurde, bemerkte Mellert: »Der hat den Halske umgebracht. Kein Zweifel. Aber in Sachen Schmitz hege ich ernsthafte Zweifel. Das war *der* nicht! Gehen wir noch einmal alle Beweise und Indizien durch.«

VITTE, NACHMITTAG, ZWANZIGSTER JUNI

Der Inspektor holte einen Stapel Papier und Akten aus dem Aktenschrank und knallte ihn auf den Tisch. Während Piper und seine Kollegen die Mantelbande verhörten, waren sie nach Vitte zurückgekehrt um die Papiere noch einmal – wieder einmal – durchzugehen. Wen oder was hatten sie übersehen? Mellert teilte den Haufen. »Ihrer, meiner. Lesen Sie das Wort für Wort, Aaron.« Er sah sich suchend um. »Wo ist eigentlich Pipers Protokoll geblieben.« Mellert sah seinen Assistenten fragend an. »Na, der Zettel mit den Adressen und Pipers Ermittlungen?«

»Aktentasche!« Mellert fand die Akte. »Hier, arbeiten Sie das durch, ich habe es schon zweimal gelesen.«

Doch Epsteiner begann chronologisch. Sein Stapel begann mit dem Leichenfund in den Neuendorfer Dünen.

Drei Stunden später schob Epsteiner den Stapel von sich. Er griff seufzend nach Pipers Akte. Schon bei der ersten oberflächlichen Durchsicht pfiff er durch die Zähne. »Nana«, machte Mellert und las weiter. Der Zettel enthielt Adressen. Schön und gut, und Mellert, der wirklich keine Ahnung von Kunst hatte, konnte nichts Besonderes darin finden. Galerien, Galeristen, Ausstellungen, Kunsthändler, auf dem Zettel dem Namen nach aufgeführt. Piper hatte akribisch die Adressen und wichtige Namen dazu ermittelt. Und noch eines getan: Was wie eine Rangliste aussah, so glaubte er ermittelt zu haben, waren bestimmte Summen. Und wenn es sich dabei um Geld handelte, fragte sich Epsteiner, dann bedeutete es was? Kapital, Schulden? Schutzgeld? Erpressungsgelder? Epsteiner sah hoch. Erpressung! Na klar, das war es! In irgendeiner Weise waren die Adressaten erpressbar. Und womit? Was taten Galeristen, Kunsthändler, Aussteller? Sie kauften Kunst. Und einiges davon mit kriminellem Hintergrund, Gestohlenes und Gefälschtes. Die Mantelbande tat doch alles, was Geld brachte. Warum sollte Erpressung nicht dazugehören?

»Haben Sie die Mitgliederliste der Mantelbande noch, Herr Mellert?«

»Haben Sie was gefunden, Aaron?«

»Eine Ahnung, ein winziges Indiz.«

Aaron nahm die Liste entgegen. Nurlichkeit, Schroppe, Mausberger, Hessel, Schmied, Schiefelbeiner, Mohr … - Hessel? Hessel, genannt der Schöne. Nach Mausbergers Auskunft, war er der Eintreiber, der fast immer mit Schroppe unterwegs war. Eiskalt, brutal, gefühllos. Mausberger kannte ihn aus dem Krieg. Und er sang, wie eine Lerche. Über fast jeden der Bande wusste Mausberger etwas. Und eine der längsten Strophen war die über Hessel. Ein Bauchgefühl sagte Epsteiner, dass Hessel sehr direkt mit der Adressenliste zu tun hatte. Er sah auf Mellerts Hinterkopf. »Na? Haben Sie was für uns?« Mellert hob den Kopf, sah mit rot geränderten Augen auf.

»Wir brauchen die Kollegen in Berlin, Herr Inspektor.«

»In Ordnung, ich rufe an. Aber vorher erzählen Sie mir, was Sie entdeckt haben, Aaron.«

Langsam wurde es dunkel. Das zu Mittag beschaffte Essen aus dem Hotel war gründlich verdaut, sie tranken Unmengen Kaffee und hatten nun einen Mordshunger. »Gut, heute richten wir hier nichts mehr aus.« Mellert stand auf, reckte sich. »Gehen wir ins Hotel.«

Im Vorzimmer fragte er Münchmann, ob er den beiden Fräuleins Bescheid sagen könne, dass Mellert und Epsteiner sie im Hotel erwarteten – nein - baten, in den Wiesengrund zu kommen. Münchmann nickte, führte die Kutsche nach Kloster, und versprach, die beiden Fräuleins zum Hotel zu bringen.

Sie saßen noch nicht einmal lange, als die »Fräuleins« ins Gastzimmer traten. Sie hatten sich schön gemacht und dufteten wie ein ganzes Blumenfeld. Artig vergaben die Kriminalisten Handküsse und Höflichkeiten, beobachtet von den Sommergästen, die sich ihre Gedanken über die beiden seltsamen Paare machten. Dann steckten sie auch noch die Köpfe zusammen und begannen, zu flüstern. Der Kellner spitzte die Ohren, als er die Getränke servierte – Epsteiner hatte ihm beim Eintritt, »Wie immer!«, zugerufen, doch als er 'van Gogh' und 'Renoir' aufschnappte, verlor er jedes Interesse. Im Geiste überlegte er, wie hoch das Trinkgeld diesmal ausfallen würde. Die Gäste wurden immer vorsichtiger und wenn mal ein zehntausend Mark-Schein abfiel, konnte er schon froh sein. Ein Glück war, dass im Wiesengrund nur betuchte Gäste abstiegen, die sich trotz oder gerade wegen der galoppierenden Inflation, einen Urlaub auf Hiddensee leisten konnten. Damit war er am Tresen angekommen und gab die Bestellung der Herrschaften in die Küche weiter.

Die 'Herrschaften' sprachen mitnichten über van Gogh oder Renoir, wenn keine Zuhörer dabei waren. Mellert berichtete vom Fortgang seiner Ermittlungen. Natürlich nur so viel, wie es erlaubt war, aber mehr, als die Presse in Berlin erfuhr, die hin und wieder den Kunstraubfall von neunzehnhundertneunzehn aufkochte. Immerhin war es nicht nur schlichter Raub, sondern es waren auch Mord und Totschlag dazugekommen. Da konnte man zünftig spekulieren.

»Das heißt, dass wir jetzt unsere Ruhe haben?«, fragte Marie.

Mellert nickte. »Die Kerle haben wir dingfest gemacht. Sie sitzen in Untersuchungshaft und die Wenigsten werden ohne Gefängnis davonkommen.«

»Und wir haben eine neue Spur«, ergänzte Epsteiner mit geheimnisvoller Stimme.

»Den Mörder von Bergander?« Anna war voller Hoffnung.

»Wir nehmen es an. Jedenfalls deuten alle Spuren auf einen Mann, den wir bisher noch nicht ins Auge gefasst hatten.«

»Oder es war doch einer aus der 'Mantelbande'«, beharrte Mellert. Doch dann verspürte er keine Lust mehr über den Fall zu reden, denn das Essen kam. »Wenn wir aufgegessen haben, bringst Du mir den Unterschied zwischen Impressionismus und Expressionismus bei, Marie?« Aaron und Anna stöhnten auf. Nur Marie lächelte still, denn sie wusste, was Mellert meinte.

Zum Glück besaß Anna immer noch ihr Haus und damit eine Rückzugsmöglichkeit. Und so konnten Anna mit Epsteiner und Marie mit ihrem Inspektor, impressiv oder expressiv, wie immer sie wollten, den Rest des Tages verbringen.

BERLIN, KLOSTER, DREIUNDZWANZIGSTER JUNI 1923

»Das ist ein Hammer, Epsteiner!« Zufrieden sah Gebbert seinen ehemaligen Assistenten an. »Man sieht, dass es nicht umsonst war, Sie Herrn Mellert beizustellen.« Epsteiner nickte. »Ich habe ne Menge gelernt, im hohen Norden, Herr Direktor.«

»Schön, schön. Sie kommen Ihrer Beförderung immer näher.« Epsteiner wurde rot.

Die Sache Schmitz/Bergander war inzwischen zu etlichen Aktenordnern angewachsen. Zu einem scheinbar unbedeutenden Leichenfund fanden sich immer mehr Hinweise, Beweise, Indizien und beteiligte Personen, sodass der Wust an Papier inzwischen acht dicke Ordner füllte. Aber Schmitz Mörder lief immer noch frei herum. Die Mantelbande saß in Stralsund fest und war gut verschlossen, Bergsmas Mörder war darunter. Das war zwar noch nicht bewiesen aber sicherlich nur eine Frage der Zeit.

Vor vier Tagen teilte Gebbert dem Inspektor telefonisch mit, dass er der Leiter einer Mordinspektion geworden sei, die für ganz Preußen zuständig ist. Er solle sich unverzüglich in Berlin einfinden, um Details zu besprechen. Das kam Mellert sehr entgegen, da er eh Berlin einen Besuch abstatten wollte, um die Sache Kunstraub und Erpressung den zuständigen Kollegen zu übergeben.

Mellert besaß keine Erfahrung, was die Leitung einer Mordinspektion anging. Es war etwas ganz Neues, das Kriminalrat Gennat geschaffen hatte. Ein Versuch, die Ermittlungen zu bündeln und zu rationalisieren.

Gebbert winkte großzügig ab. »Das machen Sie schon. Sie haben jetzt sogar ein paar Leute mehr. Geben Sie ihnen Arbeit und fertig.« Der Inspektor sah seinen Chef schräg an und schnaufte. Gebbert rieb sich die Hände. »Das können Sie alles nachlesen.« Er übergab Mellert einen Band. »Und nun, an die Arbeit! Wir haben Fingerabdrücke vom Bilderraub und die stimmen mit denen der Mulackbande überein. Der Fall ist also klar.« Er stand auf. »Gehen wir in den Konferenzsaal. Die Kollegen der anderen Abteilungen warten schon.«

Mellert hatte noch tausend Fragen, bezüglich seiner 'Beförderung' und Position, doch Gebbert erklärte ihm, dass er das ja schriftlich habe, und wies auf das Papier, das Mellert nun in den Händen hielt. »Büro, Besoldung, Urlaub und so. Sie sind ja etliche Stufen gestiegen, sie Glückspilz.« Aber jetzt sei erst einmal wichtig die Arbeit zu verteilen. Das verstand Mellert, aber er fragte sich, während sie den langen Flur hinabgingen, wo, bei Gott, er eine Wohnung hernehmen sollte. Er sprach die Frage aus. »Finden wir. Sagen Sie nur, wo sie wohnen wollen.« Doch Mellert interessierte auch, was Marie dazu sagen würde. Und es waren keine Schmetterlinge im Bauch, die da herumflatterten, sondern Wackersteine, die schwer rollten.

Zum Glück war auch Kriminalrat Gennat bei der Sitzung anwesend und konnte einiges Erhellendes zum Thema beitragen. Gennat begann schon frühzeitig, die Kriminalpolizei zu reformieren. Dazu gehörten unter anderem, dass er plante, eine Mordinspektion oder -kommission zu bilden, unterstützt von einer beweglichen Truppe für die Spurensicherung. Er traf bei vielen auf offene Ohren, auch bei Mellert. *Ich fang' da schon mal an*, dachte er und bedankte sich, doch Gennat legte ihm die Hand auf die Schulter. »Sie sind jetzt dran, mein lieber Mellert. Ich wünsche Ihnen viel Erfolg. Und teilen Sie mir bitte Ihre Erfahrungen mit!«

Ein paar Stunden später standen Mellert und Epsteiner vor dem prächtigen Eingangstor des Hauses der *'Preußisch Pommerschen Provincal Assekuranz'* am Spittelmarkt. »Versicherung müsste man sein«, seufzte Epsteiner.

»Im nächsten Leben. Gehen wir.«

Der Aufzug brachte sie angemessen langsam, beinahe majestätisch, in den dritten Stock. Sie befanden sich in einem Vorraum, der jeden Besucher und Bittsteller ob seiner Ausdehnung und Ausstattung einschüchterte. Ein Sekretär näherte sich ihnen mit der Feierlichkeit eines katholischen Priesters bei der Frühmesse und sah sie Auskunft heischend an. »Wir sind mit Herrn Niemeyer verabredet.« Mellert und Epsteiner zeigten ihre Marken. Der Sekretär hob eine Augenbraue. »Der Herr Direktor erwartet Sie bereits.« Mellert überhörte großzügig den leichten Vorwurf, immerhin waren sie eine halbe Stunde später als verabredet aufgetaucht. »Das ist nett.« Er setzte sich Richtung Doppeltür in Bewegung und ging einfach in das Allerheiligste des Unternehmens.

Direktor Niemeyer sprang hinter seinem Schreibtisch auf, kam herumgelaufen und empfing sie überschwänglich. »Nehmen Sie Platz, meine Herren. Was kann ich für Sie tun?« Er schüttelte den Polizisten die Hände, als würde er beste Freunde empfangen, und nötigte sie zu einer Sitzgruppe. Niemeyer nickte seinem Sekretär zu, der diskret Kaffeetassen und Cognacgläser auf dem niedrigen Tischchen ausbreitete.

»Es geht um Herrn Schmitz, Herr Niemeyer.«

»Schmitz. Schmitz? Ah, Sie meinen Herrn Hausmann? Ist was nicht in Ordnung?«

»Hausmann? Wir dachten, ihr Mitarbeiter …«

»Er ist nicht mein Mitarbeiter, Herr Inspektor. Er ist selbstständiger Detektiv, hat für uns gearbeitet und war in einigen bestimmten Fällen erfolgreich, wie ich bemerken darf.« Niemeyer lehnte sich in seinem Sessel zurück. »Ich erinnere mich an seinen letzten Fall. Der Nationalgalerie-Klau - entschuldigen Sie - aber wir haben die Bilder ja wieder. Hat uns 'ne Menge Geld gespart.«

»Dann war also der Name Schmitz ein Deckname des Herrn Hausmann?«

»So ist es. Bei seinem damaligen Besuch erwähnte Herr Hausmann, dass er an einer Bande 'dran sei. Er müsse sich eine 'Legende', wie er es nannte, zulegen.«

Mellert begriff: All diese Informationen über Schmitz/Bergander waren falsch. Mussten sie wieder von vorn anfangen?

»Wann haben sie zuletzt von ihm gehört?«

»Moment.« Niemeyer ging zu seinem Schreibtisch. Er blätterte in einem dicken roten Buch. »Ah, hier: Das war ein Anruf am achten November 1922.«

»Und, worum ging es?«

Niemeyer kam zurück. »Er informierte mich darüber, dass er den Dieben auf der Spur sei und einen Beweis hätte.«

Er sah Mellert scharf an. »Er meinte, er müsse nach Italien. Seitdem herrschte Stille. Was ist passiert, Herr Mellert?«

»Haben Sie sich nie gefragt, warum sich, äh, Hausmann nicht mehr gemeldet hatte?«

»Schon, in der ersten Zeit. Aber es war Hausmanns Art, zu verschwinden und plötzlich wiederaufzutauchen. Wir wollten die Versicherungssumme auszahlen, aber der Aufsichtsrat hatte noch nicht zugestimmt. Schließlich ging es um Millionen! Und dann hörten wir aus dem Polizeipräsidium, dass man wisse, wo die Bilder seien. Wir haben Hausmann das vereinbarte Honorar überwiesen, weil ja für uns die Angelegenheit erledigt war.« Der Direktor war zurück und setzte sich umständlich. »Ist er tot?«

Mellert und Epsteiner nickten.

»Schade, ein guter Mann. Ein großer Verlust für die Versicherung, glauben Sie mir. Ein Unfall?«

»Wenn Sie so wollen, Herr Direktor. Er wurde brutal gefoltert und anschließend erschossen. Man fand ihn halb verscharrt auf Hiddensee.« Niemeyer schwieg. Man sah ihm seine Ergriffenheit an.

»Sie sagten, er wolle nach Italien? Hatte er erklärt, warum und wohin?«

Niemeyer dachte nach. »Es war von Mailand die Rede. Aber er redete auch etwas über Holland, Amsterdam, fällt mir ein.« Der Direktor beugte sich vor. »Ich hoffe, Sie verstehen mich nicht falsch. Ich denke zielorientiert. Wenn meine Mitarbeiter mir berichten, dass sie dies und jenes vorhaben oder planen, interessiert mich nur das Ergebnis, nicht, was sie im Einzelnen unternehmen, um es zu erreichen. Das Ziel ist wichtig.«

»Was war er für ein Mensch?«

»Stark, selbstbewusst, schlau, nein, hochintelligent. Wir haben uns bestens verstanden. Ich glaube nicht, dass es leicht war, ihm auf die Spur zu kommen und umzubringen.«

»Verstehe.« Mellert erhob sich. »Wir danken Ihnen, Herr Direktor.«

»Ich hoffe, ich konnte ihnen ein wenig helfen.«

Draußen auf der Straße murrte Mellert. »Leider nicht, Herr Niemeyer.« Sie stiegen wieder ins Auto und ließen sich zum Bahnhof bringen. Unterwegs knurrte Mellert noch: »Und der Herr Direktor hat jetzt ein Problem.«

»Welches?«

»Er muss einen finden, der ebenso gut ist, wie Hausmann.«

Anna sehnte sich nach Epsteiner. Die letzte Nacht war nur ein paar Tage her, und trotzdem! Ihr fehlte seine schweigende Anwesenheit, diese stille Präsenz und Ruhe, die Aaron ausstrahlte. Er half ihr bei ihrer Arbeit. Immer, wenn er in ihrem Hause war, war sie inspiriert, musste sie an die Staffelei oder Entwürfe für ihre Lithografien zeichnen. Als sie ihn fragte, ob es ihn stören würde, wenn sie arbeite, während er untätig dabeisaß, sah er sie lange an. Dann schüttelte er den Kopf. »Warum sollte es? Ich sehe Dir gerne zu. Es gibt mir Gelegenheit, Dich zu bewundern und gleichzeitig meinen Gedanken in Ruhe zu folgen.« Er war aufgestanden, um sie zu umarmen. »Ab und zu muss ich Dich in den Arm nehmen. Aber es genügt auch, Dich nur bei mir zu wissen.« Bergander war anders gewesen. Es irritierte sie, wenn er zusah, sie fürchtete seine Kritik, die er nie aussprach, die sie aber in seinem Gesicht las. Jedenfalls glaubte sie, dass es so gewesen war. Und sein forderndes

Wesen, dass sie von ihrer Arbeit ablenkte. Und dennoch glaubte sie damals, ihn geliebt zu haben.

Sie stand im Atelier, allein. Marie war unterwegs, wieder in Berlin, bei ihren Eltern und ihrem und Annas Galeristen. Sie hatte – wieder einmal – eine Sicht vom Dornbusch über die Insel bei Sonnenuntergang auf der Leinewand. Sie spürte aber, dass ihr die expressive Energie fehlte. »Sakra!«, rief sie, steckte den breiten Pinsel zurück in den Tonkrug, legte die Palette auf das runde Tischchen und ging in die 'gode Stuv', das Wohnzimmer. Dort stand eine Tasse mit Tee, kalt natürlich, weil sie vergessen hatte, die Tasse mit ins Atelier zu nehmen. »Manno. Kalt!« Der Tag war noch jung. Vielleicht sollte sie ein wenig spazieren gehen? Im Flur hing sie sich die Leinentasche mit den Zeichenutensilien über die Schulter, klemmte sich den dreibeinigen Falthocker unter den Arm, dann trat sie aus dem Haus und musste blinzeln. Die Sonne blendete ihr grell ins Gesicht, ein Zeichen, dass es morgen ganz sicher regnen wird. Anna bog nach rechts, auf den Weg hinauf zum Dornbusch, blieb aber stehen, um zu überlegen. Nein, heute würde sie genau das nicht tun! Nicht zum Dornbusch, sondern zum Friedhof würde sie gehen. Sie konzipierte ein Projekt, das, noch unausgereift zwar, ihren Galeristen überzeugte: Sie wollte die uralten Grabmale zeichnen. Sie wollte Hiddenseer Geschichte aus ihrer Sicht zeigen, interpretieren. Und die Portraits der heute noch lebenden Nachfahren zu Papier bringen.

Es ist seltsam! Man betritt einen Friedhof, und es umfängt einen eine seltsame Ruhe und Stille. Es ist, als komme das Herz zur Ruhe, schlage es gleichmäßiger.

Sie ging zur Nordseite des Friedhofes, wo sie die ältesten Grabmale vermutete. Das Licht war hier grün. Die alten Buchen filterten das grelle Sonnenlicht, nahmen ihm die Schärfe und zeichneten die Konturen weich.

Auf dem Rasen standen schlichte steinerne Stelen, Findlinge, Holzkreuze oder solche aus Stein. Flechten und Moos bedeckten sie und Efeu rankte wild über die Rasenfläche.

Anna klappe ihr Dreibein auf, setzte sich und legte die Leinentasche auf den Schoß. Wie von allein kamen die Gedanken, das Gedenken an Bergander, dem Poeten und schlechten Romancier. Anna musste lächeln. Nie war sie mit ihm hier gewesen. Ob es einen Grund dafür gab? Sie saß vor einem Grabstein mit einem Engelskopf in einem barocken Rahmen. Die Schrift war kaum noch erkennbar. Anna begann zu zeichnen.

»Hier steckst Du also!« Anna schrak zusammen. Es war ein freudiger Schreck. Aaron! »Bleib sitzen.« Er drückte Anna wieder auf den Hocker. »Lass Dich bitte nicht stören.«

»Aber ich bin fertig.« Da hockte er schon neben ihr. »Schön.« Anna legte das Skizzenbuch auf den Hocker, zog Aaron hoch und umarmte ihn. »Du hast mir so gefehlt.« Sie spürte, dass ihn etwas beschäftigte. »Was hast Du?«

»Können wir reden?«

»Hier?«

»Von mir aus. Komm, dort steht eine Bank.« Sie setzten sich.

Aaron nahm Annas Hände. »Kannst Du Dir vorstellen …«

»Ja?«.

»Ich meine, auch in Berlin zu leben?«

»Auch heißt?«

»Heiraten?«

Anna umarmte Epsteiner fest. Er spürte ihre Brüste und eine unglaubliche Wärme durchströmte ihn. Nie hatte er angenommen, eine Frau je so zu lieben, wie sie. Sie küssten sich, ihre Zungen spielten ein aufregendes Spiel. Als sie sich wieder voneinander lösten, sahen sie sich schuldbewusst um. Immerhin waren sie auf dem Friedhof. »Ja. Ich kann es mir vorstellen. Wann?«, fragte Anna.

»Wenn wir endlich Berganders Mörder haben.«

STRALSUND,
FÜNFUNDZWANZIGSTER JUNI
1923

»Det wees ich nich, Herr Kriminal!«

»Inspektor.« Wie oft musste Mellert diesen Nurlichkeit noch korrigieren? Also der Klügste schien er nicht zu sein. »Gut. Hören Sie, Nurlichkeit. Ihr Freund Mausberger …«

»Der is nich mein Freund!«

»Ihr Kumpel – besser? (Nurlichkeit nickte) - Mausberger hat geträllert, wie eine Lerche.« Mellert sah Nurlichkeit interessiert an. Nurlichkeit zuckte uninteressiert die Schultern und schob die Unterlippe vor.

»Na gut. Was Anderes. Erzählen Sie mir von Hessel.« Und da ihn Nurlichkeit irritiert ansah, ergänzte Mellert: »Was ist das für ein Kerl?«

»N' Scheißkerl. Gefährlich.«

Mellert wurde ganz Kumpel. »Zigarette? Kaffee?« Nurlichkeit nickte. Der Inspektor schnippte mit den Fingern. »Ist er der Mörder? Wer hat ihn beauftragt?« Man brachte eine Schachtel Zigaretten und Kaffee. Mellert wartete geduldig, bis Gelbzahns Zigarette brannte. »Kann sin.«

»Wie jetzt? Kann sein oder war er's?«

»Ick sach Nüscht. Der bringt mia um.« Eine gewaltige Zigarettenrauchwolke kam Mellert entgegen. Der Inspektor wedelte mit der Hand vor seinem Gesicht. Als überzeugter Nichtraucher empfand er es als eine Zumutung. Aber überall in seiner Umgebung wurde geraucht. Und sogar die rauchenden Frauen wurden immer mehr. Aber Mellert hatte verstanden; wenn es einen gab, den Gelbzahn für einen

Mörder hielt, dann war es Hessel! »Na gut, Nurlichkeit. Rauchen Sie zu Ende. Und denken Sie dran, wenn ich Namen von Ihnen bekomme, werden es vielleicht nur zwanzig Jahre. Sagen Sie Bescheid, wenn Ihnen die Erinnerung wieder kommt.« Er wandte sich an den Wachtmeister. »Und dann bringen Sie ihn wieder weg.«

Hessel wurde in Hand- und Fußfesseln hereingeführt. Als Epsteiner den Wachtmeister fragend ansah, erklärte der lapidar: »Hat um sich gehauen.«

Mellert benutzte den alten Trick. Er blätterte in den Unterlagen, als würde er sich erst jetzt mit dem Beschuldigten beschäftigen können. Zwischendurch kam Epsteiner, um ihm etwas Unbedeutendes ins Ohr zu flüstern. Nach einer ganzen Weile, als Hessel doch schon unruhig wurde, sagte Mellert: »Hessel, Karl-Heinz, geboren achtzehnsechsundneunzig in Potsdam. Beruf – keiner. Eltern; Vater Beamter, Mutter Hausfrau. Kriegsteilnehmer von neunzehnfünfzehn bis achtzehn. Feldwebel bei Kriegsende, Freikorps Bayern. Tätigkeit – Bandenmitglied?« Hessel schnaufte nur, Mellert schwieg und sah Hessel scharf an. »Mord an Halske, Peter; Schmitz, Heinz und Bergsma, Menno. Drei Morde! Mannomann!!«

Hessel saß jetzt locker auf seinem Holzstuhl. Er hatte ein schönes, gleichmäßiges Gesicht mit feinen Zügen. Er war schlank, ordentlich gekleidet. Seine Hände waren ebenso feingliedrig, wie sein ganzer Körperbau. Hessel schaffte es, trotz der Fußfesseln die Beine übereinanderzuschlagen. Jetzt sah er interessiert auf Mellert. »Interessant«, murmelte er.

»Nicht wahr?«

»Mit einem Fehler: Halske war ich nicht.« Nein, Halske, das war Gelbzahns Tat! Auch wenn er etwas anderes behauptet.

»Aber die anderen!«

»Na und? Könnt ihr's beweisen?« *Nein*, dachte Mellert, *noch nicht.*

»Was haben Sie im Krieg gemacht?«

»Schütze.«

»Und sind Feldwebel geworden.«

»Genau.«

»Was Tolles getan? Heldentat?«

»N' paar Franzmänner gekillt.«

»Also Scharfschütze?« *Habe ich Dich?*

»Hm.«

»Wo waren Sie eigentlich am vierten Juni?«

»Tachsüber?«

»Abends und nachts.«

Keene Ahnung. Im Bett?«

Wir müssen Fingerabdrücke vergleichen. »Epsteiner!«, rief Mellert.

»Herr Inspektor?«

»Setzen Sie sich mit de Meule in Verbindung«, flüsterte er. Er zeigte auf seinen leeren Notizzettel. »Sie sollen die Fingerabdrücke vergleichen.« Hoffentlich hatte Hessel das gehört. Mellert sah ein Blitzen in dessen Augen. Also doch! Jetzt haben wir Dich! Epsteiner war gegangen. »Wollen Sie nicht besser gestehen? Nurlichkeit kriegt sicher nur lebenslänglich. Was meinen Sie?« Mellert war aufgestanden und ging zur Tür. »Abführen.«

»Was kriege ich?«

»Wie meinen?« Mellert drehte sich langsam um.

»Keinen Strick.«

»Dann erzählen Sie, Mann!« Mellert war wieder an den Tisch getreten. Er beugte sich zu Hessel. »Oder besser: Schreiben Sie's auf. Hier.« Er schob Hessel den Schreibblock zu. »Fangen Sie in Berlin an. Neunzehnhundertneunzehn. Und ich will Namen. Verstanden? Namen!« Er wollte schon gehen, als ihm noch etwas einfiel. Wir haben die Mulackbande als Ausführende des Bilderraubs aus der Nationalgalerie ermittelt. Offenbar sind alle tot. Die Mantelbande haben wir erwischt – vollständig, wie es scheint. Die mutmaßlichen Mörder von Schmitz und von Bergsma und Halske haben wir. Aber wer ist der führende Kopf der ganzen Bande? Keiner von denen, die wir festgenommen haben. Sitzt er in Deutschland, Mailand oder in Amsterdam?

»Wer ist der Boss?«

Hessel sah auf. Er nahm den Bleistift und schieb etwas. Dann drehte er den Block, schob ihn halb über den Tisch. Mellert las. Er wollte den Zettel nehmen, doch Hessel riss den Block zurück. »Noch nicht!«

»Gut, wann sind Sie fertig?«

»Übermorgen.«

»Ab in die Zelle«, sagte er zu den beiden Polizisten, die bereitstanden, im Notfalle auch einzugreifen.

Mellert zog sein Notizheft aus der Seitentasche und notierte sich den Namen und die Stadt. Gut, er kannte jetzt einen Namen. Aber hat diese Person *tatsächlich* Bergsma die Bilder angeboten, wann und warum? Lagen bei Bergsma Leichen im Keller und hatte er kalte Füße bekommen? War der Russe Kasnow in Amsterdam wirklich nur ein ahnungsloser Mittelsmann? Und wen erpresste die Mantelbande womit? Wer schrieb den Zettel mit den Adressen, wer war Kloos, der Schreiber des Tagebuchs in der Klostermauer? Oder war es ein Deckname? Stand etwa Hausmann dahinter? Woher wusste er von dem Versteck? War es seins? Was bedeutete die Pistole? Fragen über Fragen!

Mellert meldete sich bei Chefinspektor Berger. Er musste verreisen und wollte Epsteiner mitnehmen. Berger reagierte, wie erwartet. Seit seinem Desaster in Bergen war er Mellert gegenüber übelgelaunt. Im Stillen ignorierte Mellert Bergers schlechte Launen. Er war sein Vorgesetzter, jedenfalls noch. Notfalls konnte er sich an Berlin wenden, aber es sollte nicht so scheinen, als wenn er den Dienstweg nicht einhalten wollte.

»Kommt gar nicht infrage«, donnerte erwartungsgemäß Berger los. »Sich ein paar schöne Tage machen, was? Und wer soll das bezahlen.« Mellert lächelte süffisant und wappnete sich mit Geduld.

MAILAND, ERSTER JULI 1923

Die *Questura di Milano* lag nahe dem Zentrum der Stadt, in der *Via Fatabenefratelli*. Ein Ispettore (Epsteiner hatte sich mit den Rangabzeichen der italienischen Polizei während ihrer langen Bahnfahrt beschäftigt) empfing sie am Tor, vor dem zwei streng blickende Karabinieri Wache hielten. »Bon giorno, Commissario Mellert«, begrüßte sie der Uniformierte. »Mein Name ist Ispettore Steiner. Vice Questore Franco erwartet Sie bereits. Ich werde ihr Dolmetscher sein.«

»Bon giorno, Signore Ispettore.«

»Ich darf bitten.« Der uniformierte Ispettore, in Deutschland ein Polizeimeister, machte eine elegante Handbewegung. Sie stiegen über ein dunkles Treppenhaus in den dritten Stock. Epsteiner fuhr mit den Fingern über die Hölzer des Treppengeländers. »Sehr alt.«

»Si, Signore, das Treppenhaus stammt noch aus dem fünfzehnten Jahrhundert.«

»Sie sprechen ausgezeichnet deutsch, Ispettore?«

»Ich stamme aus Tirol, jetzt Südtirol, Signore Mellert.« Nach dem Krieg wurde ein großer Teil Tirols Italien als Kriegsentschädigung zugeschlagen. Eines der vielen fraglichen Ergebnisse dieses unsäglich dummen Krieges, dachte Mellert. »Und da wurden Sie zur Polizei zugelassen?«

»Vater ist Italiener. Und sehr bekannt in Mailand.«

Inzwischen standen sie vor einer doppelflügeligen Tür. Von innen hörten sie Gespräche, das Klappern einer Schreibmaschine. Ispettore Steiner klopfte. »Entra!«

Sie betraten ein Vorzimmer, in dem zwei riesige Schreibtische dominierten, an denen jeweils ein Polizist saß und sie erwartungsvoll ansahen. Steiner meldete den Besuch an und einer der Polizisten, den Rangabzeichen nach ein Ispettore capo, ein Hauptwachtmeister, wies mit dem Daumen auf eine weitere zweiflüglige Tür. Gleichzeitig drückte er auf einen Klingelknopf. Die Tür ging auf.

»Ah, Commissario! Bon giorno! Treten ein-e, prego«, sprach ein großgewachsener, typischer Italiener in feinstem Zwirn und schicken dunkelbraunen Lederschuhen. Seine dunklen Haare waren nach hinten gekämmt, ein Menjubärtchen saß unter der langen Nase. Feine Lachfältchen in den Mundwinkeln deuteten auf einen freundlichen Charakter hin. Er sprach etwas Italienisches. »Der Vice Questore fragt, was er ihnen anbieten kann. Einen Kaffee, Wasser?«

»Am liebsten Beides. Wir sind noch ganz geschafft von der Bahnfahrt.« Aufgrund des verlorenen Krieges und der enormen Reparationsforderungen der Alliierten waren solche ehemals stolzen Zugverbindungen, wie der Nord-Express zwischen Berlin – München – Mailand – Nizza - Cannes nicht mehr vorhanden, und das Budget der Polizisten für diese Luxusverbindung hätte sowieso nicht gereicht. Also mussten sie mehrfach umsteigen, zuletzt am Brenner. Das Ganze bedeutete drei Tage auf der Bahn.

Franco sah sie mitleidig an. Wieder sprach er etwas und Steiner übersetzte: »Wir haben ein angenehmes Hotel für Sie, Herr Mellert. Gleich hier in der Nähe.« Wieder sprach Franco. »Wenn Sie wollen, ruhen Sie sich erst ein wenig aus.«

»Nein, nein. Danke. Mir wäre es lieber, wenn wir gleich beginnen könnten.« Franco zuckte mit den Schultern. »Bene.«

Nachdem sie saßen und am Kaffee nippten, nannte Mellert den Namen. Die Augenbrauen Francos flogen nach oben. Er schüttelte den Kopf. »Ein hoher Herr«, übersetzte Steiner, »Kaum vorstellbar.« Franco erhob sich, schloss die Zwischentür zum Vorzimmer.

Zwei Stunden später saßen sie auf der *Piazza del Duomo* vor einer winzigen Trattoria. »Nein, nein, Sie sind unsere Gäste.« Franco bestand darauf, zu bezahlen. Mellert und Epsteiner aßen jeder eine *Piccata milanese*, Franco und Steiner begnügten sich mit Salami und Weißbrot, dass sie in Olivenöl tunkten. Franco sah sich um. Dann flüsterte er: »Wir handeln, wie versprochen. Aber wir werden sehr diskret sein müssen.«

»Verstehe. Manchmal müssen wir auch in Deutschland gewisse, nun, wie soll ich sagen, Interessen beachten.« Franco nickte. »Zum Glück ist die Mafia hier im Norden noch nicht so etabliert, wie im Süden. Aber gewisse Strukturen zeichnen sich ab.«

Mellert griente über seine Gabel. »Bestochene Politiker, Beteiligung in der Wirtschaft, Erpressung. Die klassischen Tore, die manche Leute weit aufstoßen, um die Banden einsteigen zu lassen. Manchmal ist es einfache Gier, zu oft Dummheit.«

»Es war gut, dass Sie vorher nicht telefonisch oder schriftlich nachgefragt hatten, Herr Mellert. Ich fürchte, wir haben auch unter uns Maulwürfe, wie bei den Kollegen in Holland.«

»Übrigens, der Maulwurf in der holländischen Polizei ist gefunden worden. Jetzt steht er wegen Beihilfe zum Mord vor Gericht.«

»Gut so.«

Und dann sprachen sie über ihre Geliebten, Frauen und die Familie. »Haben Sie Kinder, Don Franco?«

»Oh ja. Drei! Zwei entzückende Mädchen, zehn und zwölf Jahre! Und der Junge wird wohl in meine Fußstapfen treten.« Franco kramte eine Brieftasche hervor und zog ein Foto aus dem Seitenfach. »Hier, meine Familie.« Mellert dachte an Marie. Er stellte sich vor, wie sie mit Anna am Strand sitzen würde oder durch Hiddensee streifen, auf der Suche nach Eindrücken oder Motiven. Und Aaron dankte im Stillen dem Schöpfer, ihm so etwas, wie Anna gegönnt zu haben. Er sehnte sich mehr, als er je gedacht hätte nach ihr.

»Was haben Sie heute noch vor, Signori?«

»Ausschlafen, Signore Franco. Und morgen, bevor wir wieder zurückfahren, sehen wir uns noch die Stadt an. Unser Zug geht erst ab zweiundzwanzig Uhr.«

»Dann sehen wir uns um neun in Ihrem Hotel?«

BERLIN, FÜNFTER JULI 1923 UND VITTE EINEN TAG SPÄTER

»Das heißt, wir müssen warten?«

»Heißt es, Herr Direktor. Leider.«

»Itaker!«

»Das hat nichts damit zu tun. Die Mailänder müssen diskret vorgehen. Es betrifft eine wichtige Person der Stadt. Ein Stadtrat oder etwas in der Art.«

»Na und? Bei uns wird einfach eine Streife hingeschickt und fertig. Haben ihn.« Gebbert griente über das ganze Gesicht. »Was für ein Spaß, wenn auch noch die Presse bereitsteht.« Er griff nach der Zigarettendose. »Ach nein«, er zog die Hand zurück, »Sie mögen ja nicht, dass man raucht«.

Mellert winkte ab. »Wir kommen ja sowieso nicht an den Mann heran. Er hockt in Mailand und fühlt sich sicher. Wir kriegen ihn nur, wenn er nach Deutschland kommt.«

»Stellen sie ihm eine Falle.«

»Wie denn? Die Bande ist dingfest gemacht worden. Warum sollte er sich um die Verlierer kümmern?«

»Vielleicht haben die noch etwas offen?«

»Ich werde darüber nachdenken, Herr Gebbert. Ihre Idee beginnt, mir zu gefallen.«

»Und Sie wollen ihn haben, Mellert. Ihnen fällt schon etwas ein.«

»Dann gestatten Sie, dass ich mich verabschiede. Ich werde das Wochenende auf Hiddensee verbringen.« Mellert erhob sich und nahm die ausgestreckte Hand Gebberts entgegen.

»Und ich kann endlich eine rauchen. Bon Chance, Mellert.«

»Ob die noch immer Geld eintreiben, Aaron?«

»Wer?«

»Die Mantelbande.« Mellert und Epsteiner standen an der Reling und sahen aufs Wasser des Schaproder Boddens. »Sie meinen …«

»Sag Du. Von mir aus Fritz. Maria nennt mich Mellert.«

»Dann sage auch ich Mellert. Einverstanden?«

»Jaja.«

»Also, Du meinst, wir haben sie gestört und das italienische Chefchen möchte dennoch sein Geld haben?«

»Genau. Aber ich glaube nicht an eine italienische Verbindung. Ich meine, es ist eher eine rein deutsche Bande. Die Spur nach Italien sollte uns in die falsche Richtung lenken.« Die untergehende Sonne blendete die beiden Männer, wenn sie zur Insel sehen wollten. Epsteiner nickte. »Wollen wir umkehren, Mellert?«

»Auf keinen Fall. Ich will und brauche diese beiden Tage. Mein Kopf ist leer.«

»War ein bisschen viel in der letzten Zeit. Vor allem die Reiserei. Ich wünsche mir einen Fall, wo ich weniger hin und herfahren muss.«

»Und Du bei Deiner Anna bleiben kannst.«

»Richtig.«

»Wir steigen in Vitte aus, gehen noch einmal kurz die Unterlagen durch, und lassen uns dann nach Kloster kutschieren.«

»Machen wir«, Epsteiner klang nicht wenig lustlos.

Die Erpresserliste umfasste Adressen von Galerien, Händlern und Ausstellungen im norddeutschen Raum, bis nach Berlin. Piper wollte die Erpressten befragen und sie natürlich zur Anzeige veranlassen. Mellert schnappte sich den Telefonhörer. »Die Polizeiinspektion Bergen bitte«, sagte er dem *Fräulein vom Amt.* Er trommelte mit den Fingern auf die Tischplatte. »Ja, ich warte.«

»Piper?« Der Inspektor sah zu Epsteiner. »Schön, dass sie noch da sind.« Er lauschte. »Tja, tut mir leid für Sie.« Wieder hörte er zu und begann zu grinsen. »Wie dem auch sei, Piper, eine Frage: Wie weit sind Sie mit der Befragung der Leute von der Liste? – Warten Sie, Epsteiner streicht ab.«

Fast die Hälfte der Liste war durch Piper abgearbeitet worden. »Dann bringen Sie uns morgen ihre Protokolle. – Wann? – Gegen sieben? In Ordnung. Ich warte auf Sie am Hafen in Vitte. Gute Nacht.« Mellert stand auf und reckte sich. »Weißt Du was, Aaron? Wir gehen jetzt zu unseren Frauen.« Er öffnete die Bürotür ein wenig. »Münchmann! Schaffen Sie uns nach Kloster?« Er lauschte. »Na wunderbar. Gehen wir Aaron.«

Und heute taten Mellert und Marie und Epsteiner und Anna das, was alle auch taten: Sie wollten vergessen. Wenigstens für eine Nacht. Und nicht nur auf Hiddensee war es so. In den großen Städten und den Provinznestern. Wusste man denn, was der Packen aus hundert Scheinen zu Zehntausend Mark, morgen noch Wert war? Jedenfalls kein ganzes Brot mehr oder kein Stück Butter. Annas und Maries Guthaben auf der Bank schrumpfte, wie die Schulden der Millionen-Schuldner. Und Millionen verloren ihre Arbeit.

Wer noch welche hatte, klammerte sich daran und tat, was getan werden musste und darüber hinaus. Währenddessen tönte ein gewisser Adolf Hitler, dass er und seine Partei alles besser machen würden, und brüllte seinen Hass auf das Weltjudentum und den Kulturbolschewismus in die ihm frenetisch zujubelnde Menge. Und bereitete seinen Putsch gegen die bayrische Regierung vor. Doch noch war es nicht soweit.

Nach der dritten Flasche Wein (aus alten Beständen) lagen vier nackte Menschen in einem Knäuel aus Armen und Beinen und Körpern im Licht der Kerzen auf dem Boden des Ateliers. Es standen Gläser, teilweise gefüllt, dabei, eine offene vierte Flasche und noch ein Glas, das umgefallen war. Eine Pfütze aus Rotwein machte sich breit. Das halb fertige Portrait von Mellert stand auf Maries Staffelei. An den Wänden hingen Andrucke von Annas Grabmahlzeichnungen als Lithografien. Das Grammofon dudelte kratzend einen Charleston nun schon zum dritten Mal. Und als es still wurde, die Platte schabte über die Schlussspur, rollten sie auseinander. Epsteiner erbarmte sich, ging zum Grammofon und legte den Tonarm auf die Ablage. Im milden Licht der Kerzen sah er eher schemenhaft seine drei Freunde am Boden sitzen und lächelte. Und Anna lächelte zurück und auch Maria. Mellert sah zu Boden. Er malte mit dem ausgelaufenen Wein ein Strichmännchen auf die Dielen des Ateliers. Aaron suchte aus dem Stapel Schellackplatten eine Scheibe aus, einen langsamen Walzer. Er drehte die Kurbel und legte den Tonarm auf. Dann ging er zu seinen Freunden, griff nach der Flasche und schenkte nach. »Prost. Schlimmer kann's nicht mehr kommen.« Wenn er gewusst hätte!

NEUBRANDENBURG, ZWÖLFTER
BIS FÜNFZEHNTER JULI 1923

Ludwig Janssen betrieb das Geschäft seines Vaters weiter, aber auf moderne Weise. Er hätte sein Studium nicht abbrechen sollen. So verfügte er über Wissenslücken, die der Chef der Mantelbande schon früh ausnutzen konnte. Er war es, der ihm Fälschungen angeboten hatte. Deshalb zahlte seit vier Jahren Janssen nunmehr vierteljährlich einhundert Dollar. Und regelmäßig bedeutete, dass heute die nächste Rate fällig war. Vor ihm lag bereits ein Umschlag, der die Hälfte der geforderten Summe enthielt. Mehr war in dem Jahr der galoppierenden Inflation nicht möglich. Er musste auf seine Bestände aus besseren Zeiten zurückgreifen, denn der Gegenwert dieser fünfzig Dollar in Mark war astronomisch hoch; 1 zu 944.041. Nun war er pleite, wie so viele des Mittelstandes. Er würde sein Haus verkaufen müssen. Doch was bekam man schon für solch eine alte Hütte? Und was sollte er seiner Frau und seinen Kindern sagen, wenn sie plötzlich auf der Straße standen?

Und nun war auch noch die Polizei im Haus! Gut, die Herren verhielten sich diskret. Gestern waren sie zu zweit aufgetaucht, und zeigten ihm einen Zettel, auf dem sein Name stand. Sie erklärten ihm, mit wem er es zu tun hatte. Und ihm lief es währenddessen mehrfach eiskalt über den Rücken. Wegen dreier, nicht mal besonders guter Fälschungen, die er weiterverkaufte, an einen einfältigen Kunstsammler! Ihm drohte Gefängnis, doch der Chef, dieser Inspektor Mellert, versprach ihm, ihn als Kronzeugen zu benennen, womit er wahrscheinlich straffrei aus der Sache herauskäme. Er müsse nur mit ihm und seinen Kollegen zusammenarbeiten.

Heute trafen noch drei Männer ein. Sie verschwanden sofort im Hinterzimmer. Er hörte sie noch herumhantieren und das typische Klappern von Waffen, die schussbereit gemacht wurden. Wieder bekam er eine Gänsehaut. Der Inspektor saß im Verkaufsraum, hielt ein Bild in den Händen. Ihm gegenüber sein Partner, der gekleidet war, wie die Künstler, die oftmals von den Inseln zu ihm kamen, um ihm ihre Arbeiten anzudrehen.

Sie warteten auf den oder die Geldeintreiber. Früher kam ein smarter Typ, der grinsend das Geld entgegennahm. Bei ihm ein vierschrötiger, finster blickender Riese mit Pranken, so groß wie Kohlenschaufeln. Beim ersten Mal, vor vier Jahren, als sie ihre Forderung aufmachten, lachte er – nur kurz. Dann fand er sich auf dem Boden liegend wieder, aus Stellen blutend, von denen er bisher nicht gewusst hatte, dass man daraus bluten kann. Und auch die Schmerzen waren ihm unbekannt. »Wir kommen morgen wieder«, sagte der Smarte.

An anderen Tag machte er das Geschäft mit dem Smarten und musste noch vierzig Dollar drauflegen. Und dann noch einmal – einmalig - als Schmerzensgeld für die lädierte Faust des Riesen. Janssen erkannte, dass der Zuschlag so wenig verhandelbar war, wie das Schmerzensgeld, und zahlte.

Janssen stand auf, und ging unruhig hin und her. Eigentlich müssten die beiden jetzt erscheinen. Es war soweit! Immer zehn bis fünfzehn Minuten nach Ankunft des Zuges aus Rostock. Er sah aus dem Schaufenster. Autos rollten vorbei, und Fuhrwerke. Die Pfaffenstraße war nicht breit. Auf den Bürgersteigen gingen um diese Zeit meist Hausfrauen oder Ammen mit Kinderwagen geschäftig hin und her. Von der anderen Straßenseite kam ein Mann in dunklem Gehrock und tief ins Gesicht gezogenem Hut auf den Laden zu. Er blickte kurz durchs Schaufenster, blieb stehen und schien die aufgehängten Bilder zu betrachten. Dann war es, als wenn er sich entschieden habe. Einen winzigen Moment stutzte er, als er Mellert und Epsteiner sah, die jedoch tief in ein Verkaufsgespräch verwickelt waren. Epsteiner erklärte seinem 'Kunden' das, was ihm Anna zu dem Bild mühsam beigebracht hatte. Sie schienen den Mann nicht zu bemerken. Der Gehrockmann ging auf Janssens Verkaufstisch zu. »Ick soll wat abholn«, flüsterte er. Er sah sich schnell um. Nein, keine Gefahr, die beiden laberten immer noch über Kunst! In der heutigen Zeit! »Mia schickt een Bekannter von Sie. Der kann heut nich, hatta jesacht.«

Janssen übergab dem Mann den Umschlag. »Sagen Sie bitte dem Herrn, dass momentan nicht mehr geht.« Er sah über der Schulter des Gehrockmannes einen der Polizisten am Schaufenster vorbeigehen. Der Gehrockmann zuckte mit den Schultern. »Kann ich nischt zu sajen.« Er drehte sich um und ging zur Tür. »Wiedasehn!«

»Jaja.« Janssen atmete aus.

»Hoch! Folgen«, rief der Inspektor, als der Mann die andere Straßenseite erreichte. Er drehte sich kurz noch zu Janssen. »Wir sehen uns noch, Herr Janssen. Verlassen Sie nicht die Stadt und schon gar nicht das Land. Verstanden?« Janssen nickte. Wohin sollte er auch gehen?

Der Bote, dessen war sich Mellert zu hundert Prozent sicher, bog eben in die Stargarder Straße als Mellert und

Epsteiner aus dem Laden traten. Sie beschleunigten ihre Schritte. Der Kollege war dicht hinter dem Gehrockmann und bog eben auch um die Ecke. Die große St. Marien beherrschte den Platz. Im Gegensatz zu anderen mittelalterlichen Stadtkernen besaß Neubrandenburg eine rechtwinklige Anordnung der Straßen. Das vereinfachte und erschwerte gleichzeitig die Verfolgung. Zum Glück gab es genügend Hauseingänge, in die man schnell verschwinden konnte.

Der Bote überquerte den Kirchgarten zur Wollweberstraße. Mellert erreichte den Polizisten, der hinter dem Boten her war. »Verschwinden Sie. Wir übernehmen. Und, danke!« Der Kollege nickte und bog in die nächste Straße ein. Sie gingen Richtung Markt weiter. »Der will zum Bahnhof. Wetten?« Mellert sah zu Aaron. »Zum Teil schon gewonnen. Zeit passt, Ort passt. Typ passt nicht.«

»Ist ein Bote eben.« Er drehte sich um. »Ich hole die beiden Kollegen heran. Wir sehen uns auf dem Bahnhofsvorplatz.« Mellert nickte. *Hoffentlich geht das gut.* Er überquerte jetzt die Beguinen Straße und sah schon den Fängel-Turm, den eben der Bote passierte. Tatsächlich wandte er sich nach rechts zum Reuter-Platz, um zum Bahnhof zu gelangen. Mellert atmete auf, als er Epsteiner sah. Wo die anderen Polizisten steckten, erkannte er nicht. Er graute sich schon vor dem Gewusel vor und im Bahnhof. Er wollte nicht, dass ihm der Bote und schon gar nicht dessen Auftraggeber entgingen.

Der Neubrandenburger Bahnhof war ein schlichter Zweckbau. Auf dem Vorplatz warteten ein paar Taxis und eine Droschke auf Kunden. Der Linienbus bog eben von der Adolf-Friedrich-Straße auf den Platz ein. Wenige Reisende und ein Dienstmann warteten vor der doppelflügeligen Eingangstür. Der Bote glitt durch den Spalt eines halb geöffneten Flügels in die Schalterhalle. Mellert folgte ihm und wäre beinahe mit einem der Polizisten in Zivil zusammengestoßen. »Pardon.« Wie erwartet ging der Bote stracks zum Restaurant. Mellert wartete einen Moment, bevor er hinterherging. Der Raum war bis auf einige Reisende leer. Ein Kellner lungerte am Tresen und sah ihn hoffnungsvoll interessiert an. Der Bote war verschwunden! *Mist, Mist!* Mellert verfluchte sich innerlich. Er ging zum Kellner.

»Ist hier nicht eben ein Mann hereingekommen?«

»Kloar doch«, brummte der Kellner in breitem Platt.

»Und, wo isser hin?«

»Wer?«

»Der Mann, Mann!«

»Ooch, unser Koch?« Er zeigte mit dem Daumen nach hinten. »In de Küch. Wohin sonst.«

»Gottverdamm…!« Mellert rannte hinter den Tresen, stürmte durch die enge Zwischentür in die Küche. Er sah gerade noch den Rockträger durch die Tür zum Bahnsteig verschwinden. Das tat er mit solcher Ruhe und Gelassenheit, dass Mellert sich sicher war, dass er noch nichts von der Verfolgung bemerkt hatte. Vielleicht hatte er tatsächlich keine Ahnung von dem, was er tat?

Also los, dachte sich Mellert und ging wieder in den Verfolgungsmodus über. Der Bote sah sich suchend um. Das tat Mellert auch. Aha, ein Fahrplanaushang. Er stellte sich davor und suchte unauffällig nach seinen Kollegen. Sie waren strategisch gut über den Bahnsteig verteilt. Bei ihnen genügte es, ihre Marke vorzuzeigen. Normale Reisende mussten eine Fahrkarte oder eine Bahnsteigkarte haben, um auf den Bahnsteig zu dürfen. Der nächste Zug kam aus Berlin und fuhr nach Stralsund weiter. »Aha«, murmelte Mellert in seinen nicht vorhandenen Bart. Der Bote saß in der Falle. Die Polizisten hielten Blickkontakt. Mellerts Blutdruck sank wieder auf normales Niveau.

Da war er! Der Bahnhofsvorsteher, der sich die Ehre gab, persönlich mit seiner Anwesenheit die Einfahrt des Zuges aus Berlin nach Stralsund zu feiern. Laut rief er den Zug aus und betonte vor allem, dass er pünktlich käme. Mellert feixte jetzt, behielt aber seine Zielperson im Auge. Er war gespannt, was passieren würde, wenn der Zug hielt.

Wie angekündigt kam der Zug pünktlich eingefahren. Schnaufend und mit den Bremsen quietschen kam er zum Stehen. Die Türen der preußischen Abteilwagen gingen auf. Mellert stöhnte. Zuviel Türen gingen auf. Er schlich sich näher an den Boten heran, der sich suchend umblickte und dann offenbar seinen Partner, oder was auch immer er war, entdeckte.

Mellert schüttelte den Kopf, als er sah, dass sich seine Kollegen bewegten. Nein, er wollte erst die Übergabe abwarten. Der Bote lief zum fraglichen Abteil und stieg ein. Jetzt! Mellert gab ein Handzeichen. Er sah, wie Epsteiner losstürmte und das Abteil enterte. Mellert selbst sprang in das nächstbeste Abteil, drängte sich durch die Reisenden und stieg auf der anderen Seite wieder aus, als gleichzeitig eine Abteiltür auf seiner Seite aufging, ein Mann in einem hellen Anzug heraussprang und über die Gleise in Richtung Bahnbetriebswerk rannte. *Hatte ich doch recht!* Mellert zog seine Pistole. Aus dem Augenwinkel sah er Epsteiner und einen Kollegen eben aus dem Wagen springen.

»Halt! Stehenbleiben! Polizei!«

Doch der Mann hörte nicht. Er nutze seinen Vorsprung, um eine Waffe zu ziehen. Mellert stellten sich die Nackenhaare hoch. Es war eine Lupara, eine Schrotflinte mit abgesägtem Lauf und Griffstück statt Kolben. Es knallte infernalisch, Mellert hörte einen Schmerzensschrei und Kreischen von Frauen aus dem Zug. Er hatte keine Zeit, sich um den oder die Verletzten zu kümmern. Mellert kniete nieder, und zielte auf den Flüchtenden. Über Kimme und Korn sah er mal den Rücken, mal die Beine des Mannes. Und als wieder der Rücken erschien, drückte er ab. Die Pistole sprang in seinen Händen. Schnell zielte er nochmals und drückte ein zweites Mal ab. Der Mann war verschwunden. Mellert sah Epsteiner schräg zu ihm laufen. Auch er zog blank und feuerte einen Schuss aus dem Lauf heraus ab. In dem Moment tauchte der Anzugmann wieder auf, wieder schoss er mit seiner Lupara. Damit müsste der Lauf leer sein, dachte Mellert, und rannte wieder dem Mann hinterher. »Stehenbleiben!« Er schoss in die Luft.

Endlich blieb der Mann stehen, hob die Arme. An der rechten Rückenseite zeigte sich ein Blutfleck, der immer größer wurde. Da war Epsteiner auch schon über ihm und hielt ihn mit seiner Pistole in Schach. »Hände hoch!« Schnaufend traf Mellert ein, dann zwei seiner Polizeikollegen aus Neubrandenburg.

Während die Polizisten den Gefangenen sicherten, wurde er von Epsteiner nach weiteren Waffen untersucht. »Na, was haben wir denn da?« Mit zwei Fingern zog er einen Revolver hervor und gab ihm Mellert. »Und ein Messerchen, wie hübsch«, kommentierte er den nächsten Fund. Er griff in die Seitentasche des Jacketts und förderte eine Brieftasche hervor. In einem Nebenfach fand er den Pass des Mannes. Italien! Epsteiner blätterte ihn durch. »Francesko Pittin, Rom. Visa bis September.« Er legte den Pass und die Brieftasche in Mellerts Hände, der befahl: »Abführen! Ins Krankenhaus mit ihm und streng bewachen!«

Während Pittin zur Behandlung abgefahren wurde, schnappte sich Mellert den Boten. In der Polizeiinspektion Neubrandenburg gab es einen Raum, in den Verhöre abgehalten werden konnten. Das Zimmerchen lag im Keller. Als man den Boten dahin führte, begann der zu zittern, und wie er den Raum betrat, brach er zusammen. Mit Mühe schafften es die Polizisten, den Mann auf einen Stuhl zu setzen. Mellert wartete draußen vor der geschlossenen Tür und beobachtete ihn durch ein Guckloch. »Noch drei Minuten«, flüsterte er Epsteiner zu, »Dann ist er weich gekocht.« Der Bote war aufgestanden und ging unruhig hin und her. Er sah sich um; die Wände waren grün gestrichen und absolut schmucklos, ein Holztisch stand in der Mitte, dazu drei Holzstühle. Eine einsame Lampe hing in der Mitte der Decke und zwei winzige, vergitterte Fenster waren die einzige Verbindung zur Außenwelt. Trostloser konnte es nicht sein!

»Gut«, Mellert atmete tief ein. Er klemmte Epsteiner einen Aktenordner unter den Arm. »Dein Mann. Gehen wir.« Schwungvoll öffnete er die Tür und ließ Aaron vor.

»Setzen Sie sich.« Epsteiner spielte den guten Polizisten. Sie warteten, bis der Mann saß. Dann nahmen Mellert und Epsteiner Platz. Sie schwiegen, Mellert beobachtete, Epsteiner las in der Akte.

»Herr Dreßen, Karl-Heinz. Zweiundvierzig Jahre, geboren in Berlin, verheiratet. Drei Kinder! Seit zwei Jahren wohnhaft in Neubrandenburg, Koch im Bahnhofsrestaurant.« Epsteiner ließ eine Pause entstehen. »Woher kennen Sie Pittin?«

»Kenn ick nich, der Herr.«

»Sagen Sie einfach Kommissar. Ach, und der Herr neben mir, der so schlecht gelaunt guckt, ist Herr Inspektor Mellert. Also? Was haben Sie uns zu erzählen?«

Dreßen zitterte immer noch am ganzen Körper. Hilflos und Unterstützung erheischend sah er Aaron an. Der half ihm: »Also, Sie kennen Herrn Pittin nicht. Dann fangen wir eben von vorne an, ja, Herr Dreßen?«

»Ja, Herr Kommissar.« Dreßen beruhigte sich etwas.

»Nun?«, hakte Epsteiner nach, »Wie hat es denn begonnen?«

Dreßen atmete tief ein. »Also, det war so, Herr Kommission.« Epsteiner verdrehte still die Augen. »Ick ha szu Feierabend een Bier jetrunken.«

»Wann war das?«

»Vor ner Woche?«

»Gut, weiter.«

»Da iss een Typ jekommen. Hat sich szu mia jesetzt. Der hat vorher mit Karle jequatscht, und der hat den szu mia jeschickt.«

»Karle? Der Kellner?«

»Ja. Der vaschafft mia imma nen Nebenjob. Aba nischt kriminelles!«

»Wir werden das prüfen«, warf Mellert brummend ein.

»Könnse, Herr Kriminal. Is wirklisch so. Et jeht ja nur um'n paar Mark, wejen die Kinder.« Mellert schnaufte. Das war es ja! Der kleine Mann konnte sich kaum noch etwas leisten. Alles kostete Millionen, oder schon Billionen? Keiner war sicher, ob das, was als Lohn gezahlt wurde, noch übers Wochenende ebenso viel wert war, wie vorher. Ob er über die nächste Woche kommen würde. Selbst Mellert und Epsteiner ging es so. Die Beamtenbezüge waren schon im Februar eingefroren worden. Da ist man nun Milliardär und kann sich nicht mal ein Brot kaufen, dachte er launig. Ob das irgendwann einmal aufhört? Es brodelte im Land.

»Weiter«, forderte Epsteiner und graute sich schon davor, diesen wirklich schrecklichen Randberliner Dialekt für sich übersetzen zu müssen.

»Naja, da hatta mia jefracht, ob ick Jeld brauche. Brauch ick, ha ick jesacht. Und da hatta jesacht, detta wat für mich hat. Zweehundert Mille. Zwee janze Brote.« Mellert war froh, dass er nicht rauchte. Zigaretten waren noch teurer. »Ick sollte szu dem Kunstfritzen in de Pfaffenstraße jehen, hatta jesacht, und een Briefumschlag abholn. Und ick sollte ...«

»Wissen wir bis dahin. Danke.« Epsteiner verwirrte damit Dreßen. »Hatte sich der Mann vorgestellt?«

»Nee. Er hat jesacht, wenn ich det Zeuch pünktlich abliefern tu, denn kriech ick det Jeld.«

»Und im Zug – wie haben Sie überhaupt den Mann erkannt, dem Sie den Briefumschlag geben sollten?«

»Wagen drei, Erster Klasse, Abteil vier, heller Anzuch.«

»Keine Namen?«

»Keen nischt, Herr Inspekter.«

»War es der gleiche Mann, wie im Restaurant?«, fragte Mellert.

»Nee, Herr Kriminal. Der hat so'n komischen Dialekt jesprochen.«

»Komischer Dialekt? Was meinen Sie damit?«

»Na, so komisch, wie Jemand auss'n Süden?«

»Italiener?«

»Jenau, Herr Kriminal!«

Epsteiner sah Mellert an. »Noch mehr Italiener«, flüsterte er Epsteiner zu.

Der Inspektor überhörte die Bemerkung. Er richtete sich auf. »Können Sie uns den anderen Mann beschreiben? Den aus dem Restaurant?«

Dreßen nickte heftig. »Kannick, Herr Kriminal. Det war so'n feiner Pinkel. Der roch aus alle Knopplöcher nach Jeld, sach ick sie! Und nach teuret Parfüm.« Und nach Dreßens Beschreibung kristallisierte sich heraus, dass es sich nur um Schiefelbeiner, dem 'Doktor', oder Hessel gehandelt haben konnte.

»Gut, Herr Dreßen. Sie können gehen. Aber halten Sie sich zu unserer Verfügung.«

Dreßen sah ungläubig zu Mellert und dann zu Epsteiner. »Ick kann jehn?«

»Das sagte ich bereits.«

»Und die zweehundert Mille?«

Mellert war aufgestanden und baute sich vor Dreßen auf. »Hauen Sie ab, Dreßen. Und passen Sie in Zukunft auf, mit wem Sie Geschäfte machen, Mann!« Er zog einen kleinen Schlüssel aus der Westentasche. »Kommen Sie morgen wieder her und unterschreiben Sie das Protokoll. Melden Sie sich unten bei der Wache.« Er schloss die Handfesseln auf. »Und nun, Adieu!«

So schnell hatte Epsteiner noch nie einen Mann laufen sehen. Er musste lachen und bekam einen verweisenden Blick von Mellert.

Pittin lag mit blassem Gesicht im Bett. Nach drei Tagen erlaubte es ihnen der Arzt, den Verletzten zu befragen. Dessen Blick ging zum Fenster, als Mellert und Epsteiner eintraten. »Ische nix-e sagen.«

»In zivilisierten Kreisen wünscht man sich einen Guten Tag. Bon giorno, Signore Pittin.« Mellert lächelte sein freundlichstes Lächeln, das er jemanden gegenüber aufbringen konnte, der auf ihn geschossen hatte. »Wie geht es? Ich hörte, Sie haben Glück gehabt?«

Pittin sah verbissen aus dem Fenster. »Die junge Frau, die Sie getroffen haben, stattdessen nicht. Sie ist tot.«

Schweigen. Was sollte er auch sagen? Er drehte den Kopf zu Mellert. Seine braunen Augen musterten den Inspektor kalt und gleichgültig.

Ein langes Telefonat mit Vice Questore Franco hatte ergeben, dass sie jetzt wussten, wer, beziehungsweise was dieser Pittin war: Ein Berufsmörder im Auftrage der neapolitanischen Camorra[7]. Franco konnte sich aber nicht vorstellen, dass die Camorra hinter der ganzen Geschichte steckte. Vielleicht, so mutmaßte er, sollte er jemanden einen 'Gefallen' tun – für viel Geld. Jedenfalls war Pittin kein einfacher Soldat, sondern 'freischaffend'. Mellert fiel die

---

[7] Als Camorra, auch bekannt als Bella Società Riformata, Società dell'Umirtà, Onorata Società oder Il Sistema, werden organisierte kriminelle Familienclans in Neapel und der Region Kampanien bezeichnet. Quelle: wikipedia.org

Pistole aus dem Versteck in der Klostermauer in Bergen ein. Sie mussten unbedingt Fingerabdrücke von Pittin nehmen.

Die Hoffnung, von Pittin auch nur ein Jota an Informationen herauszuholen, war damit zerschlagen, denn er war definitiv nur ein Zuträger für jemanden anderes. Mellert fluchte im Stillen wie ein Bierkutscher. Dennoch war er entschlossen gewesen, mit Pittin zu reden. Vergebene Liebensmüh, wie er erkannte. Der würde sich lieber umbringen lassen, als auch nur ein Wort zu sagen. Omertá hieß das Zauberwort, oder, wer nicht schweigt, muss sterben!

Die Person, die Mellert Vice Questore Franco genannt hatte, war nicht auffindbar. Das Auslieferungsersuchen war zwar angekommen, doch die Beweislage zu schwach. Das ließ der Vice Questore durchblicken. Aber sie würden sich weiter bemühen. Schließlich ginge es jetzt um Mord! Mellert sah direkt vor sich das Gesicht Francos, wie er zweifelnd die Unterlippe vorschob und mit dem Kopf wackelte.

»Hier ist nichts zu machen. Ein Fall für den Scharfrichter«, stellte Mellert fest. Er übersah nicht den mokant verzogenen Mundwinkel bei Pittin und bekam ein ganz ungutes Gefühl dabei. Draußen, vor der Tür sagte er zu den beiden Polizisten: »Schön aufpassen, niemanden hereinlassen, außer den Arzt, den ihr kennt. Der Mann da drinnen ist kreuzgefährlich!« Enttäuscht ließ sich Mellert zur Inspektion fahren, um die Beweise und Protokolle einzusammeln, noch ein paar Gespräche zu führen, und den nächsten Zug nach Stralsund zu nehmen.

Pittin überlebte die Nacht nicht. Man fand ihn, trotz der vor dem Zimmer Wache haltenden Polizisten, mit durchschnittener Kehle in seinem Bett. Das Fenster, das im dritten Stock lag, stand weit offen.

Übrigens übergab der Wachhabende Dreßen, bei dem er anderentags das Protokoll unterschrieb, einen verschlossenen Umschlag. »Hier, den soll ich Ihnen geben.« Dreßen wog ihn in der Hand. Schwer! »Der Inspektor sagte, dass er Sie nie wieder hier sehen möchte.« Dreßen bekam einen roten Kopf und dankte im Stillen den beiden Polizisten, vor denen er mehr Angst gehabt hatte als vor seiner Frau.

HIDDENSEE, SECHZEHNTER JULI 1923

Hiddensee begrüßte sie mit Sonnenschein. Noch in Stralsund hatte es aus dunkelgrauen Wolken geregnet, als sie auf den Dampfer stiegen, genieselt und zuletzt nur noch dunkel gegrummelt. Bis kurz vor Neuendorf. Es passte wunderbar zu Mellerts Stimmung. Die Wolken rissen auf und dahinter strahlte ein wunderbar klarer, blauer Himmel.

»Die Sonne scheint, Mellert!«

»Na und? Das ist mir so egal!« Der Inspektor schlug mit der Faust auf die Reling, dass die Regentropfen, die die Reise bis hierher mitgemacht hatten, nach allen Seiten wegspritzten.

»Aber, wir haben doch Schmitz, äh, Berganders Mörder.«

»Eben nicht! Hast Du den Bericht nicht gelesen?«

»Bericht? Welchen Bericht?«

Mellert sah Epsteiner erstaunt an. »Na, den Bericht, den - ich Dir gestern geben wollte?«, sagte er kleinlaut.

»Na toll. Da hätte ich etwas zum Lesen gehabt, und Du vergisst es? Aber im Ernst, was stand, äh, steht drin?« Sie hatten noch Zeit, denn der Dampfer bog eben erst in die Fahrrinne nach Vitte ein.

»Nun, die Berliner Kollegen haben sowohl die Aussagen als auch die Spuren gewissenhaft ausgewertet. Weder Nurlichkeit oder Mausberger, und schon gar nicht der Rest der Bande kommen als Mörder infrage. Alle besaßen für den fraglichen Zeitpunkt ein verdammtes Alibi. Sie haben Schmitz, ich meine, Hausmann exhumieren lassen, weil sie der Autopsie des Doktors nicht ganz trauen.« Mellert stemmte die Fäuste in die Seite. »Sie haben mich nicht gefragt! Stell Dir vor!«

»Da hast Du noch Einiges vor Dir«, grinste Epsteiner. Doch Mellert winkte ab. »Ich habe Fränzel am Telefon angeblafft und danach gelobt. Schließlich hätte er meine Unterschrift gebraucht – für den Richter.«

»Und?«

»Er ist zu Gebbert gelaufen und behauptet ich hätte ihm gesagt, er solle …«

»Schon gut, verstehe. Zielorientiertes Arbeiten.«

»Wie auch immer. Niemeyer hat recht. Das Ergebnis zählt. Aber ich muss Bescheid wissen.« Mellert drehte sich zu Epsteiner. »Jedenfalls ist Hausmann/Schmitz nicht an dem Schuss gestorben, der ist ihm post mortem verabreicht worden, sondern an inneren Blutungen. Die Verletzungen sollen erheblich gewesen sein.«

»Da sind wir sozusagen einer falschen Spur gefolgt?«

»So ist es.«

»Das heißt, alles auf Anfang?«

»Scheint so. Etwas Anderes. Wenn der Fall abgeschlossen ist, wirst Du Kommissar. Hast Du schon mit Anna darüber gesprochen?«

»Ja.«

»Und? Lass Dir doch nicht alles aus der Nase ziehen.«

Aaron lächelte harmlos. »Nun ja. Sie wird im Sommer hierbleiben. Ganz sicher.«

»Schlecht für Dich.«

»Wie man's nimmt. Im Herbst wird geheiratet und eine Wohnung gesucht.« Mellert drohte mit dem Finger. »Du weißt, dass Du erst Deinen Vorgesetzten fragen musst?«

»Ich dachte, erst die Braut?«

Mellert wurde nachdenklich. »Und wie sage ich es Marie?« Er lehnte sich mit dem Rücken gegen die Reling. »Wir fahren weiter bis Kloster. Morgen ist sowieso Sonntag. Machen wir ein paar Stunden frei. Übermorgen stürzen wir uns in die Arbeit. Und dann möge Gott dem Mörder beistehen! Das sage ich Dir, als überzeugter Atheist und Polizist.«

Das Telegramm aus Mailand kam Montag früh. Briefträger Friesig überbrachte es, mit der Wichtigkeit eines uniformierten Beamten und überreichte es Münchmann. »Ein sehr langes Telegramm, Herr Wachtmeister. Muss wahnsinnig teuer …«

»Schon gut, Friesig. Und danke.« Als Friesig sich enttäuscht abwandte, er hatte ein Trinkgeld erwartet, sagte Münchmann: »Und zu keinem ein Wort, klar?«

»Selbstverständlich, Herr Wachtmeister. Was denken Sie denn?«

Mellert empfing das Telegramm an seinem Schreibtisch. Es steckte in einem verschlossenen Umschlag mit einem Siegel der Polizeiinspektion in Bergen versehen. Also war es mit dem Dampfer oder durch einen Fischer auf die Insel gekommen. Die Polizeiinspektion Bergen besaß seit kurzem einen Telegrafen.

Mellert schnitt mit seinem Taschenmesser den Umschlag auf. Tatsächlich, es war wirklich sehr umfangreich. »Sign. Ispettore Mellert. Wir haben den fraglichen Mann gefunden. Leider weilt er nicht mehr unter den Lebenden. Und er ist, wie sich herausstellte, vollkommen unschuldig und ahnungslos. Viel interessanter ist die Dame des Hauses, die, wie wir ermitteln konnten, im Kunstgeschäft tätig ist.«

»Na, klingelt da was?«, fragte Aaron.

»Sie ist seit heute Morgen«, las Mellert weiter und sah nebenbei auf das Datum des Telegramms, »in Richtung Berlin unterwegs. Wir empfehlen …« Es klopfte. Münchmann steckte den Kopf durch den Türspalt. »Kommissar Piper«, meldete er.

»Rein mit ihm!«

Piper hielt in der Hand einen großen Brief. »Ist heute per Express angekommen. Per Luftpost nach Stralsund und dann mit Boten.«

Mellert drehte den Brief in den Händen. »Italien. Von Franko.« Er riss den Brief auf. Heraus kam eine Zeichnung mit dem Gesicht einer Frau. Auf dem Zettel, der dabei lag, stand lediglich ein Name. »Danke, Piper. Bleiben Sie gleich hier.«

»Das Telegramm kenne ich. Habe ich persönlich entgegengenommen und zu Ihnen geschickt, Herr Inspektor.«

»Prima. Ich denke, dass das sehr kunstvolle Portrait der Dame zum Telegramm passt. Ich lese also weiter.« Er konzentrierte sich, während Epsteiner und Piper das Bild bewunderten. »Schöne Frau, das«, vermeldete Piper und schwieg, als er Mellerts gerunzelten Brauen sah.

»Wo waren wir? Ah ja! Wir empfehlen, die Dame sofort nach ihrer Ankunft festzusetzen. Wir folgen der Frau und melden uns von unterwegs telefonisch in Berlin, bei Herrn Direktor Gebbert. Nach Diktat verreist, gezeichnet, Ispettore Steiner.«

Mellert war aufgesprungen. »Piper, kümmern Sie sich um eine Fahrgelegenheit. Epsteiner, Sie raffen die

Unterlagen zusammen. Ich informiere Berlin. Sie sollen alles zum Empfang vorbereiten. Wir sehen uns am Hafen.«

Der Kutter tuckerte in das Hafenbecken von Stralsund. Fischer Gerhardt suchte noch ein Plätzchen und verhandelte dazu mit dem Hafenkapitän. »Machen Sie einfach bei Ihrem Kollegen fest, Gerhard. Wir steigen über und entern an Land.« Gerhard nickte. Trotz des Protestes des Hafenkapitäns sprangen die Männer, Mellert, Epsteiner und Piper, über Fischkästen und Netze und erstiegen die Kaimauer. »Danke Gebhard. Das machen wir wieder gut, wenn wir zurück sind!« Doch der Fischer winkte ab.

Sie liefen ein Stückchen am Kai entlang. Heute war Fischmarkt und es herrschte ein ordentlicher Betrieb auf der Hafenstraße. »Da steht unser Auto! Gut gemacht, Piper!«

Sie mussten noch Geduld aufbringen, bis sie die Fernverkehrsstraße nach Berlin erreichten. Dann, gleich hinter der Stadtgrenze, gab der Fahrer Gas und die Männer lehnten sich aufseufzend in den Polstern zurück. Bis Berlin würde es eine Weile dauern. »Ob wir diesmal Glück haben?«, seufzte Mellert. Seine Kollegen schwiegen vielsagend.

BERLIN, ACHTZEHNTER JULI 1923, POTSDAMER BAHNHOF, GEGEN ABEND

Der Zug aus München sollte am Gleis 3 einfahren. Gebbert hatte zusammengetrommelt, was er entbehren konnte. So waren auf dem Kopfbahnsteig insgesamt sieben Polizisten in Zivil verteilt. Mellert und Gebbert standen am Anfang, drei Polizisten an den Übergängen des Bahnsteigs zu anderen Gleisen, und Piper sowie Epsteiner lauerten am Ende. Egal, wo die Dame sich hinwendete, sie musste an Polizisten vorbei, die dann unauffällig die Verfolgung aufnehmen würden. Der Zugriff sollte schnell und unauffällig auf dem Vorplatz erfolgen. Zum Glück war es schon später Abend, sodass auf dem Platz vor dem Bahnhof nicht mehr viel Verkehr herrschte.

Der Zug verspätete sich um eine halbe Stunde. Man wartete also geduldig, schließlich war man ja Polizist. Epsteiner sah auf. Da bog er in den Bahnhofsbereich ein! Immer wieder bewunderte er es, wie sich die Eisenbahnen durch das Gewusel der Weichen und Kreuzungen den richtigen Weg zum vorgesehenen Bahnsteig bahnten. Die große Schnellzuglokomotive rauschte schnaufend und zischend und mit den Bremsen quietschend an ihnen vorbei. Immer langsamer wurde der Zug, bis er stand. Er ruckte noch ein klein wenig, dann war Stille. Die Türen der Schnellzugwagen öffneten sich. Dienstmänner traten vor und erwartungsfrohe Menschen, die auf irgendjemanden aus dem Zug gewartet hatten. Sie reckten, wie die Polizisten die Hälse. Man fand, umarmte sich oder begrüßte sich mit

Handschlag. Die Dienstmänner rangelten ein wenig um ihre Kundschaft, dann hatte sich der Strom zum Ausgang im Quergebäude des Bahnhofs geordnet.

Epsteiner sah sich um. Er stellte sich auf die Zehenspitzen. Beinahe am Schluss der Menschenmenge stieg eine Frau aus dem Waggon der ersten Klasse. Sie sah sich suchend um. Ein Mann in einem hellen Anzug und dunklem Hut winkte aus einiger Entfernung. »Das ist sie«, sagte Piper. »Hinterher.«

Sie schnappten sich die Koffer, die hinter einer Bank versteckt waren, und schlossen sich den Reisenden an. Als sie ihre Kollegen an den Abgängen passierten, zogen sich diese diskret zurück. Sie würde erst wieder auf dem Bahnhofsvorplatz bereitstehen.

Epsteiner und Piper blieben zusammen. Sie taten, als seien sie im Zug gewesen und unterhielten sich angeregt über ihre Reise. »Ich liebe Berlin!«, sagte Piper laut.

»Geht mir auch so.«

Sie erreichten den Querbahnsteig. Die Dame lenkte ihre Schritte nach rechts. Aha, sie kennt sich hier aus. In der Kolberger Straße befanden sich die Taxihaltestellen. Aaron sah, dass Mellert in die gleiche Richtung vorausging. Die Frau schritt ohne jeden Verdacht über den wunderschönen steinernen Fußboden der großen Eingangshalle und glitt mit bewundernswerter Eleganz die Treppen hinab, gefolgt von ihrem Begleiter, der fleißig die Koffer und Täschchen der Dame trug. Offenbar trauten sie keinem der Dienstmänner. Sie verließen die Halle und sahen sich nach einer Droschke um. Das war der Moment, auf den Mellert gewartet hatte. Er hob kurz die linke Hand. Sofort waren die Frau und der Mann von Polizisten umgeben. Mellert drängte sich durch die Menge. »Meine Dame, sie sind festgenommen. Bitte machen Sie kein Aufsehen und folgen Sie uns unauffällig.« Und während die Frau mit großen Augen ungläubig auf Mellert starrte, ließ ihr Begleiter die Koffer fallen und wollte davonlaufen. »Greift ihn!«, rief Mellert. Pech für den Mann, dass er auf Epsteiner traf. Er rannte wie gegen eine Wand, stürzte auf den Hintern und war in Sekundenschnelle an den Händen gefesselt. »Ohne Aufsehen, war die Bitte«, zischte ihm Epsteiner ins Ohr. Der Mann erschlaffte. Mutlosigkeit machte sich auf seinem Gesicht breit.

Im Polizeipräsidium war eine erlauchte Gesellschaft versammelt: Kriminaldirektor Gebbert, Inspektor Mellert mit seiner ganzen Mordinspektion und Kommissar Piper. Sie saßen und standen in Gebberts Büro. Der Begleiter der Frau war in einer Zelle des Präsidiums eingesperrt, sie selbst saß auf dem Besucherstuhl und wartete. Doch es war weder Angst noch Ergebenheit zu erkennen. Im Gegenteil, mit erhobenem Kinn sah sie die Männer hochmütig an. Es herrschte eine seltsam gespannte Stille, wie, wenn jeder wartete, dass einer das erste Wort sagen würde. Und es war Mellert, der die Frau ansprach. »Mein Beileid, zum Tod Ihres Mannes, Signora Valentino.«

»Deshalb haben Sie mich hergeholt. Mit einer Armee von Polizisten?«

»Nun, wir wollen nicht übertreiben, Signora.« Ihm ging auf, dass sie alle einem Irrtum aufgesessen waren; Signora Valentino trug den stolzen Vornamen Simone, eine deutsche Version von Simona. Ihr Mann hieß Ludovico *Simone* Valentino. Hessel hatte also nur die Hälfte verstanden. Mellert sah sich im Raum um. Direktor Gebbert deutete den

Blick richtig. »So, meine Herren. Wir haben genug gesehen. Lassen wir Kollegen Mellert mit der Dame allein.«

Als sie unter sich waren (Mellert wusste, dass man draußen mithörte), sah er sich die Frau genauer an. Sie war etwa fünfunddreißig, großgewachsen und schlank. Um den Kopf trug sie ein seidenes Kopftuch, ihr leichter Sommermantel war hellbeige. Die Augen, Nase, Mund und die Kopfform fand Mellert ausgenommen italienisch. Ihre Augen waren dunkelbraun und mandelförmig, die Hände schmal mit feingliedrigen, langen Fingern. Sie trug glänzende Seidenstrümpfe und moderne, hochhackige Schuhe. Alles an ihr, so fand Mellert, war edel und teuer. Unerwartet fragte er: »Sie sind Deutsche?«

»Ja, mit italienischen Vorfahren. Aus Neapel. Ich habe Herr Valentino vor dem Krieg geheiratet und bin zu ihm nach Mailand gezogen. Er war ein sehr guter und wohlhabender Advokat.«

»Und, was ist Ihre Profession?«

Sie sah Mellert an, als wenn er das wissen müsste. »Ich handele mit Kunst, Herr …?«

»Verzeihen Sie, man hatte uns noch nicht vorgestellt. Inspektor Mellert, Friedrich Mellert.« Er machte einen ironischen Diener, was die Dame mit hochgezogenen Augenbrauen quittierte. »Ja, ich handele mit Kunstwerken,«

»Ihr Mann war Mitglied des Stadtrates?«

»Ja?«

»Woran ist er gestorben?«

Sie zuckte gleichgültig mit den Schultern. »Herz?«

»Sein Tod ist Ihnen nicht besonders nahegegangen?«

»Er machte Seins, ich meines. Nein, wir hatten zuletzt kein besonders Verhältnis mehr.« Sie legte die Hände gefaltet auf die Tischplatte. »Weshalb halten Sie mich hier fest? Ich habe Termine, wichtige Termine.«

Mellert ging nicht darauf ein. Er wartete auf eine Nachricht von Franco. »Kennen Sie einen Herrn Bergsma?«

»Sie haben meine Frage nicht beantwortet.«

Oha. Die Dame will Krieg! Und man sollte sie sehr, sehr ernst nehmen. Hochintelligent und gefährlich, wie Hessel.

»Momentan bin ich es, der Fragen stellt, Frau Valentino. Also?« Sie kniff die Lippen zusammen. Epsteiner erschien, wie gerufen. Er flüsterte Mellert ins Ohr: »Franco kommt in drei Stunden.« Mellert sah, wie die Valentino sich bemühte, etwas zu erlauschen. Pech gehabt, meine Gute. »Danke, Herr Kommissar.« Epsteiner ging breit grinsend wieder hinaus, während Mellert so tat, als müsse er seine Unterlagen, ob der Mitteilung neu sortieren. »Tja, Frau Valentino. Wir müssen Sie noch ein wenig als Gast bei uns behalten. Ich muss leider weg. Und damit Sie uns nicht abhandenkommen, bleiben Sie hier.«

Die Valentino war aufgesprungen. »Ich protestiere!«

»Das können Sie. Ich lasse Ihnen Schreibzeug auf die Zelle bringen. Abführen!«

Vor dem Zimmer warteten die Kollegen. »Wir halten Sie eine Weile fest, bis sich Vice Questore Franco aus Mailand bei uns gemeldet hat. Ich persönlich gehe jetzt schlafen, und das rate ich auch Ihnen, meine Herren.«

Obwohl es ein weiter Weg nach Charlottenburg war, mit der S-Bahn ging es schneller als mit dem Auto. Mellert und Epsteiner wohnten in der Villa der Lüdenscheids. Die Villa war groß genug für alle. Zwar zahlten sie einen Obolus, der war aber allemal geringer als eine Wohnung oder ein

Hotelzimmer. Sie hätten mit einem Handwagen voller Geld hinfahren müssen. Und natürlich nutzten Marie und Anna die Gelegenheit, mit ihren Freunden zusammen zu sein.

Mellert freute sich auf Marie. Sie trug neuerdings Unterwäsche aus Seide. Er beeilte sich jedes Mal, vor ihr im Bett zu liegen und dabei zuzusehen, wie sie sich auszog. Und Marie? Offenbar hatte sie ihren Spaß daran. Mal ließ sie sich Zeit, mal zog sie sich einfach nur aus. Mellert genoss es zuzusehen, wie sie sich das Hemd über den Kopf zog, wie sie ihren Oberkörper hochreckte, um die langen Haare auf den Rücken zu legen. Sein Blick ging über den zarten Hals, die Schlüsselbeine zu ihren wunderschönen Busen. Dort, bei den apfelförmigen Brüsten mit den dunkelroten Knospen verweilter er ein wenig. Doch halt, da war noch etwas; Marie bückte sich, um dann barbusig die Höschen, die ihren Körper so schön betonten, langsam herunterzulassen. Der zarte Stoff glitzerte dabei, und es schien, als wolle er sich nur widerwillig von Mariens Haut trennen. Er verstand die Seide. Marie ließ ihn dabei nicht aus den Augen und lächelte. Ja, sie ließ sich bewundern, und dass tat Mellert ausgiebig. Zuletzt streifte sie lasziv die Seidenstrümpfe von den Beinen. Und huschte unter seine Bettdecke. »Mir ist kalt«, flüsterte sie ihm ins Ohr, kuschelte sich dicht an ihn und schlief unverzüglich ein. Mellert grinste. So war sie eben. Leider war noch nicht Bettzeit, er musste sich gedulden, aber dafür hatte er die Vorfreude auf seiner Seite.

Heute trafen sich alle im großen Salon. Es regnete leise aus dunkelgrauen Wolken. Mellert saß in einem großen Ohrensessel und las in den Verhör-Protokollen der Mantelbande. Ihm gegenüber hockte Marie auf dem Sofa, einen dicken Roman in den Händen, und Anna arbeitete ein paar Skizzen auf. Epsteiner blickte versonnen aus dem Fenster. Er fragte sich im Stillen, ob er Anna dazu überreden konnte, auch Seidenunterwäsche zu tragen. Schuld war Mellerts Schwärmerei. Deshalb lächelte er in das graue Wetter, als könne er dort draußen Anna sehen. Neuerding trugen Anna und Marie einen Kurzhaarschnitt, Bubikopf genannt. Erst war Epsteiner enttäuscht, liebte er es doch, sein Gesicht in Annas Haarpracht zu verstecken. Aber ein paar Tage später hatte er sich an den Anblick gewöhnt. Nun konnte er ihren Schopf so richtig durchwursteln, ohne heftigsten Protest zu ernten oder Schläge zu erhalten.

Die Lüdenscheids saßen beim Kamin, in dem ein kleines Feuer brannte, denn es war recht kühl geworden. Mit einem Mal duftete es nach frisch gebrühtem Kaffee. Frau Schwertheim wartete ihrer Herrschaft und den Gästen auf. Den ersten Eindruck, den Anna von Frau Schwertheim gewonnen hatte, war mit der Zeit immer mehr einer gewissen Hochachtung gewichen. Aufmerksam, höflich, korrekt und fleißig, das war, was geblieben war. Hingebungsvoll bemühte sich die Hauswirtschafterin um ihre Arbeitgeber.

Wie immer, beinahe lautlos betrat Frau Schwertheim den Salon und verteilte Kaffeekännchen und -tassen sowie kleine Dosen mit Keksen und Zucker auf die Tischchen. Und während Epsteiner sich eine Tageszeitung griff und die erste Seite studierte, wobei er ab und zu über den Rand auf Anna sah, versuchte Mellert die Zusammenhänge zwischen der Mantelbande und der italienischen Verbindung herzustellen. Der Inspektor vermutete mehr dahinter als nur eine Kunsthändlerin. Mellert stutzte. Das war es! Es ging nur nebenbei um Kunsthandel. Tatsächlich um Geldwäsche! Sie handelten angeblich mit Bildern, nach außen hin. In

Wahrheit tauschten sie schmutziges Geld gegen Dollars. Oder Mark – nein, die war zurzeit nichts Wert - aber Lira, Schillinge, Kronen und so weiter. Oha, das war nicht mehr sein Metier! Andererseits, wie musste er diese Frau Valentino einordnen? War sie der Boss oder auch nur Erfüllungsgehilfe. Und wer war ...? »Lässt Du mich an Deinen Gedanken teilhaben?« Es war Epsteiner, der seine Überlegungen unterbrach. Mellerts Eindruck, dass Epsteiner ein Gespür dafür hatte, wenn er an einer Sache 'kaute', bestätigte sich wieder einmal. Aber er hatte recht. Mellert konzentrierte sich schnell. Warum nicht noch einmal? Wiederholung ist die Mutter der Weisheit. »Lass uns auf die Terrasse gehen.

»Also, das ist so ...«, begann er, als sie draußen standen und in den Regen sahen. Über ihnen befand sich ein großer Balkon, der sie vor der Nässe schützte. Mellert sprach noch einmal über seine Überlegungen und Epsteiner hörte aufmerksam zu. Er nickte. »Das ist mir auch schon durch den Kopf gegangen. Ich war mir nur noch nicht sicher. Aber wenn ich all das zusammenzähle, ist eins plus eins gleich zwei. Die Frage ist nur, können wir es beweisen?« Der Inspektor schüttelte den Kopf.

»Was tun, Mellert?«

»Nicht vergessen. Morgen sind wir bei Gebbert und sprechen mit ihm darüber. Und Franco ist dabei, hoffe ich. Er kennt sich in diesem Metier wahrscheinlich besser aus.« Sie gingen wieder in den Salon. »Aber gut, dass wir darüber gesprochen haben.«

»Über uns?«, fragte Marie und Mellert lachte. »Natürlich. Ich wüsste nicht, warum man nicht über Dich sprechen sollte.«

»Und worüber?«

»Wovon! Davon, dass Du die schönste Frau in Berlin bist.« Er schlug sich theatralisch vor den Mund. »Und natürlich auch Sie – Du, Fräulein Anna Meisner.«

»Schmeichler.«

»Wünschen die Herrschaften Wein, vor dem Abendessen?« Frau Schwertheim erschien wie immer geräuschlos und wartete geduldig, bis sich 'die Herrschaften' entscheiden konnten.

Unter dem Tisch füßelte Marie mit Mellert und grinste dabei den Inspektor unschuldig an. Und offenbar störte sich Anna an Epsteiners Schweigsamkeit. Sie stieß ihm den Ellenbogen in die Seite. »Sag was«, forderte sie. Aaron blickte zu Mellert, der nickte. »Gut, wenn es euch nicht stört?«, er blickte zu seinen Gastgebern. »Im Gegenteil, Herr Epsteiner«, sagte Wilhelm Lüdenscheid, »Wir würden uns freuen, wenn Sie uns an Ihrer Arbeit teilhaben lassen könnten.« Epsteiner überlegte, ob er auch so geschraubt reden konnte. »Danke, Herr Lüdenscheid. Ich beginne mit dem Tag, pardon, der Nacht, als die Männer hier einbrechen wollten. Sie erinnern sich?«

Es war schon spät, als sie sich verabschiedeten, und auf die Zimmer gingen. Marie lag auf dem Rücken, die Arme hinter dem Kopf. Sie zeichnete mit den Augen die Stuckfiguren an der Decke nach. In dem kunstvollen Rahmen aus Gips war eine erotische Szene im Parnass von einem mittelprächtigen Maler gemalt. Im Licht der elektrischen Nachttischlampe sah das Bild nicht einmal schlecht aus. Marie drehte den Kopf zu Mellert. »Das war interessant, Mellert. Warum erzählst Du mir nichts?«

»Weiß nicht. Vielleicht habe ich Angst, Dich zu langweilen?«

»Du bist abgelenkt.«

»Naja, bei dem Anblick.«

Marie sah an sich herunter. Stimmt! Sie griff nach der dünnen Sommerdecke und zog sie bis zum Hals hinauf. »Ich meine, ich möchte an Deinem Leben Anteil nehmen.«

Mellert grinste. »Dann versuch Du doch, den Mörder zu kriegen.«

»So meine ich das nicht. Ich …«

»Schon, gut. Verstehe. Gerda war anders gewesen. Sie hatte immer abgeblockt. Vielleicht hatte sie Recht, was unsere Ehe damals betraf. Du weißt schon. Sie hat gemeint, ich solle die Arbeit draußen lassen. Manchmal ist Gerda immer noch gegenwärtig - aber mit Dir ist es wohl anders.«

»Das will ich doch hoffen.«

»Dann ist es so.«

»Ja, ich will alles über Dich wissen. Ich will Dich malen können. Wahrhaftig malen! Und dazu muss ich Dich kennen und deine Gedanken, Sorgen und Wünsche.«

»Du willst mich malen? Wieder ein Portrait?«

»Klar doch! Oder mehr? Ich weiß noch nicht.« Marie schob nachdenklich die Unterlippe vor. »Du bist für eine Malerin ein interessantes Objekt, weißt Du?«

»Interessant? Das ist ja interessant.«

»Nicht wahr?« Marie war jetzt dicht an Mellert herangerutscht.

»Ganz! Ich bestehe drauf, nicht nur als Portrait.« Mellert zog Marie die Decke weg. Er atmete tief ein. »Und nur mit Dir zusammen.«

»Auf'm Dornbusch.« Marie drückte sich fest an Mellert.

»Oder im Bad!«

»Oder Bett?«

»Und nackt!«

»Du!« Mellerts Finger begannen, ein irritierendes Spiel auf ihrem Rücken zu spielen. Sie legte sich auf den Bauch. »Wir beide«, flüsterte sie, »und auf einem Bild.« Und dann küssten sie sich, und vergaßen das Bild und die Verbrechen und Hiddensee, und überhaupt alles.

BERLIN, NEUNZEHNTER JULI
1923

Auf dem Wege ins Polizeipräsidium holten sie Vice Questore Franco vom Hotel ab. Natürlich war Steiner dabei, der auch als Übersetzer fungierte. Die Begrüßung war überschwänglich italienisch, mit hunderten an Worten und Gesten, die Steiner trocken mit, »Guten Morgen, wir freuen uns sehr«, übersetzte. Epsteiner lachte lauthals.

»Wie war die Reise, Signore Vice Questore?«

»Hart. Wir mussten, wie Sie, dreimal umsteigen. Ach, was waren das damals noch für gute Zeiten!« Neugierig sahen die Mailänder Polizisten aus dem Fenster und fragten, ließen sich erklären und kommentierten, was sie sahen. Besonders gefielen ihnen die Villen und das viele Grün, das Berlin schon damals auszeichnete. Das Auto bog auf die Bismarckstraße ein. Der breite Boulevard machte Eindruck, vor allem die schönen Gründerzeithäuser und deren vielfältigen Läden in den Erdgeschossen. In der Mitte des breiten Boulevards, zwischen zwei Grünstreifen, rauschte der Verkehr aus Personen- und Lastkraftwagen, Droschken, Taxis und Radfahrern vorbei. Fußgänger, eilige und auch nur spazieren gehende belebten die breiten Bürgersteige. Und auf dem Fahrstreifen zwischen den Grünstreifen und dem Bürgersteig parkten Autos, Lieferanten oder warteten Droschken auf ihre Fahrgäste. Die 'Elektrische' gesellte sich dazu und verstärkte nur noch das Gewusel. Alle schienen zu tun zu haben oder unbedingt etwas zu erledigen. Schutzmänner beobachteten das Treiben und sahen streng auf mögliche oder scheinbare Verbrecher. An den

Kreuzungen regelten Verkehrspolizisten den Verkehr und trillerten unachtsamen Kraftfahrern mit ihren Trillerpfeifen hinterher. Und während sie Richtung Brandenburger Tor fuhren, rissen die grauen Wolken auf. Am Knie[8] kreuzten sich Straßen in den Norden, die Hardenbergstraße zum Bahnhof Zoo, die Franklin Straße zum Wedding, dem roten Arbeiterbezirk. Das Hotel »Fürst Bismarck« mit seinen vornehmen Türmen an den Straßenecken sah stolz und unnahbar auf den Platz hernieder. Sie befuhren die Charlottenburger Chaussee, kreisten um den großen Stern, kreuzten die rechtsliegende Siegesallee und sahen schon das Brandenburger Tor.

Die »Rote Burg« mit ihrem strengen preußischen Backsteinrot irritierte die Italiener. Von dem Gebäude ging die ganze Strenge des preußischen Gesetzestums aus. Steiner flüsterte Epsteiner zu: »Da sollen wir hinein?«
»Keine Angst. Es sieht strenger aus, als es ist. Dennoch soll es wohl Respekt einflößen, den bösen Buben.«
»Das tut es.« Und weil ihn Epsteiner nachdenklich ansah, ergänzte er: »Auch den guten.« Währenddessen befanden sie sich schon in der Vorhalle, wo sie von Gebbert und Kriminalrat Gennat erwartet wurden. »Besuchen wir doch gleich die fragliche Dame, Herr Vice Questore«, schlug der Kriminalrat vor. »Wir haben sie bereits in mein Zimmer verbringen lassen.« Und während sie mit dem Aufzug in den dritten Stock fuhren, und dann den langen Flur entlanggingen, schwiegen sie. Jeder der fünf Männer hing seinen Gedanken nach. Zwei Polizisten hielten Ehrenwache vor Gebberts Vorzimmer und rissen die Türen auf, als sie der

---

[8] Ernst-Reuter-Platz

Gruppe ansichtig wurden. Franco schmunzelte still vor sich hin.

Frau Valentino saß, flankiert von zwei Wachtmeistern und mit gefesselten Händen in Gebberts Büro. »Aber, aber! Bitte lösen Sie die Handfesseln«, sagte Gebbert zu den Wachtmeistern. Dann wandte er sich an die Dame: »Wir müssen doch nicht befürchten, dass Sie uns davonlaufen, Frau Valentino?«

Die Frau schnaufte durch die Nase und sah dem Wachtmeister mit giftigem Blick hinterher. Dann erst realisierte sie die Ansammlung der Männer, die um sie gruppiert war. »Ah! Brauchen Sie so viel Männer als Verstärkung?« Sie brach plötzlich ab. Ihr Blick fiel auf Franco. Gleichzeitig spielten sich in ihrem Gesicht Schrecken, Wut und Angst ab. »Das kann nicht sein. Sie?« Sie flüsterte nur noch und blickte zu Boden. Mellert und Gebbert sahen zu Franco. »Sie kennen sich?«, fragte Mellert.

»Ja«, übersetzte Steiner, »Von den Besuchen beim Bürgermeister.«

Mellert beugte sich zu Franco: »Sie waren hoffentlich nicht ihr Kunde?« Franco schüttelte lächelnd den Kopf. Dann wurde er sehr ernst. »Meine Herren, die italienische Polizei beschuldigt Frau Valentino des Mordes an Ihren Mann Ludovico Simone Valentino sowie der Erpressung, Geldwäsche und des Handels mit gefälschten Kunstwerken.« Frau Valentino war blass geworden, wie eine Kalkwand. »Im Namen des italienischen Staates fordere ich die Auslieferung der beschuldigten Person an die italienische Polizei.« Franco griff in seine Aktentasche und holte ein Dokument hervor, dass er dem Kriminalrat übergab.

»Danke, Vice Questore. Sie verstehen, dass die deutschen Behörden das Auslieferungsersuchen Italiens noch prüfen und bestätigen müssen. Ein Richter wird darüber zu entscheiden haben.«

»Natürlich. Ich verstehe.« Franco machte eine leichte Verbeugung.

»Sie wollen sicherlich die Dame verhören?«, fragte Gebbert.

»Genau!«, mische sich Mellert in das Gespräch. »Ich bin schon seit Stunden ganz kribbelig.«

Gebbert verstand sofort. »Dann, meine Herren, ziehen wir uns ein wenig zurück und überlassen das Feld der Ehre dem Inspektor.« Gebbert breitete Verständnis heischend die Arme aus und zog einen sauertöpfig blickenden Franco mit sich. Die Männer gingen aus dem Raum, um von nebenan das Verhör mitzuhören. »Epsteiner, Sie bleiben bitte hier, wegen des Protokolls«

Nachdem sich die Tür hinter den Polizisten geschlossen hatte, waren Mellert und Epsteiner mit Frau Valentino allein. Im Zimmer herrschte eine gespannte Stille, während durch die geschlossenen Fenster die Geräusche Berlins gedämpft hereindrangen. Mellert hielt Epsteiner die rechte Hand hin, in die der angehende Kommissar bedeutungsvoll einen dicken Aktenhefter legte. Und mit ebensolcher Bedeutung legte Mellert den Hefter auf den Tisch, schlug ihn auf und las, wobei sich seine Lippen leicht belegten, die erste Seite. Dann hob er den Kopf. »Frau Valentino?«

Die Valentino, die bis zu diesem Moment den Kopf gesenkt gehalten hatte, sah auf. Die Schminke um die Augen war verlaufen, dicke Tränen rannen über ihre Wangen. Mellert focht ein solcher Anblick nicht an. Vor ihm hatten schon oft weinende Frauen gesessen, die ihre Unschuld beteuert hatten. Sein Blick blieb kühl und sachlich. Und auch sein Ton. »Sie haben die Anschuldigungen des Vice Questore gehört. Was sagen Sie dazu?«

»Erstunken und erlogen!«, zischte sie. »Mein Mann hat zuviel getrunken! Daran ist er verreckt. Ja, verreckt!«

»Und die weiteren Anschuldigungen?«

»Hören Sie, ich bin eine ehrliche Geschäftsfrau. Ich verkaufe und kaufe Kunst, das ist alles.«

»Verdienen Sie gut dabei?«

»Was soll das denn?«

Mellert hob die Schultern. »Nun ja -«

»Ja, verdammt, ich verdiene gut. Und wenn Sie mich nicht bald hier herauslassen, dann verliere ich einige tausend Dollar!«

Obwohl Mellert bereits wusste, mit wem sich die Valentino treffen wollte, fragte er trotzdem: »Mit wem und wo wollten Sie sich treffen?«

»In der Friedrichstraße, HHH-Galerie, Herrn Hollaender.«

Epsteiner hustete. Der Galerist von Anna und Marie? Was taten sich hier für Abgründe auf? Doch Mellert reagierte mit keinem Muskel. »Sie wollten Bilder kaufen?«

»Richtig. Ein paar Lithografien und Ölbilder.«

»Entschuldigen Sie, Frau Valentino, aber wie läuft solch ein Handel ab?«

Die Valentino entspannte sich sichtlich. Sie konnte über ihr Metier sprechen. Das wollte Mellert. Er brauchte eine Beschuldigte, die ihn nicht hasste oder mistraute, sondern von dem sie annahm, dass er weit unter ihr stand. Mellert schob der Valentino ein sauberes Taschentuch über die

Tischplatte. »Bringen Sie sich ruhig in Ordnung, Frau Valentino. Und dann erzählen Sie. Das ist interessant. Eine Bekannte von mir ist Malerin, wissen Sie?« Die Valentino zuckte uninteressiert mit den Schultern und Mellert tat, als hätte er es nicht gesehen. Er tat interessiert, lehnte sich im Stuhl zurück und beobachtete die Frau, wie sie versuchte, sich wiederherzurichten.

»Ach, was mich noch beschäftigt, Frau Valentino«, Mellert lehnte sich vor, legte die Unterarme locker auf die Tischplatte, »Wie haben Sie ihren Mann umgebracht. Gift? Und welches war's denn?« Und um ihr keine Zeit zu lassen, nachzudenken, »Und wen haben Sie beauftragt, Hausmann umzubringen? Nurlichkeit, Schroppe, Hessel?« Mellert war aufgestanden. Nichts war mehr an ihm an Gemütlichkeit! »Glauben Sie wirklich, wir haben keine Beweise gegen Sie?« Er drehte sich plötzlich um, ging zur Tür, riss sie auf und rief: »Lassen Sie Hollaender herholen!« Er knallte die Tür zu, sah zufrieden, wie die Valentino zusammenzuckte. »Raus mit der Sprache!«

»Ich weiß nicht, wovon Sie reden. Und wer ist Hausmann?«

»Von Mord, Erpressung, Betrug!« Jetzt stand er so dicht vor ihr, dass er das Parfum, vermischt mit Angstschweiß, riechen konnte. »Habe ich etwas vergessen?«, brüllte er.

»Ich bitte um politisches Asyl«, flüsterte die Valentino.

Mellert war sprachlos. Er schnappte nach Luft. »Sie bitten um – was?«

»Bitte nicht so laut.«

Der Inspektor richtete sich auf. Er musste nachdenken. Politisches Asyl? Das wird ja immer schöner! Aber es kann schon stimmen; seit neunzehnhundertzweiundzwanzig herrscht ein gewisser Benito Mussolini, genannt der Duce, über Italien. Man hörte nicht viel darüber, und nur linke oder links-bürgerliche Zeitungen berichteten über Terror und Willkür der sogenannten Schwarzhemden, den Schlägergarden Mussolinis. Was hatte die Valentino damit zu schaffen? »Wenn Sie mir den Vice Questore vom Hals halten, werde ich alles gestehen.«

Mellert war in der Zwickmühle. Wie sollte er Franco hinhalten können? Mit welchem Grund? Die Zusammenarbeit mit der Mailänder Polizei war gut, er vertraute dem Kollegen und dessen politische Einstellung war ihm eigentlich egal. Es ging um die Sache. Dass hier politische Dinge hineingerieten, gefiel ihm überhaupt nicht. Er legte die Hände auf den Rücken und ging unruhig hin und her. Dann fasste er einen Entschluss. »Hier«, er schob der Valentino ein Blatt Papier über den Tisch, »Schreiben Sie! Warum, wer, wann und so weiter. Aber kurz und bündig.« *Und dann kann die 'Politische' übernehmen,* dachte er sich. Er verließ den Raum. »Kommen Sie, Epsteiner.« *Langsam reicht es*, dachte er noch und hielt Franco zurück, der sich auf die Valentino stürze wollte. »Entschuldigung. Ich bin mit der Dame noch nicht fertig.« Mellert holte seine Taschenuhr hervor. »Gehen wir Mittagessen.« Er ignorierte Francos pikierte Blicke. »Wir gehen in die Rathausstraße. Dort ist ein feines Restaurant.« Und währenddessen habe ich genügend Zeit Franco abzuwimmeln. Denn er nahm die Valentino ernst. Es war ihr Blick und ihre Körperhaltung, die ihn an ihr Ansinnen glauben ließ. Aber mit Politik wollte er in diesem Fall nichts zu tun haben.

RÜGEN, IM AUGUST 1923

Sie fanden das Gehöft einen Kilometer nördlich von *Gingst*. Es lag einsam und verlassen von jeglicher Zivilisation zwischen Feldern, Weiden und kleinen Waldstücken. Ein Zaun umgab das Anwesen, das schmiedeeiserne Tor hing schief in den Angeln, der Kiesweg war von Unkraut übergewuchert. Piper sprang aus dem Wagen und öffnete mit einiger Kraftanstrengung das Tor. Epsteiner, der das Auto lenkte, ließ es gleich am Eingang stehen. Sie liefen den kurzen Weg bis zum Haupthaus. Trotzdem es schon seit fünf Jahren leer stand, sah es noch gepflegt aus. Anders der dahinterliegende Hof. Der Stall schien ausgeraubt bis aufs Letzte. Die Scheune bestand nur noch aus den Resten des Fachwerks und einer alleinstehenden Brandmauer.

Die Eigentümer mussten es verlassen, nachdem die Preise für Milch und Getreide so gesunken waren, dass sich eine Weiterarbeit in der Landwirtschaft nicht mehr lohnte. Das war bereits 1918 gewesen, also kurz nach dem Krieg. Seitdem trafen sich hier Fuchs, Hase, Igel - und die Unterwelt. Dass es sich um den oder einen Unterschlupf der Mantelbande handelte, hatten sie den verschiedenen Verhören entnehmen können. *Einer verquatscht sich ja doch immer.* Mellert schmunzelte. *Alles eine Frage der Verhörtechnik.*

Sie standen noch unschlüssig mitten auf dem Weg, als aus einem Fenster ein Schuss fiel. Epsteiner sprang nach rechts und lag blitzschnell auf dem Boden. Auch Mellert warf sich hin, zwar mitten auf dem Weg, aber ein Baum verdeckte das Schussfeld des Schützen. Nur Piper stand noch aufrecht, dann knickte er in den Knien ein und fiel aufs Gesicht. Der Inspektor sah zu Piper. »Nicht schlimm«, stöhnte Piper, »Es tut nur saumäßig weh.« Er holte tief Luft. »Holen Sie sich die Kerle.« Piper begann langsam nach links zu kriechen, um eine Deckung zu finden, eine Blutspur hinter sich herziehend. Der Inspektor machte sich dennoch Sorgen und vor allem Vorwürfe.

Gestern erst, als sie die heutige Aktion vorbereiteten, erfuhr er, dass ein Teil der Mantelbande schon vor Wochen aus der Untersuchungshaft entlassen worden war. Darunter Mausberger, Hessel und Schroppe. Seine Hauptverdächtigen! Sie hatten in Schwerin in Haft gesessen, doch der dortige Untersuchungsrichter fand die Beschuldigungen nicht stichhaltig genug, um eine weitere Haft zu rechtfertigen. Er meinte, dass die Alibis, die die Bandenmitglieder sich gegenseitig gegeben hatten, ausreichten, um eine Haftverschonung durchzusetzen. Mellert hatte gekocht und mit der Faust auf den Tisch geschlagen. Doch was nutzte es? Und nun dies! Er ging mit sich jede Wette ein, dass die Bande dahintersteckte. Und ärgerte sich, so unbedarft in eine Falle getappt zu sein.

»Epsteiner! Gib mir Feuerschutz! Drei, zwei, jetzt!« Epsteiners Pistole bellte, und Mellert rannte auf die Haustür zu. Mit dem Rücken zur Wand rückte er näher an die Tür. Sie stand einen Spalt weit offen. *Nee, nicht noch mal.* Der oder die »jemand« wollten, dass er hineinstürmte. Aber warum hatte man vorher auf sie geschossen? Ein Irrtum, Fehler, Dummheit? Er spürte mehr, als er es sah, dass Epsteiner auf das Haus zulief. Sekunden später lehnte er auf der anderen Seite der Tür an der Wand.

»Und nun?«, flüsterte er.

»Stürmen?« Der Inspektor drückte langsam mit dem Lauf seiner Pistole die Tür auf. Er wagte einen kurzen Blick in den Flur. »Leer.«

Der Schuss war von der rechten Hausseite aus gefallen. Epsteiner schlich geduckt zum nächsten Fenster. Er richtete sich vorsichtig auf und sah kurz hinein. »Leer.« Er kam zurück.

Mellert kannte den Grundriss der Bauernhäuser hier im Norden. Von der Eingangstür führte der Flur auf die Rückseite zur Hoftür. Rechts und links davon lagen die Küche und die Wohnräume. Und irgendwo darin befanden sich die Schützen, wobei Mellert hoffte, dass es nur einer war.

Sich gegenseitig deckend betraten sie den Flur. Die Tür rechts stand offen. Es war wohl die ehemalige 'Gute Stuv'. Leer, bis auf einen Holzstuhl, der umgekippt war, und ein sehr verschlissenes Sofa, mit rotem Samt bezogen. Auf der anderen Seite lag das Schlafzimmer, bis auf ein paar Matratzen ebenfalls leer.

»Die sind hinten raus.«

»Was ist mit Piper?«

»Wir ziehen uns zurück. Es macht einfach keinen Sinn, sich erschießen zu lassen.«

Die beiden Kriminalisten machten sich, unter Beachtung aller Vorsichtsmaßnahmen auf dem Rückweg. Sie fanden Piper im Gras neben der Straße. Er war bei Bewusstsein und hielt seine Pistole in der Hand. »Gott sei Dank«, flüsterte er und fiel in Ohnmacht.

»Hol bitte den Wagen, Aaron.«

»Die Kugel ist direkt durch den Körper gegangen. Zum Glück wurden keine inneren Organe verletzt. Aber er hat ne Menge Blut verloren.« Der behandelnde Arzt zuckte mit den Schultern. »Am besten, sie kommen Morgen wieder. Der Gute schläft, wie ein Murmeltier.« Mellert atmete auf. »Prima, Doktor. Wir kommen morgen Vormittag und sehen nach ihm. Sollte er vorher munter werden, bestellen sie ihm Grüße.«

»Mache ich.« Der Doktor wollte schon gehen. Doch dann steckte er die Hände in seine Kitteltaschen. »Finden sie die Kerle.«

»Darauf können Sie sich verlassen.« Epsteiner sah grimmig auf den Arzt, als ihm noch etwas einfiel. »Haben Sie die Kugel noch?«

»Nein. Es war ja ein glatter Durchschuss.«

Als sie wieder im Auto saßen, fragte Epsteiner: »Gehen wir suchen?« Und Mellert nickte. »Machen wir.«

Auf der Rückfahrt zum bewussten Hof fragte Epsteiner: »Was ich Dich schon lange fragen wollte, warum haben wir die Valentino nicht den Italienern übergeben?«

»Ich dachte, Du wüsstest es?«

»Nicht die Bohne.«

»Frau Valentino hat Asyl beantragt. Ihr Mann und sie, sagt sie, waren im Widerstand gegen Mussolini. Alles, was sie getan hatten, auch der Kunsthandel, sollen nur Tarnung gewesen sein!«

»Und was hatte der Galerist damit zu tun?«

»Er war so etwas, wie ein Bote oder Kontakt.«

»Und Franco?«

»War recht ungehalten. Wir haben lange gebraucht, ihn zu beruhigen. Letztlich war er einverstanden. Da sind wir einer Meinung: Hie die Politik, dort die Kriminalpolizei. Wir sind nicht die Vollstrecker politischer Vorstellungen.«

»Und nun?«

»Die Valentino hat nichts mit dem Fall Schmitz/Bergander zu tun. Das ist nicht mehr unser Problem.«

»Also, wieder die Mantelbande?«

»Genau. Hessel hat uns auf die falsche Spur gelenkt.«

Sie hatten das Gehöft erreicht, parkten die Autos auf der Fernstraße. Die Kollegen von der Spurensicherung waren diesmal mit und sollten noch warten, bis der Inspektor den Tatort freigab. Die Idee, eine eigene Gruppe ausschließlich für die Spurensicherung zu bilden, brachte Mellert aus Berlin mit. Kriminalrat Gennat sprach von dieser Idee; als selbstständige Abteilung innerhalb der Kriminalpolizei sollte sie die Ermittlungen am Tatort unterstützen. Während die Ermittler sich mit den Umständen einer Tat beschäftigten, war diese Abteilung für die Aufnahme, Untersuchung und Interpretation der Spuren am Tatort verantwortlich. Mellert griff die Idee für seine Mordinspektion auf, auch wenn es nicht leicht gewesen war, die Mittel dafür freizubekommen, geeignete Leute und das notwendige Handwerkszeug zu finden.

Mit gebotener Vorsicht betraten sie die Zufahrt und gingen zu der Stelle, an der Piper zusammengebrochen war. Lange mussten sie nicht suchen, denn die Kugel hatte beim Durchdringen von Pipers Schulter sämtliche Energie verloren. Sie lag nicht weit entfernt von der bewussten Stelle. Mellert winkte den Kollegen, zu kommen. Mit Köfferchen und Fotoapparaten bewaffnet näherten sie sich dem Tatort, währen Mellert und Epsteiner ihre Waffen zogen. »Wenn Sie hier fertig sind, folgen Sie uns. Aber Vorsicht!« Sie gingen weiter zum Haus. Es war still. Auch wenn es erst früher Vormittag war, hätten die Vögel in der Umgebung singen und zwitschern müssen. Doch es war ruhig, zu ruhig! Die Tür zum Haupthaus stand noch so weit offen, wie sie sie verlassen hatten. Sie traten vorsichtig ein. Alle Türen zum Flur waren jetzt geöffnet, als habe jemand beim Durchsuchen des Hauses keine Zeit gehabt. Sie sahen in jedes Zimmer. Der Zustand schien unverändert. In der Küche, ganz hinten rechts, entdeckten sie unter dem Küchentisch am Fenster einen dunklen Fleck. »Könnte Blut sein«, bemerkte Aaron. »Und hier, siehst Du die Tropfen?«

»Sie führen auf den Hof.«

Epsteiner lugte um den Türrahmen. »In der Scheune.«

»Wieso?«

»Die Krähen.«

Jetzt hörten sie es. War es vorher nicht zu hören gewesen? »Können wir?« Der Leiter der Spurensicherer, Kommissar Keller, stand vor der Eingangstür. »Ja. Sehen Sie sich jedes Zimmer an.« Mellert wollte schon gehen, als ihm noch etwas einfiel: »Hier in der Küche ist wohl Blut. Nehmen Sie auch das kleinste Detail auf.« Er erinnerte sich, wie er auf den Dünen bei Neuendorf stand, und versuchte alle Umstände und Spuren um den Toten herum zu erfassen. Da hätte er schon eine solche Truppe haben wollen. Er seufzte.

»Komm«, sagte er zu Epsteiner, »Sehen wir uns das genauer an.«

Sich ständig umsehend gingen sie der Blutspur folgend zur Scheune. Viel stand nicht mehr. Wahrscheinlich waren die Bauern in der Umgebung eifrig damit beschäftigt gewesen, die brauchbaren Holzteile in ihr Eigentum überzuführen. Mellert murmelte: »Nicht mehr gemütlich.«

»Und zieht in allen Ecken«, ergänzte Epsteiner. Ein widerlich, süßlicher Geruch wehte zu ihnen herüber. Mellert kannte diesen Geruch aus dem Krieg. Aaron sah zu ihm herüber. »Leiche?«

»Ganz sicher.«

Als sie sich dem Scheunentor, das nur noch aus dem hohen Rahmen und den schmiedeeisernen Beschlägen bestand, näherten, flog eine Rotte Krähen auf. Sie krächzten beleidigt, flogen ein Stück bis zum Stall und beobachteten eifersüchtig die beiden Männer. Die hielten sich jetzt Taschentücher vor die Nase.

Mitten auf der Tenne lag eine Leiche. Sie war nur teilweise bekleidet und die Krähen, vielleicht auch leise Nachtschleicher, hatten ihr Werk begonnen. Epsteiner schüttelte sich und würgte. Es war nicht der Anblick, sondern der Verwesungsgeruch, der auch durch das mehrfach gefaltete Taschentuch drang. »Verdammte Scheiße«, knurrte Mellert, »Nimmt das denn gar kein Ende?« Er blieb stehen. »Das genügt, nahe genug.« Er machte einen langen Hals. »Kannst Du erkennen …«

»Nein«, würgte Epsteiner.

»Dann lass uns zurückgehen.«

Die Spurensicherer bestanden aus drei Mann; Kommissar Keller, einem studierten Chemiker, dem Assistenten Herger, einem Arzt sowie Klaustaler, einem Mechaniker. Mellert fand die drei in der Polizeiakademie, wo sie zu Kriminalpolizisten ausgebildet wurden. Alle drei waren hell begeistert von der Idee und sagten sofort zu.

Herger, der Arzt (er wurde später, nach dem Zweiten Weltkrieg ein berühmter Pathologe), trat mutig in die Scheune. »Er scheint nicht mehr am Leben«, rief er aus der Scheune den Polizisten zu, die von draußen den Kollegen beobachteten. »Tatsache. Bringt mir einer meine Tasche?« Weder Mellert noch Epsteiner fühlten sich berufen. Sie waren ja nicht die Spurensicherung und meinten genug gesehen zu haben.

»Ich komme.« Kommissar Keller schnappte sich Hergerts Koffer. Er ging in den Spuren des Doktors und der beiden Kriminalisten. »Oh mein Gott!«, rief er halb erstickt. »Wir brauchen einen Leichenwagen!«

»Hätte ich nicht geglaubt«, meinte Mellert sarkastisch und machte mit dem Kopf eine Bewegung.

»Ich fahre.« Epsteiner setzte sich in Bewegung.

Das Telefonat mit Schwerin am späten Nachmittag brachte Mellert endgültig auf die Palme. Aaron sah es dem Inspektor deutlich an, wie sehr er an sich halten musste. Aber die Argumente, die der Untersuchungsrichter vorbrachte, waren nur zu verständlich. »Bringen Sie mehr Beweise, Herr Mellert«, tönte es aus dem Hörer. »Und ich bringe die ganze Bande mit Freuden hinter Gittern. Aber so schlägt uns jedes Gericht diese mageren Vorwürfe um die Ohren. Machen Sie's gut, Mellert. Und - ich bin auf Ihrer Seite.« Klack, aufgelegt.

Bei dem Toten in der Scheune handelte es sich, wie Mellert schon befürchtete, um Mausberger. Ein Racheakt der Mantelbande, weil er 'gesungen' hatte? Aaron war der gleichen Meinung. Während sie auf den Leichenwagen warteten, gingen sie in den Stall. Assistent Klaustaler war bei ihnen, mit einem Fotoapparat bewaffnet und einer schmalen Tasche voller Instrumente.

Der Stall beherbergte früher Kühe und Schweine. Die ehemals weiß gekalkten Wände waren nun grau, teilweise platzte der Putz von den Wänden und mächtige Spinnweben verdunkelten die Fenster und Ecken. Sie gingen durch den Kuhstall, der durch eine hüfthohe Mauer vom Schweinestall abgetrennt war. Früher schloss eine Bretterwand von der Mauerkante bis zur Decke den Raum ab. Die Decke war undicht. Schutt und Schlamm fanden sich in den Koben und Unkraut. Nur einer, knapp in der Mitte war noch relativ sauber. Auf dem schmutzigen Ziegelboden waren die Abdrücke von Männerstiefeln zu erkennen, Stofffetzen, das aufgesplissene Ende eines Seiles, ein Schaufelstiel und ein Schuh. »Kommen Sie mal?« Mellert winkte Klaustaler heran.

»Hier ist Schmitz gestorben. Siehst Du?« Epsteiner bückte sich. Er zeigte auf ein Stückchen dunklerer Erde. »Könnte Blut sein. Und hier, am Schaufelstiel.« Er richtete sich auf. »Hatte Schmitz nur einen Schuh an?«

Mellert holte sein Notizbuch aus der Seitentasche seines Jacketts. Er öffnete es und suchte die Seite, wo die Beschreibung des Fundortes und der Tote notiert waren. »Stimmt. Ich war mir nicht mehr ganz sicher. Nehmen Sie alles auf, Klaustaler. Wenn Sie mit dem Fotografieren fertig sind, holen Sie sich die Kollegen für die Spurenaufnahme.« Er wandte sich wieder an Epsteiner, der an die Decke stierte. Mellert folgte seinem Blick. Dort war ein Haken eingelassen, an dem noch das abgeschnittene Ende eines kräftigen Seils gebunden war. »Es ist klar. Definitiv. Das ist der Ort, an dem Schmitz gefoltert und umgebracht wurde.«

»Haben Sie was für uns, Herr Inspektor?« Die Spurensucher waren eingetroffen. »Wir sind in der Scheune fertig.«

»Ja. Untersuchen Sie diesen Schweinkoben.« Er wies sie noch auf Besonderheiten hin, wie dem Blutfleck und der Rest des Taues an der Decke, und dass sie nach einer Pistolenkugel suchen sollten. Er hoffte, dass sie mit dem Einschuss in Schmitz Körper zusammenpasste und er darüber an den oder die Mörder käme. »Und nun, lieber Epsteiner, während die Kollegen noch suchen und sicher finden werden, holen wir uns einen Teil der Mantelbande. Auf nach Bergen!«

KLOSTER, ENDE AUGUST 1923

»Und, wie ist es gelaufen?«

»Äh, was?« (Anna sollte nicht SO vor ihm liegen.)

»Ich meine, habt ihr sie?«

Aaron schüttelte den Kopf.

»Nein?«

»Doch, doch. Ich war abgelenkt. Tut mir leid.« Anna grinste breit, setzte sich auf, und sah Epsteiner gespannt an. Aaron wusste im Moment nicht, wo er hinblicken sollte. Dann fand er Annas Augen.

»Ja. Du glaubst gar nicht, wie dämlich manche Leute sind.«

»Ach ja?«

»Stell Dir vor. Piper meldete seinen Verdacht, dass die Mantelbande – ich erzählte Dir davon, Anna – wieder in Bergen tätig ist. Er ließ sich also Zeit, um den Verdacht bestätigt zu erhalten. Und siehe da, er hatte herausbekommen, wo und wann der nächste Treff stattfinden soll. Er kam zu uns gerannt, Du weißt ja, dass wir immer noch die Spuren auswerten, und meldete seine Beobachtungen. Ahäm!« Er musste sich räuspern, weil seine Stimme belegt war. Anna lag wieder auf dem Rücken; die Augen geschlossen und die Arme hinter dem Kopf. »Ja? Und?«

»Ja, also, wir hin, mit dem Überfallkommando, das Haus umstellt. Und dann haben wir sie herausgepflückt. Jeden einzeln. Waren ganz brav.«

»Und nun?«

»Sie sitzen wieder in Schwerin in der U-Haft. Der Untersuchungsrichter meinte, es gäbe jetzt genug Verdachtsmomente. Aber vier fehlen noch.«

»Wer?«

»Dieser Hessel. Der Eintreiber. Der steht leider nur auf der Fahndungsliste. Sein Adlatus Schroppe, dann Schiefelbeiner und Mausberger, die tote Lerche.«

»Tote Lerche?«

»Ja. Sie haben ihren Kumpan umgebracht. Einfach an einen Balken der Scheune aufgebammelt. Wir haben ihn leicht angefressen auf der Erde gefunden.« Anna schüttelte sich.

»Mir wird kühl. Kommst Du, mich aufwärmen?«

Es war so: Die Spurensicherung fand auf dem verlassenen Grundstück so viel Beweise, dass man sie mehreren Personen der Bande zuordnen konnte. Was die Kollegen außerdem nachweisen konnten, war, dass mit an Sicherheit grenzender Wahrscheinlichkeit, Schmitz/Bergander im Schweinstall ums Leben gekommen war. Die dort gefundenen Haare verglichen die Spezialisten mit denen von Schmitz. Sie waren der Ansicht, dass sie tatsächlich von ihm stammten. Der Haarvergleich war eine neue Methode, bei der man davon ausging, dass jeder Mensch, ähnlich wie Fingerabdrücke, auch individuelle Merkmale an oder in den Haaren besaß. Weitere Haarproben standen noch aus. Ebenso verfuhren sie mit den Blutspuren. Die forensischen Methoden und Entdeckungen waren aber noch zu frisch und sogar umstritten. Dennoch konnten sie nachweisen, ob das Blut vom Menschen stammte, oder welcher Blutgruppe er angehörte. Die fehlende Pistolenkugel glaubte Klaustaler zuerst auf einer seiner Fotografien, entdeckt zu haben. Und als er noch einmal den Tatort aufsuchte, fand er tatsächlich an der bewussten Stelle die platt gedrückte Kugel. Materialtechnisch stimmte sie mit der, die Piper durchdrungen hatte, überein. Der Rest war Verhörtechnik – meinte Mellert. Weshalb es nur noch darauf ankam, den Verdächtigen die Geständnisse zu entlocken. Da aber die Spurensucher und -sicherer noch bei der Arbeit waren, und Hessel, Schroppe und Schiefelbeiner noch nicht gefasst, machten Mellert und Epsteiner Urlaub bei ihren Geliebten.

»Mellert?«

»Marie?«

»Wolltest Du mir noch etwas mitteilen?«

Der Inspektor seufzte. Wie sollte er es Marie schonend beibringen? Warum haben Frauen solch ein untrügliches Gespür für den falschen Moment? Er wollte ja längst mit ihr gesprochen haben. Aber die Zeit – nein, der Mut fehlte. Aber wie sollte er beginnen?

»Du musst nach Berlin, stimmt's?«

Er nickte.

»Nichts gegen zu machen?«

Er nickte.

»Es sei denn, Du verzichtest auf Karriere?«

Er nickte zum dritten Mal.

»Und wo ist das Problem?«

»Es liegt neben mir.«

Marie strich Mellert mit der Hand über die Wange. »Aber das stimmt nicht.«

»Nein?«

»Siehst Du, ich muss keine Karriere machen. Ich brauche kein Büro in Berlin.«

»Aber?«

»Kein aber. Wenn Du mich noch magst, folge ich Dir.«

Mellert setzte sich auf. »Ich möchte aber nicht, dass …«

»Doch. Ich werde.« Marie saß jetzt auch. Sie konnte Mellert direkt in die Augen sehen. Und diesmal hielt er ihrem Blick stand und schweifte nicht zu ihrem Busen ab.

»Aber, das ist so schrecklich altmodisch. Ich meine, das war doch früher mal so.«

»Du meinst, dass die Frau dem Mann folgt?«

»Genau.«

»Wie wichtig bin ich Dir?«

»Sehr.«

»Und würdest Du wegen mir auch verzichten wollen?«

Mellert dachte nach. Als Leiter einer Mordinspektion würde er mindestens zwei Stufen im gehobenen Dienst steigen. Das bedeutete, dass er mehr Besoldung erhielte, mehr Urlaub, mehr Pension. Und mehr Verantwortung und Ärger und – Mellert war fünfunddreißig! Jede Menge Zeit, bis zur Pension. Und ob nun gehobener Dienst oder nicht – die achtundvierzig Stunden Woche bliebe ihm erhalten. Achtundvierzig Stunden im Minimum. In Endeffekt arbeitete er sowieso mehr. So oder so. Und er sehnte sich neuerdings schon nach drei Stunden nach Marie.

»Ja, ich kann. Ich kann in Bergen bleiben. Und wir könnten uns jeden Tag sehen, weil ich nach Kloster ziehen würde.« Er stutzte. »Nun, beinahe jeden Tag. Die bösen Buben, Du verstehst?«

Doch für Marie war das Thema viel zu ernst. »Das würdest Du tun? Für mich?«

Mellert nickte. Ernst und wahrhaftig. Marie sah es ihm an. »Und kannst Du Dir vorstellen, dass ich es für Dich auch tun würde?«

Mellert schob die Unterlippe vor. »Vorstellen schon. Aber dein Herz ist hier, auf Hiddensee.«

»Das ist lieb von Dir. Aber ich habe schon lange darüber nachgedacht. Ich lebe seit fünf Jahren in Kloster. Und es gefällt mir hier. Ich habe sogar ein Häuschen und den Künstlerinnenbund und viele liebe Bekannte und Anna. Das stimmt. Aber ich will Dich. Und ich will, dass Du glücklich und zufrieden bist. Und das bist Du nur, wenn Du Verbrecher jagen darfst.«

»Aber es ist doch egal, wo ich jage.«

»Aber wenn Du hierbleibst, dann jagst Du mal einen Einbrecher, irgendein armes Schwein, das aus Not gestohlen hat, oder irgendwelche Rowdys oder Taschendiebe. Nein, das ist nichts für Dich. Genauso wenig, wie wenn ich nicht mehr malen dürfte.«

»Und nun?«

»Wann fährst Du wieder nach Berlin?«

»Ich habe eine Woche Urlaub. Warum?«

»Ich würde Dir gerne etwas zeigen.«

»Ist es wichtig?«

»Sehr.«

»Dann fahren wir morgen.«

Ein mächtiges Sommergewitter war niedergegangen. Jetzt zog es sich grummelnd nach Pommern zurück. Anna wischte mit einem Lappen die nasse Bank trocken. Es war warm geblieben, eine frisch gewaschene August-Sonne beleuchte grell die nasse Welt. Es war still, nach dem

Rauschen und Donnern, die Vögel saßen noch misstrauisch in ihren Nestern und schwiegen. Von den Blättern tropfte es laut ins Unterholz. Epsteiner legte eine frische Decke auf den Gartentisch. »Das werden wir vermissen.«

Er sah zu Anna, die ihm ihr Hinterteil zuwandte. »Dann kaufen wir uns einen Schrebergarten.« Sie drehte sich um, und richtete den Rücken gerade. Um den Kopf trug sie ihr geliebtes Malerinnen-Stirnband. Sie war barfuß in Sandalen und hatte ein duftiges Sommerkleid an. Epsteiner konnte den Blick nicht von ihr wenden.

»Besser, wir kaufen uns ein Häuschen.«

»Und ein Auto.«

»Warum?«

»Du wirst es wollen.«

Anna winkte ab. »Ihr habt mir meinen Galeristen genommen. Momentan fehlen mir Milliarden auf dem Konto.«

»Er ist ja wieder frei.«

»Aber sauer!«

Epsteiner seufzte. »Soll ich mit ihm reden?«

»Untersteh Dich!«

Epsteiner war im Haus verschwunden. Anna sah ihrem Geliebten hinterher. Sie hörte ihn mit Geschirr klappern. Wenig später stand er in der Tür mit einem Tablett in der Hand. »Coffeetime!« Er stellte das Tablett auf den Tisch. Sie verteilten gemeinsam das Kaffeegeschirr. Anna lehnte das leere Tablett gegen ein Tischbein, als sie saßen. Und als Epsteiner aus der Kanne den Kaffee verteilte beobachtete sie ihren Zukünftigen. Epsteiner trug helle Hosen und ein weißes Leinenhemd, dessen Ärmel er hochgekrempelt hatte, und am Handgelenk eine Armbanduhr, wie sie die Militärs im

Weltkrieg getragen hatte. Und es gefiel ihr, dass er so lässig sein konnte. Im September wird geheiratet. Das Aufgebot ist bestellt, der Termin festgelegt, das Standesamt bereit, die Ringe ausgewählt. Und eine moderne Wohnung hatten sie auch schon. Gerade erst fertig geworden, mit einem Bad, Zentralheizung und einem Atelier im Dachgeschoss, ein paar Gehminuten von der zukünftigen U-Bahn-Station entfernt. Epsteiner hielt geziert seine Kaffeetasse in der Hand und nahm kleine Schlückchen von der heißen Flüssigkeit. Sein Blick ging über das Vorgärtchen ins Nirgendwo. Sie mochte es, wenn er so in sich gekehrt war. Es störte sie nicht, umso mehr konnte sie reden. Und obwohl er so abwesend wirkte, wusste er immer, was sie eben gesagt hatte. »Berufskrankheit«, nannte er es. Anna, genial!

Sie war gedanklich mit der Einrichtung ihrer Wohnung beschäftigt, und neuerdings von den Vorstellungen und Ideen des Bauhauses in Weimar beeinflusst, da sie an einige Schriften gelangt war, in denen die Bauhausmeister ihre Ideen und etliche Abbildungen veröffentlicht hatten. Dazu kamen vielfältige Gespräche und Diskussionen, unter anderem im 'Hiddensoer Künstlerinnenbund'.

»Ich werde mit ihm reden«, sagte Aaron ohne jeden Übergang. »Ich muss ihn mir sowieso noch einmal vornehmen, wegen Schmitz.«

»Ich denke, es ist alles klar?« Anna musste ihren Gedanken neu sortieren.

»Schon, schon. Aber ich werde das Gefühl nicht los, als wenn Hollaender und Schmitz/Bergander miteinander zu tun hatten. Nichts Geschäftliches. Anderes - irgendwie.«

In Annas Kopf schwirrten Bilder herum, die sie noch malen wollte. Sie zerplatzten mit einem leisen Knall. *Immer wieder Bergander! Nimmt das denn kein Ende?* »Aber ist das denn nicht völlig gleichgültig? Das hat doch nichts mit dem Fall zu tun, oder?«

»Nee, eigentlich nicht.«

»Dann lass es doch.«

»Aber mit ihm reden werde ich.«

»Caprivi« tutete ungehalten. Eigentlich war es der Kapitän, der an dem Seil zog und die Tröte des Dampfers aufschreien ließ. Es war kein schöner, aber ein lauter, drängender Ton.

»Nun macht schon!« Mellert war bereits weit voraus. Die Matrosen an der Gangway warteten breit grinsend in mecklenburgischer Gelassenheit. Dazu hatten sie allen Grund, denn die beiden Männer, die vorausliefen, drehten sich alle drei Schritte nach den Frauen um, um sie anzuspornen. Die hatten die Röcke geschürzt und stöckelte auf ihren ziemlich hochhackigen Schuhen den Sandweg zum Hafen herunter. Dass sie dabei viel Bein und Strumpf sehen ließen, war den Seeleuten nur recht.

»Bitte noch ein paar Sekündchen«, bettelte Epsteiner die Matrosen an. »Ihr seht ja.« Er wies auf die wenig aufgeregten Damen, denen diese Situation nur zu bekannt war.

»Jojo.«

»Wat is nu?«, kam die Frage des Kätp'n von oben.

»Glicks! Geit glicks los!«

»Man tau!«

Da waren sie schon, atemlos, lächelnd, aber glücklich. »Denn kommt mol in!« Die Matrosen halfen den Frolleins ins Schiff und zogen anschließend die Gangway an Bord.

Der Dampfer war schon voller Menschen mit Koffern, Taschen und Sack und Pack. Wohlhabende Bildungsbürger, reiche Schnösel, Künstler und Intellektuelle. Dazwischen saßen Fischersfrauen, große, noch leere Einkaufstaschen auf dem Schoß, die sie prall gefüllt von Stralsund wieder zurückschleppen werden. Ein paar Kinder liefen aufgeregt durch die Reihen der Passagiere. In Vitte würden noch ein mehr dazukommen, Heimkehrer, die genug von der Insel haben oder wieder in die Arbeit müssen. Epsteiner, der die meisten der Leute auf dem Schiff überragte, sah sich nach einem Plätzchen für die vier um. »Wir gehen nach Achtern.«

Dass sie einen Platz fanden, lag daran, dass der schwarze Qualm des Dampfers direkt über achtern zog. Die 'Damens' beschwerten sich wortreich und lauthals und befürchteten bald wie Schornsteinfeger auszusehen. Doch Aaron meinte, dass würde sich auf dem Bodden ändern. Da käme der Wind aus West und würde querab abziehen. »Oh, wir haben einen alten Seebären an Bord«, spöttelte Mellert, eingedenk der Überfahrt mit Fischer Langhans Boot über den Bodden, bei der Epsteiner schlecht ausgesehen hatte. Epsteiner verstaute ein flaches, großes Paket mit Annas Druckgrafiken an einer sicheren Stelle. Dann holte er aus einer Umhängetasche eine Thermoskanne und vier Tassen.

Während der Überfahrt nach Stralsund schwiegen sie. Anna hing mit dem Oberkörper über der Reling und ließ das Wasser an sich vorbeiziehen. Sie war in Gedanken bei der Einrichtung ihrer Wohnung. Aaron nutzte die Zeit, sich zu sonnen. Marie zeichnete die Insel im Vorbeifahren, und Mellert beschäftigte sich, trotz innerer Gegenwehr, mit seinem Fall; und weiteren drei Morden in Berlin, die seine Mordkommission, so hieß sie jetzt, aufzuklären hatte.

Da noch Zeit war, bis zur Abfahrt ihres Zuges, schlenderten sie zu Fuß zum Bahnhof. Von der Fährbrücke aus erreichte man schnell den *Alten Markt* und sah schon den Prachtgiebel des Stralsunder Rathauses. Dahinter reckte sich die mächtige *St. Nikolai* in den blauen Himmel. Sie bewunderten die Auslagen in den Geschäften rund um den Markt, um dann weiterzugehen, die *Ossenreyer Straße* zum *Neunen Markt* hinunter. Hier war gerade Blumenmarkt, und so bekamen Anna und Marie von ihren Verehrern eine Rose geschenkt.

Wie zu befürchten, würde der Zug voll werden. Doch Mellert hatte vorgesorgt. In der Ersten Klasse hielten sie in dem Abteil ihre Plätze und konnten ungestört bis zum Stettiner Bahnhof reisen. Hier trennten sich die Wege der beiden Paare.

Inzwischen träumte Münchmann von Marit, seiner neuen Flamme. Die alte war einfach mit einem dieser unmöglichen Künstler aus Berlin verschwunden. Der Reviervorsteher nahm es aber leicht, denn der letzte Streit zwischen ihnen war heftig ausgefallen, zu heftig. Und die Abkühlung der Gefühle danach ebenso. Marit war die Reinmachefrau von Kloster, die einen großen Teil der Häuser im Ort sauber machte, darunter auch das Revier von Vitte. Vor allem im Herbst und über Winter zog sie von Haus zu Haus, von denen etliche leer standen, und sah nach dem rechten. Münchmann nannte sie Perle. Und Perle kam aus Ostfriesland, sprach perfekt Ostfriesisch und auch das Mecklenburger Platt. Allein schon dadurch verstanden sie sich prächtig. Und noch etwas konnte Perle: Singen. Jedenfalls fand Münchmann, dass sie eine wundervolle

Stimme hatte. Sie sang Platt und hochdeutsch. Die schönsten Lieder, wie »Dat Du min Leevsten büst …«, »Min Jehann«, »Lütt Anna-Susanna« und so weiter. In den wenigen Stunden, die sie gemeinsam verbrachten, saßen sie am Strand und Marit sang (nicht zu laut) und Münchmann hörte verzückt zu. Er wurde brutal aus seinem Traum gerissen (was des Öfteren passierte), weil er ein Träumer war und weil jemand die Tür zur Wachstube aufriss. »Münchmann?«

»Piper?« Münchmann setzte sich auf. »Verzeihung, Herr Kommissar?«

Piper winkte ab. »Wo stecken Mellert oder Epsteiner?«

»In Berlin, Herr Kommissar. Warum?«

»Himmel! Immer, wenn man jemanden braucht …«. Er griff zum Telefon, kurbelte und wartete. »Ja! Verbinden Sie mich mit Berlin.« Nervös blätterte Piper in seinem Notizbuch. »Moment, gleich«, sprach er in den Hörer. Er hatte die Stelle gefunden wo die Telefonnummer der Lüdenscheids stand. »Hören Sie?« Er nannte die Nummer und wartete ungeduldig. »Ja? Frau Lüdenscheid?« Er lauschte, musste laut sprechen: »Hier spricht Kommissar Piper. Können Sie mich verst… - aha, ja, ist Herr Mellert zu sprechen? – Noch nicht eingetroffen. – Könnten Sie ihm mitteilen, dass er mich unverzüglich anrufen soll? – Ja? – Danke!« Er legte auf. Dann setzte er sich auf Münchmanns Stuhl. »Ich weiß, wo Hessel ist.«

»Hessel?«

»Na der Eintreiber, aus der Mantelbande.«

»Ah ja«, Münchmann begriff. »Und nun?«

»Den Haftbefehl hat der Inspektor.«

»Ist es nicht egal? Wir schnappen ihn uns?«

»Nein. Der Herr Inspektor besteht auf Ordnungsmäßigkeit, Herr Wachtmeister.«

Münchmann stand auf. Er ging zu dem Panzerschrank in der Fensterecke des Dienstzimmers und zog umständlich ein Schlüsselbund aus der Seitentasche seiner Uniform. Mit einem langen Safeschlüssel öffnete er den Schrank und zog ein zweiseitiges Papier hervor. Er hielt es triumphierend in die Luft. »Hier ist er.« Er kam zu Piper zurück. »Holen wir uns den Kerl?«

Piper überlegte. Er war Kommissar und hatte jedes Recht tätig zu werden, wenn es die Situation erforderte. Insbesondere wenn es um Gefahr im Verzuge ging. Dennoch zögerte er.

»Wir schreiben dem Inspektor ein Telegramm. Soll er entscheiden.«

Sichtlich enttäuscht legte Münchmann den Haftbefehl wieder zurück. Irgendwann würde er verfallen – oder nicht? Er musste nächstens in den Vorschriften nachsehen.

Mellert erhielt das Telegramm erst am Abend. Frau Schwertheim brachte es beim Abendessen auf einem silbernen Tablett. Mit hochgezogenen Augenbrauen und sehr distinguiert überreichte sie das Papier, dass der Inspektor ebenso distinguiert entgegennahm. Er öffnete den Umschlag mit einem Messer. Schon als er das Telegramm aus dem Umschlag zog, seufzte er, weil er ahnte, dass der Urlaub zu Ende war. Er wies auf die Textstreifen. »Piper«, erklärte er seinen Freunden. »Er fragt an, ob er oder ich diesen Hessel verhaften soll.« Epsteiner schluckte seinen Bissen herunter. »So ein Quatsch. Warum schnappt er sich nicht den Kerl? Nachher haut der noch ab, und wir rennen wieder hinterher.«

»Schade.« Marie legte langsam das Besteck neben den Teller. »Ich hätte gerne noch ein paar Details mit Dir besprochen, Mellert.«

»Du machst das schon, meine Liebe. Es ist wohl tatsächlich so, wie viele meiner Kollegen sagen; immer sind es die bösen Buben, die unser Leben bestimmen wollen. Und nur, wenn wir das erkennen und dagegen ankämpfen, sind wir stärker als sie. Willst Du mir dabei helfen?«

»Aber - ja.« Und dennoch klang Enttäuschung in ihrer Stimme mit.

»Wieso müssen wir zurück?«, mischte sich Epsteiner ein und Anna nickte heftig fragend dazu, »Wir telegrafieren zurück, dass er Hessel festsetzen soll, in Bergen, und wir kümmern uns um den Kerl, wenn wir zurück sind.«

»Du weißt, dass Hessel Hauptverdächtiger ist. Er steht im dringenden Verdacht, Hausmann/Schmitz umgebracht zu haben. Inwieweit sein Spezi Schroppe mitgetan hatte, müssen wir noch klären. Also beide in die Zange nehmen, bis einer gesteht. Ich bin überzeugt, dass es beide gemeinsam getan haben. Hessel, als der spiritus rector, Schroppe, das ausführenden Organ. Nach der Verhaftung sollten wir so schnell wie möglich mit den Verhören beginnen.« Epsteiner seufzte, und Anna und Marie. Er lehnte sich im Stuhl zurück und trug ein nachdenkliches Gesicht. Es war still. Frau Schwertheim zog sich unhörbar zurück. Und Wilhelm Lüdenscheid, der Gastgeber, meinte enttäuscht: »Und wer hilft mir mit meinem Cognac?«

Tagsüber waren Anna und Epsteiner in Pankow gewesen, um ihre neue Wohnung zu besichtigen. Gleich vom *Stettiner Bahnhof* aus fuhren sie mit der Straßenbahn über die *Invalidenstraße,* dem *Zionskirchplatz* und der

Schönhauser Allee nach Pankow. Stolz saß Anna neben Epsteiner und betrachtete die schönen Bürgerhäuser mit ihrem prächtigen Schmuck in der *Schönhauser Allee* und die vielfältigen Geschäfte und Lädchen im Erdgeschoss. Und hinter den Häusern der *Berliner Straße* wurde fleißig gebaut. Berlin brauchte Arbeitskräfte und diese Wohnungen. Eine breite mittelständische Schicht hatte sich trotz Inflation und hoher Arbeitslosigkeit entwickelt; Intellektuelle, Ingenieure, Selbstständige, mittlere Beamte, Meister, Stehkragenproletarier. Alle diese wollten angemessenen und modernen Wohnraum. Und so entstanden Wohngebiete, nach den modernsten Gesichtspunkten, Ansichten und Möglichkeiten. Und solch eine Wohnung würden nun auch die zukünftigen Epsteiners beziehen. Drei Zimmer, eine Küche, ein Bad – und das Besondere: ein Atelier auf dem Dach, durch eine einfache Stiege zu erreichen. Es war ein Glücksfall, denn solch eine Wohnung galt als Lottogewinn und war dem Galeristen Hollaender zu verdanken, der seine vielfältigen Bekanntschaften und Beziehungen ausnutzen konnte. Er mochte Anna und würde – gestand er ihr eines Tages – alles für sie tun. Und schränkte ein, nur als Freund und Mäzen. Andererseits – was sonst, das ließ er offen. Und Epsteiner? Der war froh, aus seiner finsteren Bude im zweiten Hof der *Auguststraße* entfliehen zu können.

Der unbestechliche Polier führte sie über die Noch-Baustelle. »Sehnse? Det wird det Kindaszimma. Oder Schlafzimma, wie se wolln. Und hiea«, sie gingen durch eine Türöffnung, »det Wohnzimma und da is der Balkong. Sehnse? Jeht direkt uffn Hof. Da könnse ihre Jören ausloofen lassen und hamse imma unta Kontrolle. Hahaha!«

Kinder? Anna sah Epsteiner an. »Haben Sie Kinder?«, fragte er den Polier. »Nee, der Herr. Noch nich.«

»Und warum nicht? Sie sind doch schon mindestens vierz…«

»Erst muss meen Haus feddisch wern. In Mahlsdorf, wissen se?«

Epsteiner wusste nicht; Mahlsdorf war so weit, so j-w-d (janz weit draußen). »Mal sehen, wie 's bei uns wird. Als Kriminalkommissar …«

Der Polier wurde rot. »Nüscht wat se denken, Herr Kriminal. Allet janz ehrlich erworben.«

»Ich denke gar nichts, Herr Meindel. Solange Sie niemanden umbringen …« Epsteiner ließ offen, was dann wäre. »Und nun zeigen Sie uns bitte noch das Bad.«

»Ja, äh, denn jehn wa da lang. Und denn nach oben zum Atelier?« Er sah fragend auf Anna, die sich freute, wie ein kleines Kind. »Ja, bitte, Herr Meindel.«

»Das ist es«, vermeldete Marie stolz.

»Das ist nicht Dein Ernst?«

Marie zog einen Schmollmund. »Und ich dachte, Du freust Dich.« Sie standen vor einer Villa im Stile der zwanziger Jahre, weiß, eckig, mit vielen Fenstern. »Das gehört uns, wenn Du willst.« Marie war bei Mellert eingehakt und sah ihn schräg von unten an. Sie spürte seine Anspannung und Unsicherheit. »Ich … ich …«, stotterte er.

»Stört es Dein männliches Ego?«

Mellert schüttelte den Kopf.

»Dann komm, ich zeige Dir das Haus, und dann urteile.« Sie nahm ihn an die Hand und zog ihn durch die Pforte im hölzernen Bauzaun. »Der Garten müsste noch gemacht werden, und eine Garage gebaut, und ein Gartenhaus und …«, schwatze sie hektisch, bis ihr Mellert mit dem Zeigefinger den Mund verschloss. Marie drückte sich an Mellert. »Es ist mein Geschenk an Dich, Mellert.«

»Du bist mein Geschenk, mein wertvollstes«, flüsterte Mellert. »Zeigst Du mir mehr.« Er löste sich von Marie, die hörbar aufatmete. Sie nahm den Inspektor bei der Hand. »Komm!«

Das Grundstück war umgeben von vornehmen Villen, mitten in einem lichten Wald aus Kiefern und Birken. Es war warm, wie oft in Berlin, aber die Luft war rein und weich. Sie liefen über einen Kiesweg. Ihre Schritte knirschten leise.

»Wie bist Du an dieses Haus …«

»Es ist meine Idee, mein Entwurf. Ich wollte schon lange ein Haus für mich, mit schönen, lichten Zimmern und einem großen Atelier. Im vergangenem Jahr schon habe ich angefangen. Vater hat ein wenig geholfen und mein 'Schwiegercousin', der Lüdenscheid. Der hat auf die Bauarbeiter aufgepasst. Er kennt sich da aus.«

»Aber warum hast Du nichts gesagt? Ich habe nichts davon bemerkt.«

»Erst war ich mir Deiner nicht sicher.« Mellert nickte verstehend. »Und dann hatte ich Angst davor, wie Du reagierst.«

»Nun ja …«

»Ich möchte nicht immer 'zu besuch' sein, in Berlin, sondern zu Hause.«

»Aber Hiddensee? Ich dachte, Du fühlst Dich dort wohl.«

»Mache ich auch. Aber Berlin ist das Zentrum. Hier passiert, was passieren muss. Man kann sich nicht zurückziehen und glauben, dass man in Fokus bleibt. Das geht nicht.«

In der Zwischenzeit standen sie vor der Eingangstür. Mellert war gespannt, was ihn erwartete. »Soll ich Dir etwas gestehen, Marie?«

»Ja?«

»Ich wollte mein Haus in Bergen verkaufen und auf Hiddensee bauen.«

»Verrückt.«

Im Zug saßen sich ein nachdenklicher Mellert und ein glücklicher Epsteiner gegenüber. Erst hinter Prenzlau fand der Inspektor die Sprache wieder. »Wir ziehen nach Berlin, Epsteiner.«

»Wir beide?«

Mellert verdrehte die Augen. »Nicht doch wir beide. Ich meine Marie und mich.«

»Ach nee!«

»Sie hat schon vor einem Jahr dort ein Haus bauen lassen. Es ist fertig – naja, beinahe.«

»Wunderbar! Dann steht ja einer Karriere in Berlin nichts im Wege. Glückwunsch, Mellert.« Epsteiner war immer noch so mit sich selbst beschäftigt, dass er der Unsicherheit seines Chefs keine weitere Aufmerksamkeit schenkte. Was ihn betraf, war alles 'tutti paletti'. Er freute sich auf den Abschluss des Falles und seine Hochzeit und den Umzug in die neue Wohnung. Und dass dieser Unsinn mit der Inflation endlich ein Ende nehmen möge und es die Politiker vielleicht einmal schaffen würden, Deutschland zurück in normale Bahnen zu bringen. Nur wer von ihnen würde es schaffen? Was er sicher wusste, seiner Klientel war es egal und versuchte sich mit kriminellen Mitteln ein gutes Leben zu sichern. Und ihm und seinem Chef oblagen nun einmal die Aufklärung der schweren Verbrechen; Totschlag und Mord.

»Ich hatte gedacht, dass Du mir abrätst.«

Epsteiner sah seinen Chef erstaunt an. »Iiich? Dir? Na, hör mal!«

»Ich verkaufe mein Haus in Bergen. Vielleicht an Piper, der wohnt immer noch möbliert.«

Sie schwiegen. Bergen war das Stichwort gewesen. Sofort gingen die Gedanken weg vom Persönlichen und wandten sich dem aktuellen Fall zu. Mellerts Kommission war es gelungen, in der Zwischenzeit fünf Morde in Berlin aufzuklären. Mellert erwies sich als guter Koordinator und Leiter einer solchen Kommission. Auch aus der Ferne leitete er die kleine Gruppe aus jungen und erfahrenen Kriminalisten und – neuerdings – Forensikern erfolgreich und mit scheinbar leichter Hand. Doch es erwies sich immer dringender, dass er in Berlin mehr gebraucht wurde als in der Provinz. Direktor Gebbert unterstütze Mellert so lange, bis der 'Hiddenseemord' aufgeklärt war, und Kriminalrat Gennat grummelte schon missmutig.

Epsteiner schwebte im siebten Himmel. Er sah sich schon in Annas Atelier sitzen, dort in Pankow, hoch droben über den Dächern, ein Glas Bier in der Hand und ihr beim Malen zusehend. Ein unglaublich wonniges Gefühl durchlief ihn und er spürte, dass er sich mit jeder Faser seines Körpers zu Anna hingezogen fühlte. Und er dankte Hollaender im Stillen, dass der sich so generös gezeigt hatte. Die Erklärung, dass er in die Ermittlungen wegen des Kunstraubes und des Mordes nur hineingeraten war, weil die Valentino –

vielleicht zu Recht – der deutschen Polizei misstraut hatte, wie der italienischen, akzeptierte er schweigend. Aber er konnte ihn warnen, denn die politische Abteilung im Polizeipräsidium interessierte sich nunmehr für ihn. »Sie sind in den Fokus der Kollegen geraten.« Doch Hollaender winkte ab. »Bin ich schon lange. Wer sich mit Otto Nagel und Georg Grosz einlässt, ist bei denen per se suspekt.« Er ließ offen, was er meinte, aber Aaron glaubte zu wissen, was Hollaender meinte.

In Bergen empfing sie ein zappliger Piper. »Sie werden's nicht glauben, Inspektor!«, rief er schon auf dem Bahnsteig Mellert zu. »Der Kerl besitzt die Frechheit, sich in Kloster zu verstecken. Und nun raten Sie mal, wen er mitschleppt!«

»Nun, Piper?«

»Diesen Doktor!«

»Unsern Arzt?«

»Nee, den Hochstapler.«

»Schiefelbeiner?«, fragte Aaron.

»Genau! Sie tun auf Künstler und Kunsthändler.« Sie verließen den Bahnhof und stiegen in das bereitstehende Auto. »Als wenn jemand dem fetten Schroppe den Künstler abnehmen würde!« Piper lachte.

»Oh«, meinte Epsteiner breit grinsend. »Keine Kutsche?«, und erntete einen verweisenden Blick von Piper.

In der Bergener Inspektion, als Piper fragte: »Warum lassen wir das nicht die Schutzmänner machen?«, erntete er einen Blick von Mellert, einen, der ihm sagte, das ist meine, unsere Sache! Er seufzte, stand auf und holte aus dem Panzerschrank die Dienstpistolen der Kriminalisten. Und weiterseufzend begann er, seine zu reinigen. »Denn man tau«, murmelte er.

Zwischen zusammengebissen Zähnen zischte Epsteiner: »Ich werde mich nie daran gewöhnen!« Es ging eine steife Brise und das Boddenwasser kabbelte und zeigte hin und wieder Schaumkämme. Krampfhaft hielt er den Süllrand fest, als habe er Angst, dass er vielleicht unerwartet abbrechen könnte. Der Segelkahn von Pieter Langhans, der sich ab und zu als Fährmann zwischen Rügen und Hiddensee verdingte, wippte und krängte fröhlich über den Bodden. Langhans griente hinter seiner Pfeife und lies den Kahn scharf halsen, dass er sich hart auf die Seite legte. Die Segel schwangen herum und Epsteiner zog den Kopf ein. Mellert stand am Bug des Schiffes, hielt sich am Vorstag fest und sah nach Vitte, das eben aus dem leichten Dunst des frühen Morgens auftauchte. Er hoffte, dass Hessel noch nicht gewarnt war. Die Gischt nässte seine Hosenbeine, doch das störte ihn nicht. Er wollte so schnell wie möglich über den Bodden gelangen und sich Hessel und Schiefelbeiner greifen. Er tastete seine Jacke ab. Da war sie, die Pistole, die er diesmal dabei und in Bereitschaft haben würde. Und auch seine beiden Kollegen trugen Waffen.

»Wir segeln direkt nach Kloster!«, rief Mellert Piet Langhans zu. Der nickte und stieß aus seiner Pfeife eine bestätigende Rauchwolke.
»Machen Sie nicht direkt am Hafen fest!«
»Geit kloar!«
Langhans ließ seinen Segler auf das Ufer links von Hafen zurasen. Dort befand sich, nach Epsteiners Meinung,

ein winzig kleiner, äußert wackeliger Steg, auf den sie in direkter Linie zufuhren. Für Aarons Gefühl waren sie zu schnell und zu nahe an diesem klapprigen Holzding, und er hatte Bedenken anzumelden, ob des Ausgangs des Landemanövers. Doch Langhans machte mit Pipers und Mellerts Hilfe eine scharfe Wende und fuhr beinahe rückwärts an den Steg heran. Mellert sprang aus dem Kahn und machte ihn fest, währenddessen die Segel herabfielen.

Epsteiners Hände entkrampften sich. »Es steht definitiv fest: Ich werde mich nie daran gewöhnen«, stöhnte er. Piet hielt ihm breit grinsend die Hand hin. »Ick helf sie man op.« Und zog Aaron auf die Beine. Als er mit leicht zitternden Beinen auf dem Steg stand, der sich als fester erwies als gedacht, murrte er: »In Zukunft nehme ich nur noch den Dampfer.« Er hätte wissen müssen, dass das kleine Dampfschiffchen auch schon bei leichtem Seegang ordentlich schaukeln und schwanken konnte.

Mellert, Piper und die beiden Schutzpolizisten in Zivil, als Verstärkung, waren schon ein Stück voraus, als Epsteiner aufatmend das feste Land erreichte. Er beschleunigte seine Schritte und hatte bald aufgeschlossen.

Sie gingen schnellen Schrittes am Hafen entlang, den Weg zwischen dem Hotel *Dornbusch* und *Hittim* nach oben und bogen auf einen Seitenweg nach Grieben ein. Ihr Ziel war ein altes Fischerhaus am Ortsausgang von Kloster.

Mellert blieb stehen. Mit schräg gelegtem Kopf betrachtete er das Anwesen. »Bisher wohnte dort eine alte Dame. Die Mutter vom letzten Fischer, eine gewisse Henneke Tiez. Ist im vergangenen Jahr gestorben. Sechsundachtzig! Der Sohn ist rüber, aufs Festland.«

»So alt werden wir nie«, murrte Epsteiner.

Mellert brummte: »Und nun lebt da der Rest der Mantelbande?«

»Genau. Hessel, Schroppe, Schiefelbeiner.«

Die Eingangstür des Hauses ging auf. Heraus trat eine Frau, die sich kurz umsah, ihre Kleidung richtete und an den Kriminalisten vorbeiging, ohne sie zu beachten.

»So was gibt's hier auch?« Mellert staunte.

»Keine Ahnung.« Piper sah der Frau lange hinterher. »Sie sieht nicht so aus.«

»Gut. Gehen wir.« Sie setzten sich in Bewegung. Hinter der Gartenpforte trennten sich die Polizisten in Zivil von den Kriminalisten und gingen nach hinten. »Vorsichtig.« Mellert ging langsam auf die Tür zu, während Piper und Epsteiner rechts und links des Weges entlanggingen. Mellert klopfte. »Aufmachen, Polizei!«

STRALSUND, FÜNFTER SEPTEMBER 1923 ...

Mellert wollte die Augen öffnen, doch es ging nicht. Also schlief er wieder ein.

Diesmal war es der Geruch, der ihn weckte. Mellert durchsuchte sein Gedächtnis. Er kannte diesen Geruch! Es roch, wie in einem – Krankenhaus? Was machte er in einem Krankenhaus? Und warum lag er hier?

Als Mellert zum wiederholten Male aufwachte, war er sich sicher in einem Krankenhaus zu sein. Er lag! Er wollte aufstehen – ging nicht. Hinsetzen? Ging nicht. Es roch nach Äther und Fäkalien. Wieder tauchte die Frage auf: warum?

»Herr Mellert?«

Eine Frauenstimme. Nicht Mariens Stimme. Diese klang älter, erfahrener. Mit unglaublicher Anstrengung hob Mellert die Augenlider. Das grelle Licht blendete, wurde aber sofort abgemildert durch eine Frau in Schwesterntracht. Er spürte, dass sie seine linke Hand hielt.

»Wie geht es ihnen?«

Mellert wusste keine Antwort. Er sah im Gegenlicht schemenhaft das Gesicht einer älteren Frau, die ihn besorgt ansah.

»Trinken Sie.« Sie hob seinen Kopf an – selbst das schaffte er nicht, bemerkte er verärgert – und führte eine Tasse an seine Lippen. Das tat gut! Er hatte einen Wahnsinnsdurst! Vorsichtig legte die Schwester seinen Kopf zurück ins Kissen. Mellert schlief ein.

Mellert hörte den Knall nicht. Er spürte nur einen Schlag vor die Brust. So heftig, dass es ihn nach hinten riss und er auf dem Boden aufschlug. Dann war es dunkel.

Ja, jetzt erinnerte er sich! Offenbar war sein Kopf noch in Ordnung, auch wenn der Körper nicht konnte oder wollte. Diesmal war es dunkel im Zimmer. Durch das Fenster schien das Licht der Gaslaternen. Mellert konnte den Kopf bewegen. Er sah sich um. Also doch! Krankenhaus. Er stöhnte leise vor verhaltener Wut. Die Erinnerung wuchs. Genau! Sie wollten die Reste der Mantelbande verhaften. Er erinnerte sich, dass er an die Tür klopfte und im gleichen Augenblick diesen Schlag vor die Brust bekam.

Vorsichtig hob er die rechte Hand, die ernsthaften Widerstand leistete und bleischwer war, und führte sie an die Stirn. Sehr gut, Mellert, dachte er. Wenn das geht, funktioniert es auch mit links. Er versuchte es. Es ging. Schwerer. Und der linke Arm war bis zur Hand dick verbunden. Vorsichtig legte er ihn wieder aufs Bett. Und nun die Beine. Auch die fühlten sich zuerst nicht seinem Körper zugehörig, gehorchten aber, wenn auch widerwillig, seinem Befehl. Geht doch! Mellert war zufrieden. Aber, er spürte ein schmerzhaftes Ziehen im Brustbereich. Da hatte wer auf ihn geschossen! Wer? Womit? Warum?

Hessel, Schroppe, Schiefelbeiner? Wer? Hessel? Dem war alles zuzutrauen. Schroppe kannte nur Fäuste, und Schiefelbeiner war ein Feigling, ganz sicher! Piper, Aaron? Was war mit ihnen? Mellerts Herzschlag nahm zu. Hoffentlich ist ihnen nichts passiert.

Waren sie, war er zu unvorsichtig gewesen. Hätte er es ahnen müssen, nachdem, was bei Gingst passiert war?

Mellert wurde wieder müde. Das Denken strengte doch sehr an.

»Mellert!« Das war Epsteiner! Es klang jedenfalls so. Mellert hob unter Anstrengungen die Augenlider. »Aaron? Geht es Dir gut?« Hatte er das gesagt oder gedacht, denn plötzlich wurde er von rechts umarmt und jemand Weiches, Warmes lag auf ihm und weinte. Das war nicht Aaron! Marie! Ein unglaubliches Glücksgefühl erfasste ihn. Marie, seine Marie war hier und weinte ihm das Kopfkissen nass. »Mellert, Du Dämlack«, hörte er sie flüstern, »musst Du immer vorneweg?« Und dann küsste sie ihm das Gesicht ab. Aber als sie sich aufrichtete, und er ihr liebes Gesicht sah, verheult und die Schminke verschmiert, sagte sie: »Du kratzt.«

Mellert grinste. Er zeigte mit den Augen zum Nachttisch. »Durst.«

»Natürlich.« Marie tupfte sich schnell die Tränen ab, griff nach dem Glas, hob Mellerts Kopf an und hielt es ihm an die Lippen. Mellert schluckte gierig. Vorsichtig legte er den Kopf wieder ins Kissen. Die Brust schmerzte und spannte, und fühlte sich feucht an.

»Berichte«, sagte er zu Epsteiner, der genau das erwartet hatte. Mellert war nicht der Typ, der sich dem Selbstmitleid hingab. Er war im Krieg gewesen, vorne, an der Front. Erst Belgien, dann Russland, dann wieder Westfront, Frankreich. Drei Verwundungen! Nichts Schweres, aber es genügte. Epsteiner riss sich zusammen. »Wir haben sie. Bis auf Schroppe. Der ist tot, weil er auf die Kollegen schießen wollte. Schmidt war schneller.« Epsteiner hielt einen Moment ein. »Alter Soldat. Der hatte es geahnt, nachdem er den Schuss, der Dich getroffen hatte, hörte. Hessel wurde verhaftet, als er durch ein Fenster verschwinden wollte. Und der Schiefelbeiner, der 'Doktor' saß zitternd in einer Ecke und hatte gejammert: 'Ich war's nicht'. Hessel hatte auf Dich geschossen, das arrogante Schw…, entschuldige Marie.«

»Und Piper?«

»Alles in Ordnung. Er hat sich um Dich gekümmert und verhindert, dass Du verblutest.«

Marie saß jetzt auf der Bettkante, dicht bei Mellert. Sie hielt seine rechte Hand und streichelte sie versonnen. Der Inspektor schnupperte. Sie duftete so frisch und angenehm und nahm dem Äthergeruch im Zimmer die Schärfe. »Was Aaron vergessen hatte zu erwähnen, ist, dass *er* sich den Hessel geschnappt hatte.« Marie wies mit dem Kopf auf Aaron, der bescheiden zu Boden blickte. »Jetzt hab' ich ein Disziplinarverfahren am Halse.«

»Grün und Blau?«, fragte Mellert und konnte sogar lächeln.

Aaron nickte. »Gebbert meinte aber, das sei darauf zurückzuführen, dass er Widerstand geleistet hatte.«

»Und, war es so?«

»Ein wenig.«

Mellert hörte die Tür gehen. »Hoher Besuch«, flüsterte Epsteiner. Da hörte es Mellert auch schon: »Na, wie geht's denn unserem Helden?« Das waren Gennat und Gebbert. Der 'Buddha', trat gewichtig ins Zimmer, indem er brummte: »Ruht sich aus. Als wenn er Zeit dazu hätte.«

... UND SPÄTER BERLIN

Eine Woche später verlegte man Mellert in die Berliner Charité. Er bezog ein helles, freundliches Zimmer, vor dem ein Polizist Wache hielt. Drei Schwestern betreuten ihn rund um die Uhr, ein Chefarzt besah sich Mellerts Wunden, schüttelte den Kopf. Auf Mellert Frage, warum er wie ein Tapergreis den Kopf schüttle, hob der Doktor die Schultern und meinte trocken: »Eigentlich müssten Sie tot sein.« Dann wickelte er schweigend und unter mitleidvoller Hilfe durch die Schwester, Marianna hieß sie wohl, frische Binden um seinen Oberkörper.

Der linke Arm lag wieder frei. Mellert besah sich die Wunden, und ein eiskalter Schauer lief über seinen Rücken. Der Oberarm war regelrecht perforiert. »Das war vielleicht 'ne Arbeit«, berichtete Dr. Müller jun., der leitende Chirurg. »Wir haben zwanzig Kugeln und Millionen Holzsplitter aus ihrem Arm und der linken Brust geholt. Das wächst wieder zu, keine Angst. Sie sind nicht schöner geworden, dafür haben Sie was, womit Sie angeben können.« Wie lange es dauern würde, dazu schwieg er. »Wir werden sehen, Mellert, wir werden sehen. Noch sind Sie nicht übern Berg.« Dann rauschte er mitsamt seiner ganzen Schwesternschaft aus dem Zimmer. Nicht ohne vorher noch eine endlose Liste von Verabreichungen zu diktieren, die eine der Schwestern eifrig mitschrieb. Und dann hatte Mellert Zeit darüber nachzudenken, was die Masse an Medikamenten bei ihm bewirken sollte, denn man ließ ihn allein. So schlecht, wie der Doktor meinte, ging es ihm schon lange nicht mehr. Im Gegenteil, er schaffte es schon, sich aufzusetzen, ohne vor

Schmerzen zu stöhnen und unter dem Protest der Oberschwester zur Toilette zu gehen.

Marie kam jeden Tag. Sie kümmerte sich nicht um Besuchszeiten. Wie sie es geschafft hatte, sich nicht den Zorn der Schwesternschaft zuzuziehen, war ihm schleierhaft.

Vier Wochen später schon ging Mellert langsam zu Fuß ins Polizeipräsidium. Die Mantelbande war nach Moabit, ins Untersuchungsgefängnis, verlegt worden. Jeder für sich, damit sie sich nicht absprechen konnten, wie es vordem in Schwerin passiert war. Der Inspektor freute sich schon, die Bandenmitglieder verhören zu können. Heute war der Tag, an dem Hessel vorgeführt werden sollte.

Die Verhöre fanden im Keller des Hauses statt. Das hatte den Vorteil, dass die Beschuldigten direkt vom Transportwagen über eine Schleuse und einen langen Gang in den Raum geführt werden konnten, ohne dass ihnen irgendeine Fluchtmöglichkeit offen gestanden hätte. Das Zimmer war ein reiner Zweckbau, mit dunkelgrün gestrichenem Sockel und schon angegrauten Wänden. Ein Holztisch stand in der Mitte, am Boden festgeschraubt. Drei einfache Holzstühle warteten auf ihre Nutzer. Ein schräger Schacht führte zu dem einzigen Fenster, dass die Verbindung zur Außenwelt hielt und über eine Klappmechanik geöffnet oder geschlossen werden konnte. Es war still, denn das Fenster ging zum Hof des Riesenbaues hinaus.

Als Mellert den langen Flur zum Verhörzimmer herunterhumpelte, warteten bereits Epsteiner und Piper auf ihn. Vor der Tür hielt ein Polizist Wache. »Ist schon drinnen«, bemerkte Epsteiner trocken. Er gab dem Polizisten ein Zeichen, der die Tür öffnete und stramm die drei Kriminalisten grüßte. Drinnen saß Hessel mit gefesselten

Händen am Tisch. Als die Tür aufging, sah er kurz auf, um dann weiter auf die braune Tischplatte zu stieren.

Mellert setzte sich Hesse gegenüber, Epsteiner blieb an der Tür stehen und Piper stellte sich rechts vom Tisch auf. Er reichte Mellert eine umfangreiche Mappe. »Danke.«

Schweigen machte sich breit. Nur das leise Atmen der Männer war zu hören und das Knistern der Blätter, als Mellert die Akte studierte. Nach einer Weile schnaufte Hessel und lehnte sich im Stuhl zurück. Trotz des Aufenthaltes in der Untersuchungshaft war er sauber und machte einen gepflegten Eindruck. Sein Anzug war gebügelt, das helle Oberhemd ebenso und seine Schuhe blank geputzt. Er legte lässig die Beine übereinander und wartete, äußerlich ruhig und gelassen. Doch Mellert bemerkte die Spannung, die Ungewissheit in ihm. Er lehnte sich, wie Hessel zurück, und sah ihm in die braunen Augen. *Ein schöner Mann,* dachte der Inspektor. *Er hätte Versicherungsvertreter werden können oder Abteilungsleiter oder Beamter, wie sein Vater.*

»Man hat viel Geld bei Ihnen gefunden, Herr Hessel.«

Hessel zuckte mit den Schultern. »Bin ein wohlhabender Mann«, sagte er grinsend.

»Devisen? Woher haben Sie die?«

»Schwer verdient, Herr ...«

Doch Mellert hatte keine Lust, sich diesem Mann vorzustellen oder freundlich zu sein. Der Kerl hatte mit dem Schrotgewehr durch die Tür auf ihn geschossen. Und nur ein riesengroßes Stück Schweineglück hatte geholfen, dass er noch lebte.

»Zweitausenddreihundert-«, Mellert schnappte nach Luft, »und siebenundvierzig Dollar, Eintausend Schweizer Franken, Siebentausend Franc und etliche Tausend Lira.«

»Ein gutes Unternehmen wirft eben viel Profit ab.«

»Ah, und was unternehmen Sie so?«

»Kunsthandel.«

Jetzt musste Mellert lachen. Das schmerzte in der Brust und erinnerte ihn daran, dass vor ihm ein hinterlistiger Verbrecher und Bandit saß, der wusste, was ihm bevorstand – oder zumindest ahnte. Ihm war es egal, was der Inspektor fragte, es genügte, wenn er nicht gestand - und auch nicht aus Versehen!

Mellert hörte hinter sich Epsteiner tief atmen. *Hoffentlich macht der keinen Mist*, dachte Mellert. »Gut, Hessel. Haben wir uns bekannt gemacht. Sie sind 'Geschäftsmann' und als 'Geschäftsmann' wissen Sie, dass man nicht übertreiben darf, nicht wahr?«

Hessel nickte. »Klar doch. Bin doch vorsichtig.«

»Ach ja? Und warum ziehen Sie bei jeder ihrer Aktionen eine Blutspur hinter sich her? Sie wissen doch, was wir ihnen vorwerfen: Anstiftung zu einer Straftat, mehrfacher Mord beziehungsweise Anstiftung zum Mord, Erpressung, Geldwäsche.« Der Inspektor schloss den Aktenhefter. »Habe ich etwas vergessen?« Es gab ein dumpfes Geräusch, bei dem Hessel mit den Augen blinzelte. Er kaute auf der Unterlippe, sagte aber nichts. »Die Beweise sind erdrückend. Das heißt, auf Sie wartet der Strick.« Mellerts Stimme hatte an Härte zugenommen, aber er war nicht lauter geworden. »Es ist besser, wenn Sie ein umfassendes Geständnis ablegen, Herr Hessel. Das werden die Richter strafmildernd werten. Lebenslänglich ist doch besser, als vollgepisst und -geschissen in luftiger Höhe am Strick zu baumeln. Erinnern Sie sich an den Anblick, den Ihnen Mausberger bot, als er am Strick hing? War nicht schön, oder?«

Hessel senkte den Blick. Er erinnerte sich. An das Geheul in der Küche. Mausberger: »Bitte, bitte, ich will nicht sterben!« »Wer will das schon«, hatte er dem Verräter ins Ohr geflüstert und Schroppe ein Zeichen mit den Augen gegeben. Und der schlug zu. Einmal, zweimal, dreimal. Aber Verrat bleibt Verrat. Mausberger hatte ihm sogar die Schuhe geküsst und sie mit seinem verschleimten Blut beschmiert! Und er, Hessel, hatte gelacht und dem Verräter ins Gesicht getreten. Und dann gab er das Zeichen, und Schroppe zog Mausberger am Strick in die Scheune und warf das Seil über den Querbalken, und zog, bis der Verräter röchelnd und zappelnd in der Luft hing und sich bepisste. Da war Hessel gegangen. Es ging ihn nichts mehr an. Er wusste, dass Mausberger langsam starb, das genügte ihm.

»Nun?« Mellerts Frage brachte Hessel in die Gegenwart zurück.

»Hä?«

»Geständnis oder Strick?«

»Krieg ich nen Anwalt?«

»Aber ja doch. Aber erst Geständnis. Ich habe Zeit.« Mellert lehnte sich im Stuhl zurück und verzichtete darauf, die Arme vor der Brust zu kreuzen. Es schmerzte immer noch verdammt heftig.

Zwei Stunden später, nachdem Epsteiner die lange Liste der Untaten der Bande und ihres Chefs (das wussten sie vom 'Doktor' Schiefelbeiner persönlich, der im Verhör dann doch zusammengebrochen war) heruntergebetet hatte und nach jeder Aufzählung trocken meinte: »Haben wir ausreichend Beweise«, brach auch Hessel zusammen. »Jut, ick jestehe.« Er war plötzlich ins Berlinische verfallen. Mellert staunte und Epsteiner auch, und Piper hustete bedeutungsvoll. Mellert stand auf. Ihm war ein wenig schwindelig und die Wunden schmerzten. Vielleicht hatte er sich zuviel vorgenommen? »Piper, machen Sie weiter!«

BERLIN, SECHSUNDZWANZIGSTER SEPTEMBER

Der Sektkorken löste sich mit einem Knall von der Flasche und flog im hohen Bogen über den nicht vorhandenen Garten in den Berliner Sandboden. Er löste ein noch größeres Hallo aus, als vorher schon an Stimmung war.

»Auf das Brautpaar!« Mellert hob sein Glas. Die Flasche hatte ihm ein Vermögen gekostet. Und da es nicht nur eine war, die er gekauft hatte, schätzte er, dass der Koffer voll riesiger Geldscheine in Millionen-, Milliarden- und Billionenscheinen nunmehr ziemlich leicht geworden war. Die Epsteiners brachten das Essen mit, Gebbert zwei Kästen Bier und der 'Buddha', Kriminalrat Gennat, zwei Flaschen Cognac. Aus altem Bestand, wie er betonte.

Sie saßen auf der einzigen Grünfläche, im hinteren Teil des Anwesens. Piper war da und sogar Münchmann mit seiner Perle, und ein paar Mitarbeiter aus der Mordkommission, die abkömmlich waren. Aaron hatte schon am Vortag alles zusammengeborgt und zusammengetragen, was er in der Umgebung an Sitzgelegenheiten fand, eine lange Platte auf Böcken als Tisch aufgestellt. Nur Anna und Marie blieben verschwunden bis zur Trauung. Vor dem Rathaus trafen sich die Freunde und Kollegen mit dem Bräutigam. Und dann stiegen aus Gebberts Dienstwagen Braut und Brautjungfer! Anna schwebte in einem Traum von Brautkleid gewandet auf Epsteiner zu. Dessen Sprachlosigkeit hielt bis zur Aufforderung des Standesbeamten, »Dann sagen Sie 'JA'« an. Epsteiner nahm erst wieder die Realität wahr, als sie vor Maries Grundstück vorfuhren und er von Anna zum Haus gezogen wurde.

Später fanden sich Künstlerkolleginnen ein und ein fröhliches Hin und Her begann, als die Geschenke verteilt wurden. Das Grammophon kratzte Lied auf Lied, es wurde getanzt und gesungen. Und plötzlich war eine Jazzband da, und spielte Jazz und freche Schlager, und die Stimmung stieg.

Gegen elf leerte sich der Garten, die Polizeikollegen verschwanden einer nach dem anderen, aber da waren Anna und Aaron bereits im »Brautzimmer«. Marie hatte es ihnen 'gebaut', aus Matratzen, die auf dem Boden lagen, denn das Haus war noch lange nicht eingerichtet, teurer Damastwäsche, hunderten Kerzen, und Rosenblättern auf dem Boden und im Bett. An den Wänden standen die neuesten Bilder von Maria; ein riesengroßer männlicher Rückenakt, Vitte im Nebel, Anna und Marie, Arm in Arm am Strand. Natürlich unbekleidet. Es duftete nach Parfüm, Ölfarbe und Kerzenfeuer.

Anna schloss leise die Tür und drehte den Schlüssel um. »Endlich allein!«, seufzte sie. »Hilf mir mal.« Sie drehte Epsteiner den Rücken zu. Er trat hinter sie, schnupperte an ihren Haaren und küsste ihren Nacken, während er die Haken an Annas Brautkleid langsam, Stück für Stück öffnete.

Drei Tage später zogen Anna und Epsteiner in ihre neue Wohnung. Am Abend dann saßen sie geschafft in ihren Sesseln, hielten unfeierlich schlichte Wassergläser mit Rotwein in den Händen und lächelten sich an. »Geschafft. Stoß an, Weib, auf unseren Sieg.« Doch dazu hätten sie aufstehen oder sich wenigsten vorbeugen müssen, wozu sie einfach keine Kraft mehr hatten. Anna hielt ihr Glas hoch: »Auf unseren Sieg! Mögen unsere Kinder lange Hälse kriegen.«

»Auf die langen Hälse.« Das Telefon klingelte. Sie sahen sich an. Aaron erhob sich langsam, streckte den schmerzenden Rücken und meinte: »So wird unser Alltag aussehen. Immer wenn es schön wird, klingelt das Telefon.« Er ging in den Flur und langte nach dem Hörer. »Epsteiner. Ah Mellert – was ist? – geflohen? – nein? – und nu?« Inzwischen war auch Anna aufgestanden und zu Epsteiner gegangen. Sie legte eine Hand auf seine Schulter und lehnte sich gegen ihn. »Stell Dir vor«, flüsterte er zu Anna, »Hessel ist geflohen.« Er wandte sich wieder seinem Gesprächspartner zu. »Soll ich – nein? – Gott sei Dank.« Er hängte auf.

»Und nun?« Anna sah Epsteiner erwartungsvoll an.

»Wir trinken unsere Gläser aus«, sagte er grinsend, »Und dann ins Bett mit Dir und mir.«

,

STRALSUND UND BERLIN, IM NOVEMBER 1923

Der Gerichtssaal füllte sich mehr und mehr. Im Zuschauerbereich waren an den Schranken die Reporter und Fotografen versammelt und kämpften mit den Honoratioren um die beste Sicht auf die Anklagebank. Die war noch leer, nur ein paar Wachtmeister standen im Hintergrund. Die Seitentür neben der Anklagebank öffnete sich. Mit stolz erhobenem Haupt betrat der Staatsanwalt den Saal, unter dem Arm eine dicke Mappe, hinter sich zwei Assessoren, die den Rest der Akten des Prozesses schleppten. Der Staatsanwalt trat hinter sein Pult, sah auf die Zuschauer, dann auf die leere Anklagebank und zuletzt auf seine beiden Helfer, die schwitzend Ordner und Gesetzbücher auf dem Tisch anhäuften.

Im Besucherrang wurde laut geschwätzt. Wie immer waren Müßiggänger, Hausfrauen und interessierte Bürger, die die Zeit hatten, anwesend und unterhielten sich laut. An der weit offenstehenden Tür sah der Gerichtsdiener auf seine Taschenuhr. Betont wichtig, klappte er sie zu und steckte sie umständlich in seine Jackentasche. Dann griff er nach den Türknäufen und zog die Tür zu. Das war das Zeichen. Die Mantelbande hielt Einzug! Die Angeklagten, die scharf bewacht, in Hand- und Fußfesseln, in den Saal geführt wurden, traten auf. Geraune im Saal. Mit ihnen kamen die Advokaten, die man ihnen zugewiesen hatte oder die sich einige Bandenmitglieder leisten konnten. Und je nach Charakter kamen sie gesenkten Kopfes, sahen hochmütig in den Saal oder stierten nachdenklich Löcher in die Luft.

Umständlich nahmen sie Platz, versuchten sich miteinander zu verständigen, was von den Wachtmeistern mit drohenden Gesten oder Worten unterbunden wurde. Nach und nach trat Ruhe ein. Der große Moment war da; eine Pforte, rechts neben der Empore für das Gericht öffnete sich. Zuerst kamen die beiden Schöffen im schwarzen Talar. Der erste sah aus, wie ein alter Soldat, mit einem gewaltigen Schnurrbart und sanftmütig erscheinenden Augen. Er war untersetzt, kräftig gebaut. Seine Haltung war militärisch straff. Hoch aufgerichtet ging er zu seinem Platz, zur rechten Seite des Richters, setzte sich und sah aufmerksam in den Saal. Der zweite war ein schlanker Mann um die Dreißig, ein leitender Ingenieur, dem man seinen Posten außerhalb des Gerichtsgebäudes nicht ansah. Der heutige Richter, ein in Strafverfahren versierter, sehr strenger Fünfzigjähriger, das Strafgesetzbuch unter dem Arm, erschien auf der Szene. Im rechten Auge klemmte ein Monokel, die Narbe auf seiner linken Wange zeigte, dass er 'Alter Herr' einer Korporation war. Wie es sich gehörte, waren alle Anwesenden aufgestanden und warteten, bis er sich umständlich gesetzt hatte.

Als alle saßen, trat ein Gerichtsdiener vor: »Die Verhandlung, der Staat gegen die sogenannte 'Mantelbande' ist eröffnet«, worauf der Staatsanwalt aufsprang, tief Luft holte, und zu seinem Plädoyer ausholte.

Mellert saß ganz hinten, neben ihm Epsteiner, Marie und Anna. Die vier Freunde beobachteten die Verhandlung gespannt, doch es waren nur die Nebenfiguren des Stückes 'Bandenkriminalität', wie sie im Falle der Mantelbande erstmalig auftrat im Nachkriegsdeutschland. Hessel war untergetaucht. Schiefelbeiner, der 'Doktor', starb an Selbstmord. Er hing, ein zusammengerolltes Stück des Bettlakens um den Hals, an den Gittern der Untersuchungshaftanstalt. Fremdverschulden wurde sofort ausgeschlossen. So schnell, dass Mellert schon wieder misstrauisch war. Nach einer halben Stunde erhob er sich. »Kommt ihr mit?«

»Warum?«

»Es kotzt mich an.«

Sie gingen.

Zwei Wochen später schon nannte der Richter das Strafmaß. Mellert hatte die Verhandlung ignoriert, er hatte genug zu tun, wusste aber alles über deren Verlauf. Und dann stand es in der Zeitung, auf der dritten Seite unter der Schlagzeile: »Kunstraub in der Nationalgalerie fand endlich seinen Abschluss«. Marie konnte noch rechtzeitig den Kopf einziehen, sonst wären ihr die Zeitungsseiten um die Ohren geflogen. »Ich hab's gewusst! Ich habe es gewusst!« Empört stapfte er durchs Zimmer, blieb vor dem breiten Fenster stehen und starrte in den Wald, der zwischen dem Grundstück und dem Schlachtensee wuchs.

Er spürte eine leise Berührung an der Schulter. »Was hast Du erwartet?«

Mellert atmete tief aus. »Entschuldige. Ja, es war klar. Wer war denn übrig geblieben? Die zweite Reihe, die armen Schweine, die, um zu überleben, mitgemacht hatten. Der Hauptschuldige läuft noch frei herum.«

»Aber er hatte doch nicht gestanden.«

»Wie auch immer. Wenn wir ihn haben, *wird* er gestehen. Wir suchen ihn in ganz Deutschland.«

Schuldbewusst ging Mellert durch das Wohnzimmer und sammelte die Zeitungsseiten wieder ein.

»Hast Du keine Idee, wo er sich aufhalten könnte?« Marie saß jetzt in dem Sessel, den sie direkt im Bauhaus in Weimar gekauft hatte. Vier Tage war sie dort unten, im Süden, gewesen. In der Folge trafen nach und nach Möbel und Kunstgegenstände ein. Mellert pries heimlich seine Arbeitszeit und war sowieso erst spät am Abend zu Hause. Ja, er war anfangs sogar nicht überzeugt davon, Maries Haus jemals auch als das Seine anzusehen. Doch je mehr die Zeit verstrich, Woche für Woche und Monat für Monat fühlte er sich immer mehr zu Hause. Vielleicht lag es auch an Marie, die liebevoll das Haus einrichtete und auch seinen Geschmack, seine Bedürfnisse mit einbezog. Am schönsten aber fand Mellert den Kamin, der seit dem Oktober nahezu jeden Tag brannte und wohlige Wärme spendete, und Maries wunderschöne Bilder, die die Wände aller Räume schmückten. Immer wieder stand er vor einem und entdeckte Neues, etwas, dass er noch nicht gesehen oder erkannt hatte, einen Sinn, einen Hintergedanken, eine Metapher.

»Kommst Du essen, Liebster?«

Mellert erwachte aus seiner Gedankenwelt. Da stand Marie. Und das war jetzt wichtig, bevor vielleicht ein Anruf kam, der ihn an irgendeinen Tatort rief.

»Ich komme, Liebste.«

Aarons Lieblingsplatz war der Ohrensessel von Annas Großmutter, der im Atelier einen Ehrenplatz gefunden hatte. Er stand so, dass Epsteiner Anna beim Malen zusehen konnte. Er lag lang ausgestreckt in diesem Trum, die Füße auf einem Hocker mit Dackelbeinen, ein Glas Schultheiß Pils in der Hand und dachte nach. Anna arbeitete an dem Portrait eines Wissenschaftlers, eines Physikers, der täglich für ein, zwei Stunden zur Sitzung kam. Epsteiner kannte ihn nicht, erfuhr aber, dass es ein Nobelpreisträger war, der für die Akademie der Wissenschaften portraitiert wurde. Auch gut, dachte Aaron. Aber viel mehr beschäftigte ihn immer noch die Mantelbande. Gut, sie waren verurteilt und würden für ein bis zehn Jahre aus seinem Gesichtsfeld verschwinden. Doch jeder, der aus dem Knast herauskam, würde nie wieder Ruhe vor Epsteiner haben, das schwor er sich mit einem heiligen Eid. Denn da war noch Hessel, der Oberbandit!

»Du denkst an diesen Hessel, stimmt's?«, fragte Anna und sah hinter ihrer Staffelei hervor.

»Ja, warum?«

»Du knirschst mit den Zähnen.«

»Oh.«

Aaron stand auf, stieg die Treppe hinab in die Wohnung. Im Flur stand das Telefon. Er wählte eine Nummer.

»Ja? Mellert? – Was ich Dir sagen wollte – ja – genau das!« Er lauschte auf die Worte aus dem Hörer. »Wir schnappen ihn, selbst wenn wir schon lange in Pension sind.« Er hing ein und nickte dem Hörer zu. »Da kannst Du Dich drauf verlassen, Hessel.«

* * * Fortsetzung folgt * * *

ANMERKUNGEN

Wie der Leser bemerkt hat, befinden wir uns am Anfang des Zwanzigsten Jahrhunderts. Der unsinnige Krieg in der ersten Dekade ist gerad eben beendet, Europa wird von Aufständen und Revolutionen erschüttert, der alte Adel liegt darnieder, bürgerliche Kräfte haben die Macht übernommen und versuchen Ordnung und Recht durchzusetzen. Die Arbeiterklasse fühlt sich um die Ergebnisse der Novemberrevolution betrogen, es gärt und grummelt. Die sozialdemokratische Regierung sitzt auf einem wackligen Stuhl, während konservative und rechte Kräfte versuchen die Situation zu nutzen. Die Ordnungskräfte, voran die Polizei, musste sich neu sortieren, die alten reaktionären Führungskräfte entfernen und ist anfangs viel mit sich selbst beschäftigt. Eine Gelegenheit, die kriminelle Elemente ausnutzen und ihre Süppchen kochen. Gleichzeitig entwickeln sich aber Kriminalistik und Forensik. Und, wie beinahe zu erwarten, gehen von Berlin wesentliche Impulse aus. Kriminalrat Gennat reformiert nicht nur die Kriminalpolizei, sondern führt neue Abteilungen, wie zum Beispiel die Mordkommission und die Spurensicherung, ein. Und er vergisst nicht, diese wichtigen Bereiche auch technisch zu unterstützen. Er sorgt dafür, dass wichtige internationale Erkenntnisse und wissenschaftliche Ergebnisse in die Untersuchungen eingebunden werden. Und hat Erfolg!

Ein wenig, schon etwas früher, partizipiert unser fiktiver Inspektor Mellert von den Bemühungen des großen Gennat in Berlin. Durch Zufall gerät er in einen einfachen Mordfall, der aber offenbar von internationaler Bedeutung scheint und er spürt auch politische Verwicklungen. Mellert ist noch nicht soweit, die Tragweite seiner Ermittlungen zu erkennen. Er gibt sofort 'unangenehmen Sachen' an andere ab. Er will den Fall 'Mantelbande' und vor allem den Mord an Hausmann, alias Schmitz, alias Bergander klären. Er will den Mörder 'schnappen'. Seiner Geliebten und deren Freunden zu Willen.

Darüber wollte der Autor berichten und ein wenig über die 'Goldenen Zwanziger', die nicht nur in Berlin, sondern in den Künstlerkolonien auf Sylt, in Ahrenshoop auf dem Darß, auf Usedom und auf Hiddensee ihren Ausdruck fanden. Vergessen wir nicht das Bauhaus, zuerst in Weimar, dann in Dessau. Berlin für die Welt, die Inseln für Deutschland. Hier fand sich zusammen, was in Kunst und Kultur der Ausdruck für Modernismus, für Neues, Revolutionäres war. Bis dann in dritten Jahrzehnt die Reaktion, die Dummheit und die Unmenschlichkeit für schreckliche zwölf Jahre die Macht übernahm, und danach Deutschland nahezu fünfzig Jahre als Teil eines kranken, kalten Krieges in Geiselhaft nahm. Ein hartes Wort? Ja, aber die Deutschen waren selbst schuld.

Und Mellert? Das ist ein anderes, neues Kapitel. Nur eines: Mellert muss lernen, dass man nicht immer 'unpolitisch' sein kann. Das Leben nimmt niemanden aus und jeder trägt für sich selbst die Verantwortung, das Richtige zu tun.

Eine kleine Anmerkung: Es hat damals nie einen Kunstraub aus der Berliner Nationalgalerie gegeben.

* * *

D R A M A T I S   P E R S O N A E

Die Protagonisten

Anna-Louise Meiser, Malerin, 26, geboren 1896 in Pankow
bei Berlin, kam 1914 nach Hiddensee, nachdem sie drei
Bilder (*Landschaft mit Schäfer, Pankower Kirche im
Nebel, Breite Straße in Pankow*) erfolgreich verkauf
hatte, Vater Beamter, erst in Pankow, seit 1920 im
Bauamt im Berliner Rathaus, Mutter Hausfrau, Freundin
Berganders. Autodidaktin, Impressionistin. 1,65, braune,
lange Haare, griechisch-römische Gesichtsform,

Marie Schulze-Bergen, Malerin und Grafikerin, sehr
erfolgreich und Tochter wohlhabender Eltern, Vater
Rentier durch den Verkauf seines Maschinenbaubetriebes
in Reinickendorf (Schulze & Cie. Maschinenbau AG),
Mutter Erbin des Vermögens der Kaufmannsfamilie
Berger aus Hamburg, 27, 1,71, mittelblond, blaugraue
Augen, lange, leicht gelockte Haare, rundes Gesicht, lacht
gerne. Ist auch auf Bergander scharf.
Marie reiste 1920 nach Hiddensee, nachdem sie von der
entstehenden Künstlerkolonie gehört hatte, und blieb.
Lernte auf der Handwerksschule Berlin Grafik und
Zeichnen, wechselte zur Berliner Kunstschule. Kennt alle
bekannten Mitglieder der Akademie der Künste.

Hieronymus Bergander, bürgerlich Werner Hausmann,
alias Heinz Schmitz, geboren 1890, 32, Herkunft
unbekannt, stammt angeblich aus Düren, gibt sich als

Schriftsteller aus, erfolglos, aber gut aussehend, 1,73 m, leicht gewelltes dunkelblondes Haar. Wohnte ab 1918 in Berlin-Wedding, Ackerstr. 80. In Wahrheit freier Detektiv, tätig für viele große Versicherungen, 1920 nach Neuendorf/Plogshagen übergesiedelt

Friedrich Mellert (43), aus Münchberg in Bayern, zurzeit Kriminalinspektor in Bergen/Rügen

Epsteiner, Aaron, (27) Kriminalassistent, Berlin, wird Mellert beigestellt.

Die Ermittler
Kriminalrat Gennat, Buddha genannt, historische Figur. Reformierte die Berliner Kriminalpolizei und die Kriminalistik
Kriminaldirektor Gebbert, Berliner Polizeipräsidium, zuständig für Preußen
Chefinspektor **Berger**, Stralsund
Frank Piper, (32), Mellerts Assistent, Kriminalassessor
Peer Münchmann, (55), Polizist auf Hiddensee

Mellerts Spurensicherer:
Kommissar **Keller**, ein studierter Chemiker
Assistent **Herger**, ein Arzt
Assistent **Klaustaler**, ein Mechaniker

Die Mulackbande:
Peter Halske, der Planer, Kleinkrimineller,

Schlüssel-Ede, bürgerlicher Name Eduard Schultze,
Mariam Kaslowski, Spezialist für Türen und Tore,
Hans Schleppke, Spanner
Fritz Marunke, Mitläufer

Die »Mantelbande«

Ludwig Baltasar Nurlichkeit, genannt Gelbzahn,
Schroppe, Heinz, Nurlichkeits Leibwächter und Schläger der
Bande,
Mausberger, Frederic, Schränker und Schläger, Vertrauter
des Nurlichkeit,
Hessel, Karl-Heinz, der »Schöne«, sogenannter Vollstrecker
und Geldeintreiber. Gilt als äußerst brutal.
Schiefelbeiner, genannt, der Doktor, Hochstapler,
eingebildeter Künstler
Sechs weitere Männer aus der Bergener Umgebung, die zur
Mantelbande gehören.

Noch ein paar Kriminelle

Bergsma, Menno, Kunsthändler, Amsterdam
Anton Fjodorowitsch Kasnow, angeblicher Kunsthändler,
Russe, vor den Bolschewiki 1918 geflohen

Valentino, Simone, Verdächtige, Kunsthändlerin
Valentino, Ludovico Simone, Ehemann der Verdächtigen,
vor Kurzem an Herzversagen verstorben

Pittin Francesco, Römer, Berufsmörder
Dreßen, Karl-Heinz, Koch, ahnungsloser Mittäter aus
Neubrandenburg

Weitere, harmlose Personen, die aber mit der Sache zu tun haben

Direktor Niemeyer, siebenundfünfzig, Erbe eines Bankhauses, Hauptaktionär der *Preußisch-Pommerschen Provincial Assekuranz*, verheiratet,

Galerist: Heinz-Herbert Hollaender, HHH-Galerie in der Friedrichstraße.

Wilhelm Lüdenscheid Direktor im Ruhestand

Sophie Lüdenscheid, Cousine von Marie Schulze-Bergen,

Frau Schwertheim, Hausdame der Familie Lüdenscheid

John Smith-Sassnitz, bürgerlich Johannes Meierbauer, (45), stammt aus Hannover, seit 1910 Schauspieler und Regisseur am Stralsunder Theater. Trinkfreund Berganders

Friedrich Wilhelm Walser, 58, Autor von Theaterstücken, Dramaturg am Theater in Berlin

Piet Langhans, Fischer in Neuendorf, Zeuge

Wichtige Orte

Kloster, größte Künstlerkolonie der Zwanziger Jahre in Deutschland

Vitte, Fischerdorf, kommendes Urlaubsstädtchen für mittelbetuchte Beamte und höhere Angestellte

Neuendorf, Fischerdorf im Süden der Insel

Bergen, Kreisstadt auf Rügen

Die rote Burg, Polizeipräsidium von Berlin am Alexanderplatz